고령화 사회를
코앞에 둔
대한민국의 노년
누구나
더 늦기 전에, 더 나이 들기 전에
반드시 읽어야 할 책입니다.

오늘,
행복학교

아름다운 인생의 마무리
하지만 힘들고 고달픈 현실
요양병원에 그 답이 있다

하얀인

머 리 말

생로병사는 자연의 법칙입니다. 이 법칙을 벗어나려고 아무리 몸부림쳐도 이겨낼 장사는 없습니다. 그렇다면 순응밖에 없습니다. 모든 일은 아름다운 마무리가 중요합니다. 마무리가 멋있어야 전체가 아름답습니다. 인생은 더더욱 그렇습니다.

인생의 아름다움은 노년에 달려 있습니다. 젊어서 아무리 잘 나갔더라도 추한 노년을 보내면 인생 전체가 초라해집니다. 향기 나게 늙어가야 합니다. 그러기 위해서는 자기 마음을 잘 다스려야 합니다. 시대의 조류도 잘 읽어야 합니다. 또한 노년에 갖춰야 할 것들을 충분히 숙지해야 합니다.

역주행은 사고의 지름길입니다. 인생에도 시대가 원하는 주행방향이 있습니다. 과거에 얽매이지 말고 하루하루를 소중히 여기며 현재에 충실한 노년을 엮어나가 봅시다. 날마다 시작되는 오늘 속에서 행복을 발견하는 것도 노년의 몫입니다. 과거를 그리워하는 인생은 옆에서 보기에도 안쓰럽습니다.

필자는 15년간 요양병원에 근무하면서 노인문제와 함께 하였습니다. 행복으로 이끄는 노년을 위하여 많은 고뇌 속에서 나날을 보냈습니다. 그러한 관점에서 느낀 점을 정리해 보았습니다. 인생에서 벌어지는 대부분의 행불행은 관점의 차이에서 비롯됩니다. 자신을 불행하게 이끄는 것은 일종의 자학증입니다. 자학증은 자신을 피곤하게 만들 뿐 아니라 옆에서 보는 사람마저도 짜증나게 만듭니다. 한 번밖에 없는 인생을 소중하게 사는 것도 우리의 몫입니다.

이 책의 내용은 3부로 구성되어 있습니다. 이제 요양병원은 노년에 뿌리칠 수 없는 선택입니다. 그래서 제1부에서는 요양병원에 대하여 전반적인 상황을 소개하였습니다. 제2부에서는 요양병원을 찾아야 하는 상황을 만들지 않기 위해서 2가지 질병의 예방이 필요합니다. 치매와 골다공증에 대하여 다루었습니다. 제3부에서는 노년의 건강한 육체와 정신을 위한 전반적인 사항을 알아보았습니다.

이 책이 출판되기까지 수많은 어려움이 있었습니다. 그 과정에서 많은 조언과 지도편달을 아끼지 않으신 최홍순 선배님에게 감사드립니다, 어려운 여건에서 흔쾌히 출판을 허락하신 출판사 '하양인'에 심심한 고마움을 전합니다. 이 책과 함께하는 이들의 노년에 조그마한 도움이라도 있길 기대해 봅니다.

차 례

02 요양병원에서 다루는 중요한 두 가지 질병

1. 노년의 불청객 치매

2. 육체를 고통으로 몰아넣는 골다공증

01

요양병원에 대하여

세월의 무게를 이기지 못하여 몸과 마음이 지쳐버린 어르신이 계십니다.

그 어르신의 손과 발이 돼주고, 아픈 마음까지 어루만져주는 곳이 요양병원입니다.

사랑하는 가족이나 자식들에게 부담 주지 않고, 내 몸을 맡길 수 있는 곳이 요양병원입니다.

노년기의 불편한 몸을 치료해주고, 현대판 효자 노릇을 하는 곳이 요양병원입니다.

그런 요양병원의 실상과 허상을 진솔하게 털어놓은 이야기입니다.

요양병원 생활의 이모저모

요양병원의 병실 풍경들

요양병원의 병실에 들어서면 흐뭇한 풍경이 여기저기서 펼쳐진다. 어느 효자도 하기 힘든 정성어린 수발이다. 여기가 바로 극락이요, 천국이다.

손·발톱을 깎아드린다. 머리를 감겨드린다. 세수를 해드린다. 눈곱을 닦아드린다. 머리를 빗겨드린다. 면도를 해드린다. 머리를 깎아드린다. 밥을 먹여드린다. 양치질을 해드린다. 몸을 일으켜세운다. 배설물 냄새가 진동하는 기저귀를 갈아드린다. 환자들을 수발하는 이런저런 모습들이 여기저기서 벌어진다.

요양병원에 입원한 환자 중에는 스스로 몸을 관리할 수 없는 환자가 대부분이다. 몸을 꼼짝도 할 수 없는 와상臥床환자도 있다. 인지기능이 좋지 않거나 손이 떨리거나 시력이 좋지 않아 간단한 도구조차 제대로 다루지 못하는 환자가 대부분이다. 여기서는 숟가락질만 할 수 있어도 큰 축복을 받은 환자이다.

　요양병원은 세월의 무게를 이기지 못하여 몸과 마음이 지쳐버린 어르신의 손과 발이 되어주고 아픈 마음을 어루만져주는 곳이다. 자식들에게 신세를 지지 않고 내 몸을 맡길 수 있는 노년의 공간이다. 노후에 찾아야 할 안식처이고, 노년의 아픈 몸을 치료해주는 현대판 효자가 기다리는 곳이 바로 오늘날의 요양병원이다.

요양병원의 식사시간

　요양병원에서 제공되는 음식은 영양사의 철저한 영양관리 하에 식단이 결정된다. 모든 영양소가 골고루 들어 있는 식단으로 짜여진 음식이기 때문에 병원 밥을 먹으면서 영양결핍을 걱정할 필요는 없다. 매주마다 새로운 식단으로 바뀐다. 물론 끼니마다 다른 반찬이 나온다. 환자의 상태에 따라서 음식물 내용은 차이가 있다. 당뇨환자에게는 탄수화물이 적은 당뇨식이 나오고, 이가 안 좋은 환자에게는 죽이나 미음이 나온다. 단지 식욕이 없다면 그것이 문제일 뿐이다.

　요양병원의 식사시간은 하루에 세 차례씩 벌어지는데, 긴장의 연속이다. 음식물에 사래가 들려 질식사를 할 수 있기 때문이다. 식사가 마무리될 때까지 지켜봐야 한다. 그래서 한시도 마음 놓을 수 없는 현장이다.

요양병원에는 식사보조가 필요한 환자들이 많이 있다. 손이 떨려서 음식을 흘리는 사람, 인지기능이 떨어져 밥을 먹는 음식으로 알지 못하는 사람, 밥은 먹지 않고 반찬만 먹는 사람, 밥을 장난감으로 알고 주물럭거리는 사람 등등 밥을 제대로 먹지 못하는 사람들 천지이다. 그 밖에 삼킬 능력이 없어서 콧줄L-tube, 비위관이나 밥줄PEG tube, 위루관을 통해 음식물을 주입해야 하는 환자도 있다. 이처럼 식사를 스스로 해결할 수 없는 사람들이 수두룩하다. 밥만이라도 제손으로 먹을 수 있으면 요양병원에서는 대단한 능력자로 인정받는다.

그러다 보니 배식시간이 되면 간호사, 조무사, 간병인, 자원봉사자, 실습생, 그리고 환자 보호자 등 병동에 있는 모든 사람들이 동원된다. 그래서 식사 때면 환자에게 밥을 떠먹여주는 장면이 여기저기서 펼쳐진다. 조금이라도 더 드시게 하려고 정성을 다해 식사를 보조한다. 사래라도 들리면 큰일이 벌어지기 때문에 천천히 밥을 떠넣어주고 삼키는 것까지 확인을 해야 한다. 성급한 사람이라면 옆에서 구경만 해도 답답할 만큼 느리게 진행되는 식사시간이다. 식사를 조금이라도 이전보다 더 들면 그 환자에게는 박수를 쳐주며 격려해준다. 물은 빨대로 드시게 한다.

밥을 먹다가 숨구멍이 막혀 질식사를 하는 경우가 흔히 벌어진다. 특히 삼키기 어려운 떡 같은 음식을 먹다가 숨구멍을 막아 질식사를 하는 경우도 드물지 않게 발생한다. 그래서 요양병원의 식사시간은 환자를 사랑하는 마음과 참을성을 기르는 수행의 시간이다. 요양병원의 식사시간은 긴장의 끈을 늦출 수 없는 긴박한 순간의 연속이다.

어느 효자도 쉽게 흉내 낼 수 없는 일이 요양병원에서는 수시로 벌어진다.

목욕시키기

나이가 들면 가만히 있어도 몸 구석구석 아프지 않은 데가 없다. 몸을 움직일 때마다 통증이 따라온다. 그러니 점점 더 움직이고 싶은 의욕이 떨어지고, 세상만사가 귀찮게 여겨진다. 이런 환자들이 모여 있는 요양병원에서는 목욕하는 날이 대행사 날이다.

수족을 못 쓰는 환자들을 욕실까지 모시고 가는 것은 만만치 않은 일이다. 목욕을 하지 않겠다고 난리를 피우는 환자도 있다. 그래도 온갖 정성을 다해 목욕을 시켜드린다. 마치 극락이나 천당에 온 것처럼 노약자는 정성스런 병수발을 받는다. 이런 광경이 항상 펼쳐지는 데가 요양병원의 병실 풍경이다.

목욕시간이 되면 전 병동 직원의 일손이 동원된다. 목욕은 본래 간병인이 담당하는 일이지만 일손이 부족하여 병동에 근무하는 모든 사람이 협동작업으로 진행한다. 우선 환자를 목욕실로 옮기는 일이 가장 힘든데 그 작업부터 시작한다. 노인들은 관절강직이 심하여져 움직이기가 힘들다. 노인들은 골다공증이 있기 때문에 조그만 충격에도 골절이 발생할 수 있어 조심스럽게 환자를 이동시켜야 한다.

간병인이 환자를 씻기고 닦아주는 일을 하는 동안 간호사는 그 사이에 침상정리를 한다. 환자가 목욕을 마치면 머리를 드라이기로 말려주고, 바디로션을 발라주고, 옷을 입혀준다. 간호사나 조무사, 간병인 모두 더운 여름날 환자들을 목욕시키고 나면 온몸이 땀으로 범벅이 된다.

노령 환자는 몸이 뻣뻣하게 굳어 있어 목욕탕까지 이동하는 것도 보통 일이 아니지만, 목욕을 거부하는 환자를 설득시키는 일도 쉽지 않다. 움직일 때마다 아파하거나 위생에 관심이 없고, 씻기를 즐겨하지 않는 사람에게 목욕을 강요하는 것은 일종의 형벌이다. 나이가 들면 후각기능이 저하되어 자기 몸에서 냄새가 난다는 사실을 자각하지 못한다. 이 때문인지 한사코 목욕을 피한다. 그런 환자는 어쩔 수 없이 물수건으로 닦아줄 수밖에 없다.

옷을 벗지 않으려는 환자도 많다. 옷을 왜 자주 갈아입히려 하느냐며 항의한다. 환자복 입기를 한사코 거부하고, 반드시 사복만 입으려는 환자들도 많다. 환자복의 세탁은 위탁업체에서 일괄적으로 처리하지만 병원에서 이런 환자의 사복을 별도로 관리해주는 것도 쉬운 일이 아니다.

환자 약 먹이기

요양병원에서 환자에게 약을 복용시키는 것은 쉬운 일이 아니다. 약을 대하는 태도가 다양하기 때문이다. 약을 하나라도 줄이면 난리치는 환자, 약의 모양이나 색깔만 바뀌어도 용납을 못 하는 환자, 약을 안 먹고 감추는 환자, 약을 골라서 먹는 환자, 약을 모아서 한꺼번에 먹으려는 환자, 약을 먹었는데 기억을 못 하여 다시 먹으려 하는 환자도 있다.

약의 모양, 색깔, 개수를 복용할 때마다 확인하면서 약에 집착한다. 때로는 약을 너무 오랫동안 먹어서 안 되겠다며 약을 먹지 않고 숨기는 환자도 있다. 이런 때는 약을 밥에 숨겨서 잡수시게 한다. 또 이런저런 이유도 없이 약 복용을 거부하는 환자도 드물지 않게 만난다.

보호자들 중에는 이전 병원에서 복용하던 약과 똑같은 약을 요구하는 경우가 종종 있다. 아무리 같은 성분의 약이라고 설명해도 받아들이지 않는다. 요양병원에다 부모님을 모시기는 했어도 하급병원이라 믿을 수 없다고 폄하하기 때문이다.

요양병원에서 발생하는 돌연사

요즘 젊은 30~40대 직장인들의 돌연사가 빈발하고 있다. 현대사회의 과중한 업무와 스트레스가 젊은이들을 죽음의 절벽으로 내몰고 있기 때문이다.

과로와 심리적인 압박이 불러온 불행이라고 생각하지만 그 근본 원인은 심혈관 질환 때문이다. 그 중에서도 관상동맥 질환이 대부분의 원인을 차지한다.

노인의 돌연사 원인도 이와 크게 다르지 않다. 돌연사 발생의 반 이상은 이전에 어떤 증세도 없었던 사람에게서 벌어진다. 그들 대부분은 고혈압·고지혈증·당뇨병·심장병 같은 성인병 질환을 가진 환자들이다. 이러한 돌연사는 가정이나 직장 등 병원 밖에서 벌어진다. 응급상황이 발생하여 급히 병원에 도착해도 이미 손을 쓸 수 있는 황금시간을 넘긴 경우가 대부분이다. 그렇다고 하지만 요양병원 안에서도 돌연사는 피할 수 없다.

의사가 항상 상주하는 병원에서도 이런 일은 벌어진다. 특히 요양병원은 고혈압이나 당뇨병 등의 심혈 관계 질환을 가진 고령의 환자가 대부분을 차지하고 있다. 조금 전까지 멀쩡했던 환자가 갑자기 숨을 거두기도 한다.

옆자리 환자와 얘기를 나누던 사람인데 갑자기 말을 하지 않는다고 응급 벨이 울린다. 부리나케 달려가 보면 이미 숨을 거두고 저세상 사람이 되어 있다.

간호사가 정해진 시간에 혈압을 재러 갔는데 이미 운명한 경우도 있고, 병원에서 환자를 위해 베풀어주는 생신 잔치에서 노래를 간드러지게 불렀던 환자가 승강기를 타고 올라오는 중에 숨을 거두는 경우도 있다.

삼킴기능이 약한 환자가 음식을 먹다가 숨구멍이 막혀 질식사를 하는 경우도 흔히 벌어진다. 우울증에 걸려 창 밖으로 뛰어내려 추락사를 하는 경우도 있다. 이런저런 이유로 요양병원에서는 잠시도 긴장의 끈을 늦출 겨를이 없다.

입원환자들의 자리 애착

요양병원에 입원 중인 환자는 대부분이 인지기능 장애를 지니고 있다. 그러다 보니 아무리 논리적으로 설명하여도 그들을 납득시킬 수 없는 경우가 자주 발생한다. 입원환자는 일단 자리를 잡으면 그 자리에서 떠나려 하지 않는다. 어떤 합당한 이유와 필요성을 설명해줘도 요지부동이다. 전철이나 버스 좌석을 먼저 차지하면 이미 기득권이 되어 양보하지 않는 것이나 같은 심리인 것 같다.

어느 환자의 경우, 옆 환자가 치매 증상으로 쉬지 않고 소리를 질러대 살 수가 없다고 날마다 불평한다. 그렇다면 다른 조용한 방으로 자리를 옮겨주겠다고 해도 손사래를 친다. '나를 왜 이 방에서 쫓아내려느냐'는 것이다. 내가 먼저 이 방에 들어왔는데, 늦게 온 사람이 나가야 된다는 것이다. 보호자들에게 설득을 부탁하여 보았지만 역시 막무가내였다.

이런 경우도 자주 있다. 입원하고 있는 할머니들끼리 서로 성격이 맞지 않아 날마다 '이년 저년' 거친 말은 물론이고, 더욱 상스런 막말을 곁들여 싸우는 일이 하루에도 몇 번씩 벌어진다. 보통사람 같으면 그 환자를 피해 다른 방으로 옮겨달라고 부탁할 것 같지만 천만의 말씀이다. 두 사람이 똑같이 "저년이 잘못하는데 왜 내가 쫓겨나야 하느냐"며 절대로 방을 옮기지 않고 날마다 소리를 지르며 싸워댄다. 그들에게 방을 옮기는 일은 자기의 잘못을 인정하는 꼴이고, 패배를 의미하며, 자존심이 상하는 일이기 때문이다.

일반적으로 인지기능이 떨어지는 환자에게서 자리에 대한 애착증상이 더욱 흔하게 나타난다. 인지기능이 떨어지면 새로운 환경에 적응하기가 힘들어 변화를 두려워하기 때문이다.

노인환자들의 집단 증상

날이 궂거나 비 오는 날이면 여기저기가 욱신거리고 아프다며 진통제를 찾는 환자들이 부쩍 늘어난다. 이런 날이면 집단으로 아우성을 친다. 습도가 높아져서 나타나는 현상이다. 이때 심한 증상이 있는 환자에게 주사를 놓아주면 같은 방의 환자들이 그냥 넘어가지 않는다. '왜 저 사람한테는 주사를 놓아주고 나한테는 약만 주느냐'며 대들기 일쑤이다. 자기만 소외당했다는 생각이 들었기 때문이다. 그들에겐 주사바늘이 엉덩이를 찔러 아픈 것쯤 아무 문제가 되지 않는다.

만약 환자가 밥을 잘 먹지 못하고, 물을 마시지 않아 탈수 현상이 생긴 경우라면 수액을 주어야 한다. 이런 때도 그냥 넘어가지 않는다. 옆자리 다른 환자들도 너나 없이 수액주사를 원한다. 자신도 똑같이 대접받고 싶다는 것이다.

입맛이 없다고 밥 대신 죽을 원하는 환자에게 죽을 주어도 마찬가지다. 너도나도 죽을 달라고 아우성이다. 의료진이 그 사람한테만 관심을 보인다고 생각했는지 숨어 있던 질투심을 곤두세운다. 소외되지 않고 관심받고 싶은 마음은 외로운 노년에 이르면 당연한 현상인지도 모른다. 이런 현상들은 여성 환자에게서 더 많이 나타난다.

요양병원에는 장기입원환자가 많아서 환자들끼리 가족 같은 분위기가 만들어진 병실도 있다. 그런 병실에 새로운 환자가 입원하면 먼저 입원한 환자들의 텃세가 만만치 않다. 그래서 결국은 못 견디고 방을 옮기거나 아예 병원을 떠나는 환자도 간혹 있다. 조그만 기득권이라도 지키려 하는 것은 요양병원 환자들도 다르지 않다.

외모를 중시하는 한국인

한국인의 외모 중시는 어제 오늘의 일이 아니다. 일찍이 조선시대에도 신언서판身言書判이라 하여 외모를 관리 등용의 첫 번째 기준으로 삼았다. 그 뿌리를 찾아 들어가면 중국의 영향이 크다.

이러한 영향을 받아서인지 우리나라 사람들은 외모를 중시한다. 그래서 우리는 일상 대화에서도 '같은 값이면 다홍치마'이고, '옷이 날개다'라는 말을 흔히 한다. 그만큼 옷맵시를 중요시한다. 이에 못지않게 얼굴 모양새도 중요시하여 얼굴을 뜯어고치다 보니 한국은 '성형왕국'이라는 말까지 듣는다.

병실에 입원한 연로한 여성 환자들은 기력이 쇠진하여 몸을 치장할 능력이 안 되다 보니 민낯 그대로 있기가 십상이다. 그런데 여기저기 누워 있는 환자의 눈썹 문신이 눈에 띈다. 보기에 흉한 모습이지만 다들 문신을 하고 있으니 문신 없는 사람이 이상하게 보일 지경이다.

이러한 광경으로 미루어 보아도 대한민국은 성형왕국이라 불릴 만한 자격이 있다는 생각이 든다.

요양병원 생활의 어려움

요양병원은 여러 가지 원인으로 일상생활 수행능력을 상실한 사람들이 치료를 받기 위해 입원한 곳이다. 일상생활에 필요한 제어기능을 상실한 환자들이 대부분이다. 그러다 보니 환자들의 행동 양상도 다양하다.

계속 노래를 불러대는 사람, 손뼉만 치는 사람, 소리만 지르는 사람, 이름만 불러대는 사람, 병실과 복도를 계속 왔다갔다 하는 사람, 침대 난간을 붙잡고 흔들어대는 사람, 가만히 누워 꼼짝도 하지 않는 사람 등등 병의 상태에 따라 별의별 행동 증상을 보인다.

어느 할머니는 소밥을 주러 집에 가야 한다고 일어나 나가려 한다. 어느 환자는 학교에 가야 한다고 병상에서 내려오려 한다. 또 어느 환자는 잃어버린 양말을 찾는다고 이 사람 저 사람 가릴 것 없이 다른 사람의 사물함을 차례차례 열어 보다가 시비가 붙는다. 비누나 양초 등 가리지 않고 먹으려드는 환자도 있다.

사람마다 몸에 적당한 온도가 달라서 덥다고 에어컨을 켜달라는 사람이 있는가 하면 춥다고 꺼달라는 사람도 있다. 어느 장단에 맞춰야 할지 난처한 경우가 자주 발생한다. 저녁이 되면 눈이 부시다고 전등을

끄라고 하는 사람, 밝게 불을 켜달라고 하는 사람 등등 가지가지의 사
람들이 다 모인 곳이 요양병원이다.

요양병원은 사회적 수용시설

요양병원은 사회구조의 변화가 가져온 시대적 상황이 반영된 의료기
관이다. 요양병원은 노년에 발병한 장기적인 질병을 치료하기 위해 최종
적으로 선택한 곳이다. 요양병원에 입원하면 편리한 점이 많다. 그에 못
지않을 만큼의 불편함도 따른다. 개인을 위한 맞춤형 복지가 우선이 아
니기 때문이다.

병원의 일과표에 따라 하루를 보내는 것은 쉽지 않은 일이다. 정해
진 식사시간과 일괄적인 식단, 수면시간 등이 모든 환자에게 배려될 수
없다. 밤 8시 반만 돼도 온 병동이 조용해진다. 전등불이 일시에 꺼져버
리기 때문이다.

대부분의 환자들은 그 시간부터 잠을 자기 시작한다. 그렇게 이른
시간에 잠이 들면 밤 1~2시쯤이면 잠을 깨는 것이 자연스러운 현상이
다. 그렇지만 그 시간에 불을 켜고 복도를 다니거나 병실을 거니는 것
은 허락되지 않는다.

환자들 간에 수면 양상이 다르고, 잠들어 있는 다른 사람을 깨우면
안 되기 때문이다. 그런 환자들은 불면증 환자나 야간 이상행동 환자
로 낙인이 찍힌다

하루하루 세상을 살아가다 보면 별의별 물건이 다 필요하다. 그러나 요양병원에 입원하게 되면 소지품은 상두대床頭臺 하나에 다 들어가야 할 정도로 줄여야 한다. 그뿐이 아니다.

반주로 늘 마셔오던 한 잔의 술은 감히 상상도 할 수 없는 일이다. 담배 한 대를 피우려면 승강기를 타고 내려가 수십 미터 떨어진 흡연 구역을 찾아가야 한다. 자신의 취향에 맞는 일을 마음대로 할 수 있는 상황은 거의 주어지지 않는다. 그러니까 재미가 없어 퇴원할 생각밖에 들지 않는다.

자기 방이 있어 문을 걸어 잠글 수 있고, 자기 체감온도에 맞게 실내온도를 조절할 수 있는 곳이 아니다. 자기만의 가구도 없고, 원하지 않는 시간에 잠을 깨우는 곳이 요양병원이다. 텔레비전을 보는 데 꺼버리는 사람이 있고, 자기가 원하는 것을 즐길 수 있는 공간이 요양병원에는 없다.

그런데 요양병원 직원들은 환자들의 이전 삶에 대하여 관심을 두지 않는다. 환자가 그 동안의 삶에서 관심을 기울여 온 것이 무엇이며, 이 곳에 와서 포기할 수밖에 없는 것이 무엇인지 알려고 하지 않는다. 환자의 심리적 상태에는 관심이 없고, 병원의 효율성과 환자의 안전만을 우선으로 삼는 곳이 요양병원이다.

이런 면에서 보면 요양병원은 노인이 원하는 삶 자체보다는 사회적 목적을 달성하기 위해 설치된 노인 격리시설이다. 나라에서 만들어낸 시설과 제도들은 여러 가지 사회적 목적을 달성하고 있다. 요양병원은 급성기병원의 효율성을 높이기 위해서 입원실을 비워주고, 건강보험공단의 의료비 지출을 절감시켜준다.

아무리 따뜻한 밥을 매끼마다 주고, 반찬을 새롭게 만들어주고, 방을 따뜻하게 해줘도 통제를 받는 병원생활보다는 자유스럽게 지낼 수 있는 집을 그리워한다. 실향민이 고향을 그리워하듯 살던 집을 늘 그리워하는 어르신들이다.

요양병원에 입원 중인 어르신들이 집을 그리워하는 마음은 어린아기가 어머니의 품을 찾는 마음이나 마찬가지다. 나의 집은 남의 눈치를 볼 필요가 없는 나만의 공간이고, 포근함과 자유의 공간이다. 그래서 입원환자들은 건강 상태가 조금만 호전되면 빨리 집에 돌아가고 싶어한다. 아무것도 모르는 것처럼 보이는 치매환자들도 때때로 집에 돌아가고 싶어한다. 집에 가고 싶어하는 것은 인지기능이 어느 정도 좋아진 순간에 나타나는 현상이다.

환자의 거짓말

평상시에는 의사나 간호사의 말을 잘 듣고 협조적이던 환자가 어처구니 없는 말을 할 때가 가끔 있다. 치료에 순응하면서 신뢰감을 보여주어 서로 소통이 잘 된다고 생각하던 환자였다. 그런 환자가 오랜 만에 찾아온 보호자에게 사실이 전혀 아닌 엉뚱한 말을 한다.

간병인이 자기를 때렸다고 하는가 하면, 이빨도 닦아주지 않는다고 하거나, 밥도 제대로 주지 않고, 기저귀도 자주 갈아주지 않는다고 거짓말을 한다. 그런 말을 들으면 가만히 있을 보호자가 없다. 그러나 사실이 아닌 거짓말이다.

옆에 다른 환자가 보아왔고 증인이 될 만한 사람들이 있기 때문에 그 말이 사실이 아니라는 것은 곧 밝혀진다. 그렇지 않다면 마치 병원이 환자의 인권유린을 하는 것처럼 될 수 있다. 때로 어떤 보호자는 간병인이 자기를 때렸다는 환자의 말을 그대로 믿으면서, 간병인이 아무도 보지 않는 화장실에서 때렸을 것이라고 병원 당국자에게 항의를 하는 경우도 있다. 아무튼 이런 거짓말을 하는 것도 노인병 환자, 특히 치매환자의 증상 중 하나이다.

이런 거짓말을 하는 이유는 두 가지이다. 첫째는 보호자가 환자를 소홀히 대해서 벌어지는 일이다. 자식이 자주 찾아주길 바라는 마음에서 생긴 거짓말이다. 자식들이 자주 찾아와서 관심을 보여야 자기 체면도 서고 병원에서도 자기를 얕잡아보지 않는다고 생각하기 때문이다.

이런 환자들은 자식이 병문안을 오면 바로 얼굴에 생기가 돈다. 아픈 것도 싹 가신다. 어느 약보다도 증상을 호전시키는 특효약이 자녀의 방문이다. 자존감을 확인하고 싶은 마음은 누구나 똑같다. 둘째는 치매환자의 피해망상으로 나타나는 증상이다. 이래저래 요양병원의 간병인은 하루하루가 심신이 피곤할 수밖에 없다.

집중치료실에서 일어나는 일들

요양병원에서는 환자의 상태가 악화되면 일반병실에서 집중치료실로 옮기게 된다. 요양병원의 집중치료실은 급성기병원 중환자실만큼 고가의 의료 장비를 갖추고 있지 않다. 일반적으로 인공호흡기 같은 생명유지장치가 없기 때문에 본격적인 응급치료나 연명치료는 할 수 없다. 단지 산소포화도를 측정하고, 산소를 공급할 수 있는 시설, 가래가 끓으면 그것을 빨아낼 수 있는 흡입시설, 환자의 상태를 한눈으로 파악할 수 있는 환자감시장치EKG monitor를 갖추고 있을 뿐이다.

집중치료실에 옮겨진 환자 중 치료를 받다 상태가 호전되어 일반병실로 다시 돌아가는 환자들도 있지만, 대개는 그곳에서 생을 마감하게 된다. 집중치료실은 죽음의 문턱이 보이는 공간이다.

환자의 상태가 악화되어 임종이 임박하면 임종 시간에 맞춰 보호자에게 연락을 한다. 이 일은 요양병원의 중요한 업무 중 하나이다. 그러나 예상보다 임종이 며칠씩 늦어지면 여러 사람들이 헛걸음을 하게 된다. 이와 반대로 보호자에게 알려주기도 전에 임종을 하면 무슨 큰 죄를 지은 것처럼 담당 의료진은 당혹감을 감추지 못한다. 이럴 때면 간호사들은 돌아가셨다는 말을 하기보다는 상태가 너무 안 좋아 위급하다고 전화를 한다. 보호자에게 절망감을 적게 주려는 배려이다. 자기의 죽음을 예견하고 자식들이나 친지들에게 유언을 하고, 임종을 맞이하는 것도 인생의 큰 복 중의 하나이다.

인생은 공평하다고 말하는 사람이 있다. 세상 일이 자기 뜻대로 잘 이루어지는 사람들이 흔히 하는 말이다. 그러나 그렇지 않은 경우가 더 많은 것 같다. 어떤 사람은 하는 일마다 술술 잘 풀려서 평생을 아무런 불행을 맛보지 않으며 순풍에 돛단 듯 편안하게 살아간다. 그런가 하면 어떤 사람은 아무리 노력해도 하는 일마다 꼬이고 제대로 풀리는 일이 없어서 산 넘어 산이 나오듯 인생을 불행하게 살다가 불우하게 죽음을 맞이하는 사람도 많다. 주위를 살펴 보면 많은 경우 인생을 공평하지 못하게 살고 있다. 인생이 공평하다는 말은 누구에게나 죽음이 찾아온다는 면에서만 맞는 말이다. 죽음은 누구에게나 차별 없이 찾아온다.

늙음과 죽음은 되돌릴 수 없는 변화이다. 그래서 젊음이 자랑스럽고 늙으면 무엇인가 잃어버린 느낌이 든다. 생명은 소중한 것이다. 생명을 다하여 지금까지 함께 지내온 사람들이나 익숙한 환경과 영원히 이별을 한다는 것이 어찌 아쉬운 일이 아니겠는가. 아무리 거역을 하려 해도 피할 수 없이 닥쳐오는 일이다. 어쩔 수 없이 받아들여야 하는 것이 죽음이다. 이 세상을 하직하면서 살아남아 있는 사람들에게 아름답게 기억되길 누구나 바란다. 우리가 바라는 것은 품위 있는 죽음이다. 인간의 존엄성을 갖춘 죽음이다.

죽음을 앞둔 어르신들의 표정도 가지각색이다. 이젠 힘든 일을 다 마쳤다는 듯 편안한 얼굴로 맞이하는 어르신, 죽음에 대한 공포로 '나 좀 살려달라'고 애원하는 어르신, 살아온 인생에 한이 많은 듯한 표정의 어르신, 삶을 포기하고 덤덤한 표정으로 숨을 거두는 어르신 등 여러 모습을 보이며 저세상으로 간다.

돌아가신 분의 마지막을 지켜보는 자손들의 표정도 가지각색이기는 마찬가지다. 말 없이 침울한 표정으로 눈물만 뚝뚝 흘리는 자손, 모든 표정을 가슴에 묻고 마음 속으로 통곡하는 자손, 살아계실 때 찾아뵙지 못하고 이제야 온 것에 대한 죄책감을 느끼며 눈물을 뚝뚝 떨어뜨리는 자손, 삶이 벅차서 자주 찾아오지 못했다고 죄송스러워 훌쩍이는 자손, 생전에 입은 은혜를 못 잊어 고인의 죽음을 서러워하며 대성통곡하는 자손들도 있다.

서글프고 외로운 죽음도 있다. 혈육 하나 남기지 못해 찾아오는 사람 없이 초라한 죽음을 맞이하는 사람, 가족관계가 원만하지 않아 슬퍼하는 기색이 하나도 없는 자손들 등등 온갖 표정을 짓는다. 삶의 모든 과정이 투영되는 죽음의 순간은 살아 있는 인간을 항상 서글프게 한다.

입원환자의 병원탈출

요양병원에서 발생하는 안전사고도 여러 가지다. 그 가운데서 가장 흔히 벌어지는 사고는 낙상이다. 자주 벌어지지는 않지만 병원 전체를 발칵 뒤집어놓는 사건이 벌어졌다. 환자의 병원 탈출이다. 호시탐탐 탈출을 노리는 환자를 지키는 일은 순간의 방심에서 일어난다.

의식상태가 정상적인 환자들은 병원 근처 슈퍼에 물건을 사러 잠깐 나가거나 골목길을 운동 삼아 돌아다닌다. 그 경우는 크게 문제가 되지 않는다. 스스로 병원을 찾아 돌아올 수 있기 때문이다. 그러나 복도에만 나가도 자기 자리를 쉽게 찾아오지 못하는 환자가 병원 밖으로 나가면 심각한 일이 벌어진다.

이런 환자는 일단 병원을 나서면 방향감각이 없어져 길을 잃는다. 자기가 병원에 입원한 사실도 알지 못하고, 병원이름도 기억하지 못한다. 또 병원을 나왔지만 어디로 가기 위해 나왔는지도 모른다. 길거리의 행인들에게 길을 물을 능력도 없는 사람이다. 환자복이라도 입고 있다면 쉽게 발견될 수 있어 다행이다.

병원에서 제공하는 환자복을 거부하는 환자가 가끔 있다. 인지기능이 떨어지는 환자일지라도 싫어하고 좋아하는 감정은 남아 있어 입고 싶은 옷이 따로 있다. 병원 옷이 맘에 들지 않으면 절대로 입지 않으려 한다. 그래서 자기가 좋아하는 사복을 입는다. 사복을 입고 길을 잃은 환자를 찾아내는 것은 더욱 힘들다. 한겨울에 길을 잃으면 동사하는 일도 벌어질 수 있다. 주의력과 집중력이 없어 교통사고가 발생할 수도 있다. 병원 밖에 나가서 자살하는 경우도 있다.

환자가 병원에서 사라지면 온 병원의 직원들은 비상사태에 돌입한다. 인근 파출소 직원들까지 동원된다. 환자 가족도 연락하여 환자 수색에 나선다.

인지능력이 떨어진다고 해서 답답한 병원생활을 벗어나고 싶어하는 마음까지 없어지는 것은 아니다. 건물 안의 밀폐된 공간에서만 생활하다 보면 바깥 생활이 그립고, 예전에 살던 곳이 그리워 찾아가고 싶지만 막상 병원을 나서면 왜 밖에 나왔는지를 잊어버리고, 어디를 가야 하는 것도 잊어버려 여기저기를 서성일 뿐이다. 하루 중 어느 순간도 긴장의 끈을 풀 수 없는 것이 요양병원의 운영이다.

인간에게도 유통기한이 적용되는가

'나는 늙으면 추한 꼴을 보이지 않고 미련 없이 죽을 것이다'라고 말하는 사람이 많다. 늙음은 저 멀리 있고, 건강은 항상 자기와 함께 있을 거라고 생각하기 때문이다. 그러나 늙으면 상황이 달라진다. 생명에 대한 집착은 모든 생명체의 본능인 것 같다. 그런데 나이가 많은 사람을 유통기한이 지난 상품처럼 생각하는 경우가 종종 있다.

아흔 살이 넘은 어느 환자의 아들이 문병을 왔다 집으로 돌아가면서 한숨을 짓는다. 모친이 식사하는 것을 보고는 "저렇게 어머니가 밥을 잘 드시니 쉽게 돌아가실 것 같지 않다"고 혼잣말을 내뱉는다. 내 나이도 일흔이 넘어 힘이 드는데, 노모를 모시는 것이 벅차다는 아들의 푸념이다. 나이가 아흔이 넘었으니 죽을 때도 되었다는 것이다. 이 정도 되면 건강한 것도 죄가 된다.

치매와 당뇨가 있는 여든여덟 살 된 할머니 환자가 병원에 입원 치료를 받고 증상이 많이 호전되었다. 어느 날 딸이 찾아와 집에 모시겠다고 퇴원을 시켜달라고 하였다. 퇴원약을 받아들고 딸의 집에서 살게 된

어머니를 아들이 찾아갔는데, 병이 악화되어 몰골이 말이 아니게 나빠져 있었다. 병원에서 받아간 약은 한 알도 복용하지 않은 채 그대로였다. 딸은 어머니가 약을 먹으면 병이 좋아져 너무 오래 살게 될까봐 일부러 약을 주지 않았다고 한다. 그 후, 아들이 모시고 와서 다시 병원에 입원했다. 할머니는 건강을 회복하여 예쁜치매 증상을 보이며 간호사들의 보살핌 속에서 노년을 편안하게 보내고 있다. 비록 인지능력은 떨어진 삶이지만 말이다.

나이 든 부모를 요양병원에 입원시킨 뒤 병이 좀 악화되면 자식들이 흔히 하는 말이 있다. "이 상태에서 편안히 돌아가시게 해달라"는 것이다. 혈압이 내려가도 승압제를 주지 말고, 피가 모자라도 수혈을 거부한다. 폐렴에 걸려도 항생제를 주지 말라고 한다. 경제적인 이유 때문이 아니다.

치매에 걸리면 낮과 밤도 구별하지 못하고, 입원하고 있는 병원이 무엇을 하는 곳인지도 모른다. 그러나 이들에게도 원하는 욕구가 있다. 어느 환자이든 물어보면 오래 살고 싶다고 한다. 아파 누워 있는 환자도 빨리 회복해서 더 살고 싶어하지 않는 사람이 없다. 생명의 욕구는 본능이다. 일단 하직하면 영원히 돌아올 수 없는 이승이다. 그래서 삶은 소중한 것이다. 그런 것에 아랑곳하지 않고 나이가 많다는 이유로 나을 수 있는 병인데도 치료를 거부하는 자식들이 흔히 있다.

병원에서 시행하는 치료행위를 거부할 바에는 집으로 모시고 가서 그냥 방치하면 쉽게 해결될 일이다. 그렇게 하기는 싫으면서 치료를 거부하는 보호자가 의외로 많다. 늙은 부모가 오래 살아 계신 것을 자식들이 부담스럽게 생각하기 때문이다. 살 만큼 살았으니 돌아가셔도 된다고 생각하기 때문이다. 이런 일을 경험할 때마다 '늙는 것이 가장 큰 죄구나. 나이가 든 사람은 건강을 회복할 권리도 없는가'라는 생각이 든다.

어느 요양병원에
모실 것인가

요양병원 선택 요령

부모님의 건강이 좋지 않아 요양병원에 모시려고 할 때 미리 고려하는 사항이 있다. 우선 손쉽게 찾아뵐 수 있는지의 지리적 여건, 치료비는 매달 어느 정도 드는지, 병원의 시설과 환경은 어떠한지를 먼저 생각하게 된다. 물론 이런 점들은 모두 중요한 사항이다.

이처럼 사람들은 요양병원을 선택하는 조건으로 시설과 공간적인 환경을 주로 염두에 둔다. 치료 내용보다 병원 환경을 우선으로 생각하기 때문이다. 그 이유는 요양병원을 요양원 개념으로 접근하기 때문이다. 병원은 치료를 위한 기관이다. 제대로 된 치료를 받기 위해서는 의료진의 구성부터 살피는 것이 가장 중요한 문제이다.

예를 들면, 골절이 된 경우라면 정형외과 전문의가 근무하는 병원에 입원하는 것이 환자가 고통을 덜 받고 후유증을 최소화할 수 있는 길이다. 양질의 치료를 바란다면 손쉽게 구할 수 있는 한두 과목의 전문의가 여러 명 근무하는 병원보다는 전문과목이 각각 다른 전문의들로 구성된 병원을 선택하는 것이 좋다. 노인들은 노쇠 현상이 심하여 신체의 어느 부위를 막론하고 갑자기 문제를 일으킬 수 있기 때문이다.

노인병은 내과적 질환이 많으므로 내과의사의 역할이 특히 중요하다. 나이가 들면 인지기능이 떨어지고 심리상태가 불안정하므로 신경정신의학과 전문의도 많이 필요하지만 현실적으로 이들을 요양병원에서 만나보기는 힘든 실정이다.

병원 홈페이지를 보면, 여러 과목의 전문의가 진료를 담당하는 것처럼 실려 있지만 실제로는 그렇지 않은 경우가 많다. 대부분의 요양병원은 홈페이지 관리가 부실하다. 이미 의료 인력의 변동이 생겼어도 이를 수정하지 않고 그대로 방치하는 경우가 대부분이다. 상업광고를 다 믿을 수 없듯이 요양병원의 홍보물도 믿을 수가 없다.

간병인 1인이 담당하는 환자 수를 알아보고 간병인의 근무시간과 근무형태를 알아보는 것도 중요한 사항이다. 간병인의 업무량이 많으면 환자를 성심성의껏 돌볼 수 없다.

간병인이 담당한 환자 수가 많으면 사고방지를 위해 환자를 침상에서 내려오지 못하게 감시한다. 환자를 부축할 여유인력이 없기 때문이다. 또 노인 환자의 느린 동작을 견디지 못하여 환자가 해야 할 일(옷을 갈아입고 세수를 하는 일 등)을 간병인이 대신 해버린다.

이러다 보면 환자의 운동능력이 점점 떨어져 건강이 악화되는 경우는 흔히 볼 수 있는 요양병원의 현상이다. 심지어는 일손이 모자라다 보면 똥을 싼 기저귀도 갈아주지 못하고 몇 시간 동안 방치할 수밖에 없다.

요양병원을 선택할 때는 다양한 지표를 확인하는 게 좋다. 의사·간호사 등 의료 인력의 1인당 환자 수가 평균 이하로 적고 의료기사나 약사·사회복지사 등을 다 갖춘 병원이 우수한 곳이다.

또한 일상생활 수행능력이 감퇴된 환자나 욕창이 악화된 환자가 많은 병원은 선택하지 않는 게 좋다.

선택은 대개 경제적 부담과 비례한다. 경제적 부담이 적은 병원일수록 환자를 제대로 수발하지 못하는 게 일반적 현상이다.

의료 사항이 마음에 든다면 병원의 실외 공간 상태가 어떤지도 알아보아야 한다. 움직일 수 없는 와상환자가 아니라면 병원의 실외 공간에 나가 걷고 햇볕을 쬐는 것은 육체적 정신적 건강증진에 커다란 도움이 되기 때문이다. 그래서 사회복지가 발달한 선진국에서는 반드시 산책로를 확보한 요양병원이 많다.

그렇지 못하다면 실내 공간이 넓은 병원이 좋다. 그리고 화분이나 어항을 여러 군데에 충분히 갖추어 놓은 병원이 좋다. 왜냐 하면 자라는 화초의 모습을 보거나 어항 속에서 헤엄치는 물고기의 생동감을 보면 질병의 호전에 도움을 주기 때문이다. 이 방면의 전문가가 아니더라도 짐작할 수 있는 일이다. 복도에 그림이 걸려 있고, 때때로 음악이 흘러 나온다면 정서적 안정에 많은 도움이 될 수 있다는 점을 소홀이 여기지 말자.

요양병원에서 병실 선택

요양병원의 병실 규정은 다인실의 경우 병실당 6개의 병상을 둘 수 있다. 병상 간격은 1.5미터 이상을 확보해야 하고, 손씻기 시설과 환기시설을 반드시 설치해야 한다. 1인실의 경우, 병실 면적을 10제곱미터, 다인실의 경우, 6.3제곱미터 이상으로 해야 한다.

요양병원의 간병인제는 병원에 따라 차이가 있다. 하지만 일반적으로 다인 병실로 운영되고, 공동간병인제를 택하고 있다. 보통 6인 기준의 병실 하나나 두 개를 간병인 한 명이 담당한다. 다인실은 여러 사람이 공동생활을 해야 하므로 불편한 점이 많다. 그래서 부모님을 편안하게 모시고 싶어하는 효심이 지극한 자녀들은 1인실에 부모를 입원시키려 한다.

1인실에 입원하면 사생활 침해를 덜 받고, 남의 눈치를 보지 않고, 자기가 원하는 대로 지낼 수 있는 등 장점이 많다. 그런 경우에는 대개 단독으로 간병인을 두게 된다. 의식이 명료한 환자의 경우에는 1인실을 사용해도 경제적인 능력만 된다면 권장할 만하다. 그러나 1인실에 있으면 같이 이야기할 대상이 없어 무료하게 지내야 하는 단점이 있다.

일반적으로 치매에 걸려 일상생활 수행능력이 떨어지고 인지기능이 저하된 환자의 경우는 다인실이 더 바람직하다. 간병인과 환자의 관계가 노출되기 때문이다. 어린이집에서 아이를 학대하듯이 간병인이 환자를 함부로 대하여도 1인실에서는 감시가 불가능하다. 또 성실하게 환자를 돌보는 간병인에 대하여 환자가 사실과 전혀 다른 거짓말을 할 수도 있다. 그런 일이 1인실에서 벌어지면 누구 말이 옳은지 증거를 대기가 힘들다. 다인실에 있으면 다른 환자나 보호자들이 서로 감시 아닌 감시를 하게 된다. 환자 상태에 변화가 생겨도 다른 환자들이 그 상태를 의료진에게 즉각 알려줄 수 있다. 다인실은 좀 번잡스럽지만 외롭지 않게 지낼 수 있는 장점이 있다. 경제적인 부담이 적다는 것 말고도 다인실은 나름대로 많은 장점을 가지고 있다.

간병인의 중요성

의사나 간호사를 제외한 대부분의 병원인력은 최저임금을 받으며 근무한다. 간병인도 물론 최저임금 대상자이다. 힘든 일을 하면서 환자를 돌보는 데 최선을 다하는 모습을 보면 그들의 노고에 감사한 마음마를 날이 없다.

요양병원의 간병인은 간호사와 조무사의 지시를 받아가며 환자를 수발하는 사람이다. 주된 업무는 일상생활 능력이 떨어지는 환자를 돌보는 일이다. 요양병원 직원 중에서 환자 곁에서 가장 많은 시간을 보내고 상태의 변화를 수시로 관찰할 수 있는 사람은 바로 간병인이다. 그러므로 간병인이 환자의 건강에 미치는 역할은 매우 크다. 환자의 상태에 미세한 변화가 생기더라도 간병인은 그 사실을 간호사실에 재빨리 알려야 한다.

간병인 채용에 대해서 요양병원이 지켜야 하는 법적인 기준이나 규정은 없다. 대부분의 요양병원은 공동간병인제로 병실을 운영한다. 요양병원의 간병인 채용은 병원 당국과 간병인력 제공업체가 계약을 맺어 이루어지는 게 대부분이다. 일상생활 수행능력이 저하되어 수발을 필요로 하는 환자의 병실에 간병인을 배치한다. 물론 보행이 가능한 환자들이 입원해 있는 병실에는 간병인이 없는 경우도 있다. 또 병원에 따라서는 병동의 전체 환자를 한두 명의 간병인이 맡아서 간병을 하는 곳도 있다. 이런 병원은 치료비가 다른 병원에 비해 저렴하다.

간병인들의 근무 형태는 병원에 따라 다양하다. 교대 없이 24시간 근무하거나 2교대 혹은 3교대로 입원환자를 돌보게 된다. 24시간 동안 간병 근무를 하는 사람은 중국에서 건너온 조선족 출신이 대부분이다.

간병인이 담당하는 일은 환자의 식사량과 대소변량의 횟수 기록, 기저귀 교체, 환자의 물품(틀니, 기저귀, 개인 물품 등)관리, 침상 정리, 약물 투여, 환자 옮기기, 목욕시키기, 식사보조 등이다. 이와 같은 간병인의 업무는 환자의 건강관리에 커다란 영향을 미칠 수밖에 없다.

간병인은 환자와 정서적인 교감이 이루어져야 한다. 자식보다 더 정성스러운 간병인 수발에 감동한 환자는 다른 병원으로 직장을 옮기는 간병인을 따라가는 경우도 있다. 환자의 상태에 따라서는 의사나 간호사의 역할보다 간병인의 역할이 더 중요한 영향을 미치기도 한다.

노년이 되면 많이 움직여야 한다. 간병인을 힘들게 하는 만큼 그 사람의 건강도 힘들어진다. 어떤 사람들은 치료비를 내기 때문에 당연히 병원에서 자기에게 모든 서비스를 제공해야 한다고 생각하여 종 부리듯이 직원들에게 봉사할 것을 요구한다. 손 하나 까딱하려 하지 않는다. 그런 환자들은 직원의 도움을 받는 만큼 그에 비례하여 건강이 더 빨리 나빠진다는 사실을 명심해야 한다.

요양병원의 사회적 인식

자궁암이 온몸에 전이되어 아흔두 살에 운명하신 어느 환자의 이야기다. 그 환자는 같은 동네에 사는 노인들이 요양병원에 입원하면 자식들이 돈을 주고 요양병원에 버렸다고 생각하여 그 집 자식들을 비난하였다고 한다. 경로당에 모이는 다른 할머니들도 이구동성으로 그렇게 비판을 한다는 것이다.

그러다가 본인이 나이가 더 들면서 자궁암이 온몸에 번져 건강이 쇠약해지자 집에 누워서 병을 앓는 것 자체가 자식에게 짐이 된다고 생각하였다. 견딜 수 없게 병이 심해지자 어쩔 수 없이 요양병원에 입원하여 치료를 받다 이 세상을 하직하셨다. 이처럼 대부분의 노인들은 요양병원에 대해 곱지 않은 시선을 보낸다.

필자가 이발소에서 머리를 깎으면서 들은 이야기다. 그 이발소는 주인이 사람들을 좋아하여 항상 60대 중반의 동네 노인들이 열 명 가까이 모여서 막걸리도 마시고 바둑도 두면서 소일하는 경로당 역할을 겸하는 곳이다. 그 사람들은 내 얼굴을 본 적이 있지만 내가 요양병원에 근무하는 의사인지 전혀 모른다. 그들의 이야기 내용은 다음과 같다.

요양병원에 어른들을 맡기면 안 된다고 하였다. 그 이유는 기저귀를 갈아주기 귀찮아서 밥과 음식을 안 줘 굶겨 죽인다는 것이다. 기저귀도 잘 갈아주지 않고, 때로는 환자에게 폭력을 가하는 학대행위가 흔하게 일어난다고 하였다. 요양병원에 입원하는 절차를 마치 고려장을 지내는 것으로 생각하는 사람도 있었다.

앞에서 말한 것처럼 요양병원에 대한 부정적 인식은 대부분의 경우 요양원을 요양병원으로 착각해서 벌어지는 오해이다. 노인 생활시설인 '요양원'과 의료기관인 '요양병원'은 엄연히 다르다. 절대로 요양병원에서는 그런 일이 벌어지지 않으니 안심하여도 된다. 요양병원은 그러한 일이 발생할 수 없는 체제로 운영된다. 의사와 간호사, 조무사가 수시로 환자를 점검하기 때문에 간병인들의 그런 횡포는 일어날 수 없다.

요양병원의 성격과 현황들

요양병원이란?

효를 윤리의 기본으로 삼는 한국의 전통문화에서 자식이 연로한 부모님을 집에서 모시는 것은 얼마 전까지만 해도 당연한 일이었다. 그러나 지금은 지나간 문화로 점점 사라져가고 있다. 시대상이 반영됐기 때문이다. 사회구조가 달라지고, 가족의 형태가 바뀌었기 때문이다. 이런 요인들이 바로 요양병원이 출현하게 된 필연적인 이유이다.

문화란 인간이 만든 것이지만, 인간은 그 문화에 스스로 얽매이는 존재이다. 목숨을 걸고 지키려 했던 가치관도 문화의 조류가 바뀌고 나면 그것은 어리석음이 만들어낸 환상이었고, 참으로 부질없는 일이었다는 것을 깨닫게 된다. 문화는 생물과 같아서 시대에 따라서 생멸을 서듭한다. 이제는 요양병원이라는 시대적 조류를 멀리할 수 없다. 그런 바탕에서 세워진 국가의 복지정책이지만 우리는 이에 적응해야 할 사회적 상황에 놓여 있다.

불과 20년 전만 해도 부모가 늙어서 요양병원이나 요양원 같은 시설에서 노후를 보내다가 죽음을 맞이하게 한다는 것은 도저히 받아들일 수 없는 불효적 행위였다. 그러나 지금은 그런 시대가 아니다. 자기가 살던 집이 아무리 편하고 떠나기 싫어도 이제는 늙으면 의탁해야 할 곳으로 요양병원을 한 번쯤은 생각해야 할 시대가 되었다. 그러면 먼저 요양병원이 어떤 곳인지부터 알아보자.

의료법에 의하면 "요양병원은 입원 환자 30명 이상을 수용할 수 있는 시설을 갖추고 의사나 한의사가 상근하면서, 주로 장기요양이 필요한 입원환자를 치료하기 위하여 개설된 의료기관이다."(의료법 제3조 5항)라고 한다.

또 요양병원의 기능에 대하여서는 다음과 같이 말한다. "요양병원은 질병치료를 주목적으로 하는 급성기병원과 일상생활의 지원서비스를 주로 하는 요양시설요양원의 중간 단계 의료시설로 통합적인 의료서비스를 제공하는 의료기관이다."(김도훈, 장현재, 장지수와 조경환, 2008)

왜 요양병원이 필요한가?

길을 지나다 보면 고개를 돌리는 곳마다 수없이 많은 의료기관들이 눈에 띈다. 병원이 넘쳐나는데도 왜 요양병원 설립이 새로이 필요하게 되었는가? 그 이유는 이렇다.

첫째로, 가족형태가 변화했다. 여성의 경제활동 참여로 전업주부가 가정을 지키던 가족형태가 사라져가고 있다. 또한 대가족 제도에서 핵가족으로 가정형태가 변화하여 노약자를 수발할 인력이 없어졌다. 이런 영향으로 노약자는 요양병원의 돌봄서비스를 받지 않을 수 없는 상황이 된 것이다. 이렇게 볼 때, 요양병원은 단순히 노인을 수용하기 위한 의료기관이라기보다 젊은이들의 경제활동 보장이라는 사회적 문제를 해결하기 위한 의료기관이라고 말할 수 있다.

둘째로, 인류의 수명 연장에 따른 퇴행성질환이나 만성질환이 증가했다. 완치를 기대하기 힘든 이런 장기질환을 전문적으로 치료할 새로운 형태의 의료기관 출현이 필요하게 되었다.

셋째로, 노인들이 앓는 질병은 젊은이들의 질병과는 다른 여러 가지 양상을 나타낸다. 고령의 환자들은 합병증이 쉽게 발생하고, 여러 가지 질병을 동시에 앓는 경우가 많다. 각각의 질병은 그에 따른 특성이 있다. 하지만 노인성질환은 대개 장기적이고 반복적인 양상을 보인다. 강도 높은 치료를 요하는 경우는 많지 않다. 또한 노인들의 질환은 질병과 건강의 한계가 불분명하여 완치를 기대하기가 어렵다.

넷째로, 노인층에서 발생하는 질병의 원인은 생활방식과 밀접한 관계를 지닌 경우가 대부분이다. 노년은 기대수명이 많이 남지 않은 시기이다. 이들에게는 삶의 질 향상을 위한 종합적인 지원이 필요하고, 생활능력의 회복을 위하여 전인적 의료가 제공되어야 한다. 이러한 문제점을 해결하기 위한 목적으로 설립된 의료기관이 바로 요양병원이다.

요양병원에 대한 간단한 질의응답

Q: 요양병원에는 무슨 병으로 입원하나요?

A: 노인성질환자나 만성질환자를 주로 취급하지만 외과적 수술 후 혹은 상해 후 회복기간에 있는 환자도 입원 가능합니다.

Q: 위에서 말한 환자라면 아무나 입원이 가능한가요?

A: 모든 환자가 가능한 것은 아닙니다. 전염성질환이나 노인성 치매 환자를 제외한 정신질환자는 입원할 수 없습니다.

Q: 요양병원과 요양원의 근본적인 차이는 무엇입니까?

A: 요양병원에는 의사가 상근직원으로 근무를 하지만, 요양시설은 그렇지 않습니다. 요양원은 의식주와 관련된 문제를 해결해주고, 일상생활에 필요한 편의를 제공해주지만 치료는 불가능합니다.

Q: 요양병원에 입원하는 환자 중 많은 부분을 차지하는 질병은 무엇인가요?

A: 치매, 뇌졸중 및 그 후유증, 파킨슨병, 골절 등으로 일상생활 능력장애가 심한 사람입니다.

Q: 요양병원에 입원하면 치료비는 얼마나 되나요?

A: 병원에서 받는 치료 내용과 환자의 등급에 따라 치료비가 다릅니

다. 몇 명의 환자가 공동간병인을 두느냐에 따라서도 달라집니다.

위의 질의응답에 대한 내용을 좀더 자세히 살펴보기로 하자.

요양병원에는 어떤 환자가 입원할까?

요양병원의 치료 대상은 노인성질환이나 만성질환을 앓고 있는 환자는 물론이고, 수술이나 상해 후 회복기간이 필요한 사람들이다. 단 치매를 제외한 정신질환 혹은 전염성질환 환자는 요양병원의 입원 대상이 아니다.

요양병원에 입원하는 환자들의 병명을 보면 대부분 치매, 뇌졸중, 파킨슨병, 골절 등이다. 그밖에 암 등의 말기질환도 입원 대상이 된다. 물론 이런 병을 앓고 있는 모든 환자가 입원이 필요한 것은 아니다. 이들 중 상당수는 가정에서 가족이나 간병인의 도움을 받으며 지낼 수 있다. 실제로 요양병원을 찾는 이유는 환자가 처한 상황의 차이 때문이다.

나이가 들어 체력이나 인지기능이 떨어지면 일상생활에 필요한 신변관리를 제대로 할 수 없게 된다. 이들은 모든 일상생활에 도움을 받아야 하는 처지이나 막상 맞벌이 자녀는 이런 부모들을 집에 두고 출근하지 않을 수 없는 실정이다. 결국 노인들은 홀로 방치될 수밖에 없고, 그런 상태에서는 사고 위험에 노출될 수밖에 없다. 이것이 요양병원이 필요한 가장 현실적인 이유이다.

단지 수발할 사람이 필요한 경우에는 요양원을 찾아가면 된다. 그러나 아무나 요양원에 입소할 수 있는 것은 아니다. 요양원에 입소할 수 있는 자격기준이 있고, 이에 미달하면 자비 부담이 많아진다. 이런 경우처럼 경제적인 부담을 덜기 위해 요양원보다는 요양병원을 찾는 경우도 있다. 요양병원은 입원을 제한하는 정해진 규정이 없기 때문이다. 또 일반 병원에 입원했을 때 개인 간병인을 고용해야 하는 경제적인 부담 때문에 요양병원을 찾아 입원하는 경우도 많다.

또 치매환자의 경우 인지기능이나 일상생활 능력의 저하만 있다면 가족들과 함께 지내는 것이 가능하다. 그러나 극심한 이상행동심리증상behavioral and psychological symtoms of dementia, BPSD이 발생한다면 온 가정을 쑥대밭으로 만든다. 이런 경우, 일정 기간의 입원 치료를 통하여 환자에게 맞는 약물을 찾아내고, 그 약물의 유지용량이 적정하게 정해질 때까지 입원이 필요하게 된다. 그렇다고 해서 요양병원을 모든 사람이 입원할 수 있는 것은 아니다. 경제적 취약 계층은 요양병원의 입원비가 큰 부담으로 작용할 수 있기 때문이다.

요양병원의 치료목표

환자가 치료를 받는 목적은 질병의 완치이다. 그러나 환자의 상태에 따라 그런 목표에 도달할 수 없는 경우가 있다. 노인성질환은 질병의 특성상 완치가 힘든 경우가 대부분이다. 요양병원의 역할은 그러한 환자들을 의학적 치료와 더불어 일상생활 수행능력이 더 이상 악화되지 않도록 예방하고, 삶의 질이 향상되도록 도모하는 데 있다. 만성질환과 퇴행성질환이 대부분을 차지하는 노인들의 질병은 적극적인 치료를 시행한다 하여도 완치나 조기퇴원이 불가능한 경우가 많다. 따라서 요양병원은 장기 입원을 전제로 하여 가능한 입원 당시의 상태에서 더 이상의 악화를 막고, 신체 기능을 보존시키는 역할에 초점을 맞추어 치료하는 것이 진료 목적이라고 할 수 있다.

노년기 환자들의 특징

노인들은 병에 걸려도 그 질병 특유의 증상이 뚜렷하게 나타나지 않아 진단을 어렵게 만드는 경우가 허다하다. 그래서 병이 한참 진행되고 나서야 정확한 진단을 받는 경우가 흔하다. 이에 대한 몇 가지 예를 들어보자.

폐렴끼가 있는데도 열이 나지 않고 기침도 하지 않는 경우가 있다. 혈액검사 상에도 염증 소견이 보이지 않는다. X-선 촬영에도 나타나지 않는다. 그래서 노인의 폐렴은 종합적인 면에서 판단하여야 할 경우가 있다.

길을 걷다 넘어지고 나서 바로 일어나 아무 일 없이 잘 걸어다녔고, 의식이 명료하였는데도 며칠 후 갑자기 의식을 잃는 경우가 있다. 나이가 들면 뇌에 위축이 와서 모세혈관 손상으로 피가 서서히 두개골의

빈 공간에 고여 뇌를 서서히 압박하기 때문이다. 나이가 들면 뇌가 위축된다. 30세의 젊은이는 1,360그램의 뇌가 두개골을 꽉 채우고 있으나 70세가 되면 뇌가 줄어들어 두개골 안에 거의 2.5센티미터 정도의 공간이 생길 뿐이다. 이런 이유로 노인이 머리에 충격을 받으면 뇌출혈이 쉽게 일어나게 된다.(아톨 58) 그렇다고 해서 넘어지는 환자마다 모두 CT나 MRI를 다 찍어볼 수도 없다. 언제나 낙상사고는 요양병원 의사들을 긴장하게 만든다.

노년의 환자들은 보통 몇 가지 질병을 동시에 앓고 있다. 예를 들면, 고혈압과 당뇨, 치매, 전립선비대증, 골다공증, 뇌졸중 후유증 등등의 수많은 병 중 한두 가지 이상의 병을 동시에 앓는 사람이 흔하다. 그러다 보니 하루에 열다섯 종류 이상의 약을 복용하는 경우도 자주 본다. 심지어는 스무 가지가 넘는 약을 한꺼번에 복용하는 환자도 있다. 사람에 따라서는 이 병원 저 병원 찾아 진찰받고, 그때마다 약을 받아와 약이 중복되는 경우도 있다. 그 중에는 필요하지 않은 약이 있어 그 약을 뺀다. 하지만 한 알이라도 빼면 그것을 용납하지 못하는 환자도 있다.

노인의 경우, 통증의 양상도 다양하다. 일반적으로 뼈가 부러지면 고통이 심하다. 그러나 모든 노인들에게 적용되는 증상은 아니다. 나이가 들면 통증 감각이 둔해져서 아픈 것을 심하게 느끼지 못하는 환자들이 심심찮게 나온다.

어느 80대 환자가 걸어서 진찰실로 들어왔다. 어제 넘어졌는데 엉덩이 관절이 아프다는 것이다. 뼈는 통증을 예민하게 느끼는 곳이기 때문에 실금만 가도 아파 못 견뎌한다. 잠시도 발을 딛고 걸을 수 없을 만큼 심한 통증을 호소하는 것이 일반적인 증상이다. 의학적 검사상으로 골절이 아니라고 판단되는 경우에도 X−선이나 단층 촬영을 해보면 골절로 판명되는 경우가 흔하다. 방심하다 보면 환자는 환자대로 고생하고, 의사가 망신당하기 쉬운 것이 노인환자의 골절이다.

의료인의 관심과 환자의 예후

작은 관심과 정성이 환자의 상태를 호전시키는 데 커다란 차이를 보인다. 나이가 들면 인지기능이 떨어지고 집중력이 부족하여 실수를 자주 저지르게 된다. 육체적으로 하는 일에서도 마찬가지다. 하는 일마다 자신이 없다. 삭신이 아프지 않은 곳이 없고, 활동력이 떨어지다 보니 기력도 자꾸 없어진다. 무기력해지고 모든 일에 의욕이 떨어진다. 그래서 나이 든 환자들은 움직이는 것 자체가 고통이다.

그러다 보니 하루 종일 침상에 등을 붙이고 일어나지 않으려 한다. 움직이는 것이 괴롭다고 안 움직이다 보면 빠른 속도로 근력의 저하가 온다. 하루 동안 움직이지 않으면 2퍼센트의 근력 저하가 오고, 1주일 동안 움직이지 않으면 10~15퍼센트의 근력저하가 온다고 한다. 침상에서 안 움직이고 한 달을 보내면 자력 보행이 불가능하게 된다. 이처럼 환자가 움직이지 않고 그대로 지내다 보면 오랜 시간이 걸리지 않아 관절은 굳어버리고 근육은 위축되어 피골이 상접하게 된다. 그러다 보면 병상에서 몸을 뒤척이지도 못 할 정도의 상태가 된다. 그러한 상태를 와상상태라고 말한다.

이런 상태에서 한 가지 자세로 오랫동안 누워 있으면 욕창이 순식간에 발생한다. 그래서 체위 변경이 필요하다. 이러한 지경에 접어들면 건강악화는 급속도로 진행된다. 물론 나이가 들어 기력이 완전히 쇠진되면 완전 와상상태가 될 수 있다.

그러나 대부분의 경우에는 의료진의 조그만 관심과 노력으로도 와상예방이 가능하다. 부축해서 운동을 시키고, 휠체어를 태워주고, 격려를 게을리하지 않으면 가능한 일이다. 운동이 바로 노인을 살리는 보약이라는 말이다. 물론 의사 한 사람의 힘으로만 이루어질 수 없는 일이다. 간호사나 간병인은 물론이고 보호자까지 합세한 집단적 관심이 필요하다.

안전을 최우선으로 삼는 요양병원

요양병원은 환자의 삶에 있어 질의 향상보다 안전과 생존을 더 우선시한다. 어느 여성 환자에게 벌어졌던 일이다. 입원 당시에 고혈압과 치매 증상으로 입원했지만 육신은 건강하여 걷는 데는 아무 불편이 없는 사람이었다. 사회복지 담당 동사무소 직원이 병원에 모시고 온 환자인데, 아무런 혈육이 없어 홀로 집에서 살던 할머니이다.

가스레인지와 전기밥솥 사용법을 다 잊어버려 취사도구로 밥을 지어 먹을 수 없는 상태가 되었다고 한다. 집에 있으면 화재 발생의 위험성뿐 아니라 추운 겨울에 얼어죽을 염려가 있어 입원이 필요하다고 하였다. 혼자 살던 집이지만 그래도 집을 그리워하며 빨리 돌아가기를 원하면서 병원생활을 시작하였다.

그러던 중 빈뇨증상이 발생하여 밤낮을 안 가리고 수시로 화장실을 들락거려야 했다. 그런 환자는 한밤중 잠결에 화장실로 가다가 낙상사고가 발생할 가능성이 높다. 그러다 뼈가 부러지면 책임을 묻는 것이 두려운 간호사와 간병인들이다. 이러한 사태가 벌어지는 것이 불안한 간호사와 간병인은 그 환자에게 기저귀를 채우고 병상을 떠나지 못하게 한다.

그 뒤로 한 달이 채 안 돼서 환자는 근력이 약화되고 무릎관절이 굳어져 걸을 수조차 없게 되었다. 침대를 떠날 수 없는 상태가 된 것이다. 결과적으로 병을 고치러 온 사람에게 새로운 병을 만들어준 꼴이다. 움직이지 못하면 치매증상이 더 심해지는 것은 당연한 이치다. 이런 일은 요양병원에서 비일비재 일어난다.

본인이 할 수 있는 일은 스스로 하도록 내버려둬야 한다. 그래야만 남아 있는 신체의 기능을 유지할 수 있고, 본인도 독립적인 느낌을 갖게 된다. 하지만 현실은 다르다. 나이가 들어 동작이 서툴러지면 옷을 입는 것도 시간이 많이 걸린다. 옆에서 옷 입는 것을 도와주던 간병인은 느린 동작이 갑갑하여 직접 자기가 입혀준다. 그것이 훨씬 편하게 생각되기 때문이다. 간병인들에게 물으면 "옷을 입혀주는 게 스스로 입게끔 놔두는 것보다 더 쉬워요. 시간도 덜 걸리고요. 서로 마음 상할 일도 적어지지요."라고 말한다.

어느 병원 재직 중에 있었던 일이다. 입원 환자 중에 근력이 약하여 걷지 못하는 사람이 있었다. 좋아지고 싶은 의지가 강한 할머니였다. 틈틈이 병실에 찾아가 근력강화운동을 시켰다. 그러다 보니 걸어다닐 수 있는 상태가 되었다. 문제는 그 다음에 생겼다. 병원 경영을 책임지고 있는 사무국장이 찾아와서 "○○○ 환자를 그대로 놔둬야지, 왜 걷게 만들었습니까?"라고 나를 질책하는 것이었다. 그 이유는 두 가지였다.

첫째는 걷다가 넘어져 골절이 발생하면 문제가 되니 운동을 시키면 안 된다는 것이다. 또 한 가지 이유는 환자가 걸을 수 있게 되니 집에 간다고 자식들을 닦달하여 보호자들이 항의를 한다는 것이었다.

이러한 일이 벌어지는 이유는 안전사고가 발생하면 무조건 책임을 병원 당국에 묻는 행정제도에 그 원인이 요약되어 있다. 집에서 생기는 골절은 자연스러운 것이고, 병원에서 발생하는 골절은 안전사고로 둔갑하기 때문이다.

요양병원의 연명치료

의사란 직업은 생명을 구하는 업무가 가장 우선적인 일이다. 그 다음은 육체적 정신적 고통에서 벗어나게 해주는 일이다. 요양병원 의사에게도 이런 역할에 차이는 없다.

요양병원에서 치료받는 환자들은 고령으로 회복을 기대하기 힘든 경우가 대부분이다. 이런 경우에도 환자 본인의 의사와 관계없이 여러 가지 의료행위를 통해 단순히 임종을 늦추기만 하는 연명치료가 흔히 벌어진다. 존엄성이 있는 죽음, 평온한 죽음에 공헌하는 것도 의사의 중요한 업무이다. 그러나 문제는 의사들이 일방적으로 연명중단을 결정할 사항은 아니다. 사회적 합의가 이루어져야 한다.

그래서 2019년 3월 28일부터 '환자의 연명의료 결정에 관한 법률 시행령 일부 개정안'을 마련하였다. 연명의료란 임종 과정에 있는 환자에게 하는 의학적 시술로서 치료효과 없이 임종 과정의 기간만을 연장하는 것을 말한다. 이에 해당하는 시술은 임종 과정에 있는 말기환자에게 심폐소생술, 혈액 투석, 항암제 투여, 인공호흡기 착용 등 4가지다. 그뿐만 아니라 심각한 호흡·순환부전 시 체외순환을 통해 심폐기능 유지를 도와주는 체외생명유지술, 수혈, 혈압상승제 투여 등도 이에 포함된다. 그밖에 담당 의사가 유보·중단할 필요가 있다고 판단하는 시술도 연명의료로 본다.

또한 연명의료 계획서 작성 대상은 질환의 종류와 관계없이 임종 과정에 있는 모든 말기환자는 이에 해당된다. 연명치료 중단을 결정하기 위해서는 환자의 배우자나 1촌 이내의 존·비속의 동의를 얻으면 된다. 그러나 이들이 없는 경우에는 2촌 이내의 직계 존·비속이 동의해야 하고, 이들마저 없을 경우엔 형제나 자매의 동의가 있어야 한다.

오늘날 요양병원에서는 온몸에 수액줄, 콧줄, 소변줄, 산소줄을 주렁주렁 매달아놓고 혈압상승제를 투여하며 임종시간만 늦추는 연명 치료는 흔히 행해지고 있다. 부모와의 마지막 이별을 조금이라도 늦추어 보고 싶어 어떤 수를 써서라도 수명을 조금이라도 더 연장시키기를 바라는 자식도 많다. 부모로부터 받은 사랑이 가슴에 저미어 와서 임종을 앞둔 부모를 보면 눈물이 절로 나오는 자식들이다. 이와는 달리 부모가 받는 연금이 가계에 도움이 되다 보니 부모의 수명을 하루라도 더 연장시키려는 자식들도 더러 있다.

요양병원의 고령환자는 죽음의 문턱에서 멀지 않은 사람들이 대부분을 차지한다. 그러다 보니 밥을 삼키는 것조차도 힘든 환자들이 많다. 더 막바지에 이르면 혈압이 낮아지고, 호흡 곤란으로 숨을 가쁘게 몰아쉬게 된다. 이러한 환자들을 어떻게 해서든지 수명을 연장시키려 노력하는 것이 요양병원 의사들이다.

연명치료는 자연스런 죽음을 가로막는 행위이다. 드물게는 연명치료를 받는 이들 중에 증상이 호전되는 환자들도 있다. 그러나 대부분의 경우는 임종 과정을 연장시킴으로써 숨을 거두는 시간을 좀 늦추는 정도가 고작이다. 연명치료는 말 그대로 사람을 살리는 일이 아니라 죽음을 속절없이 늦추는 의료행위이다.

음식물을 삼킬 수 없다면 이 세상을 하직할 날이 가깝다는 얘기다. 고령이면서 삼킴기능이 약화되어 스스로 음식을 먹을 수 없게 되었다면 생명의 한계에 이른 경우이다. 그런 생명의 한계를 현대의학이 가만히 놔두지 않는다.

요양병원 의사들은 삼킴능력이 저하된 환자에게 콧줄L-tube이나 뱃줄PEG tube, Percutaneous endoscopic gastrostomy을 통한 경관영양tube feeding, 經管營養법을 권한다. 일단, 그러한 제의를 받게 되면 그것을 거절하는 데는 가족들에게 대단한 용기가 필요하다. 자기 부모를 굶겨 죽였다는 죄책감이 들 수도 있기 때문이다. 이때 가족들은 얼마나 갈등하겠는가.

연명치료는 영양공급 문제 말고도 다른 분야에서도 벌어진다. 임종을 앞둔 환자들은 숨이 가빠오고 혈압이 떨어진다. 심장이나 폐기능이 막바지에 들어섰기 때문이다. 이런 사람들에게 산소를 흡입시키고 승압제를 사용하여 혈압을 올리고 기관지 확장제를 흡입시킨다. 어떻게 하든지 심장을 다시 뛰게 하고 숨을 다시 쉬게 만들어놓는다. 이처럼 임종의 순간을 늦추는 의료행위는 요양병원에서 흔히 벌어지는 일 가운데 하나이다.

의사의 방어진료

법정에 불려다니는 것을 좋아할 사람은 아무도 없다. 의사들도 마찬가지다. 의료분쟁이 벌어지면 의사들은 온갖 고난을 다 겪어야 한다. 그래서 이런 문제를 피하기 위하여 진료에 세심한 신경을 쓰게 된다. 어찌 보면 당연한 일이다. 그러다 보면 과잉진료라고 오해받기 십상이다. 마치 의사들이 돈에 혈안이 되어 쓸데 없는 검사를 하고 사진을 찍어 댄다고 생각하기 쉽다. 만약 그런 과정을 소홀히하다가 오진을 하거나 치료를 제대로 못 하여 환자 상태가 악화되면 모든 책임을 뒤집어써야 된다. 물론 병원의 경제적 이익을 위하여 그런 검사나 치료를 하는 의사도 없지 않다.

요양병원에서도 마찬가지다. 환자의 상태에 조그만 변화가 나타나면 담당의사는 종합병원에 가서 필요한 검사를 받아볼 것을 권한다. 그렇게 권하지 않다가 무슨 일이라도 발생하면 보호자들의 항의는 물론이고 법정에 서는 일로 비약될 수도 있다. 호전될 가능성이 전혀 없는 환자의 경우에도 보호자의 항의나 법적 문제가 발생하지 않도록 예방해야 한다. 그러기 위해서 상급병원 진료를 권하고, 연명치료를 해야 한다. 그래서 빈틈없는 검사와 촬영을 권하는 것이다. 의사의 잘잘못을 떠나서 일단 법정에 제소되면 그곳에 불려나가 온갖 고초를 겪어야 한다. 아무 잘못이 없어도 그건이 판명될 때까지는 법정에 불려다니며 인격적인 모독도 감수해야 한다.

건강에 대한 관심도가 높아지면서 대중매체를 통해 습득한 의료지식으로 담당의사에게 치료와 약에 대하여 일일이 간섭하는 보호자도 있다. 그런 현상에 대한 대비책 중 하나로 벌어지는 일이 환자의 상태에 조금만 변화가 있어도 보호자들에게 일일이 유선으로 연락하여 그 상황을 알려주는 일이다. 때로 어느 보호자들은 병원에서 걸려오는 전화에 짜증을 부리면서 "왜 자꾸 전화를 하느냐"고 귀찮아하는 경우도 있다. 전화를 걸지 말라고 요구하는 보호자도 있고, 아예 전화를 받지 않는 경우도 있다.

의료기관에 종사하는 사람들은 환자의 품격 있는 죽음이나 자연스런 죽음을 위한 노력에 소극적이고 방어적인 태도를 취한다. 고약한 보호자를 만나면 온갖 곤혹스런 일을 당하는 경우가 종종 일어나기 때문이다. 노년의 죽음은 의료업무에 속한 것도 아니고, 특수한 현상도 아니며, 자연스럽게 벌어지는 생명의 마감현상이다. 그러나 연명치료 중단 여부를 어느 누구의 일방적인 주장에 따라 결정되는 것에 대해서는 찬성할 수 없다.

수명연장을 위한 수분과 영양공급이 임종 직전의 환자에게 꼭 필요한 것이 아니라고 다음과 같이 주장하는 의사들도 있다.

"우리는 영양 공급이나 수분 공급은 인간으로서 생존하는 데 필요한 최소한의 처치라고 반사적으로 생각하지만, 노쇠하여 마지막을 맞이한 몸은 수분이나 영양을 더 이상 필요하지 않는다고 한다. 노년의학을 연구하는 의학자 우에무라 가즈마사植村和正는 노쇠하여 죽는 경우는 영양이나 수분 공급이 없는 편이 환자를 편안하게 갈 수 있도록 돕는다고 주장한다.(이시토비 108) 다른 노인의학자나 소화기 전문의들의 보고에서도, 고령의 치매환자에게 비위관이나 위루술에 의한 경관영양이 영양보급이나 생활의 질·생명의 예후에 아무 도움이 되지 않았다고 한다."(이시토비 115)

비록 이러한 보고들이 있을지라도 이러한 주장이 의학적으로 공인된 학설이 아니기 때문에 수분이나 영양 공급은 여전히 노인병원에서 시행되고 있다.

치료거부

인생의 다양성만큼이나 부모와 자식의 관계도 천차만별이다. 부모와 사별을 아쉬워하며 어떻게든지 부모에게 최선을 다하려는 자식이 있는가 하면, 하루라도 빨리 부모가 돌아가시기를 바라는 자식도 없지 않다. 부모와 자식 간의 관계성에 관한 문제다.

어쨌든 병원의 존재 이유는 사람을 살려내기 위해서다. 치료를 하지 않으면 환자가 곧 생을 마감한다는 사실을 뻔히 알면서 그대로 방치하는 것은 의료인으로서 견디기 힘든 고통이다. 완치가 가능하지만 가족이 더 이상의 치료를 원치 않아 포기해야 하는 경우도 가끔 발생한다. 이것은 일종의 노인학대이고 생명경시 행위이다.

노인이라는 이유로 환자의 의사와는 상관없이 폐렴이 발병해도 아무런 처치를 원치 않는 보호자가 있다. 의식이 명료하고 삶의 의지가 강하고 완치가 가능한 환자조차도 자식들이 치료를 거부하는 경우가 종종 있다. 그 이유는 나이가 많다는 것이다. 살 만큼 살았다는 것이다. 나이가 많은 것이 죽어야 할 만큼의 큰 형벌이 되는가. 이처럼 치료 포기를 강요당할 때 의료인으로서 심한 좌절감을 겪는다. 위험성을 핑계로 꼭 해야 할 수술을 거부하고, 받아야 될 검사도 거부하는 경우도 있다.

비용이 추가되는 치료는 보호자의 허락을 받아야 한다. 비용 때문에 상급병원으로 옮기는 것이나 검사를 거부하기도 한다. 특히 환자는 삶의 의욕을 강하게 보이며 건강을 빨리 회복하고 싶어하는데 가족이 상급병원의 진료를 거부할 때는 더 허탈감에 빠지게 한다.

생명 존중은 누구에게나 평등하게 베풀어져야 한다. 하지만 노인이라는 이유로 처치나 검사를 본인의 의지와 상관없이 제한당하고, 포기해야 한다는 것은 의료인으로서 받아들이기 힘든 고통이다. 심지어는 재산이 넉넉하여 경제적으로 아무 지장이 없는데도 기저귀 값이 아까워서 도뇨관오줌줄을 끼워달라는 보호자도 있었다.

치료를 거부하는 유형도 다양하다. 부모가 투병의 고통에서 헤매는 것이 가슴 아파 치료를 거부하는 자녀들도 가끔 있다. 살아 있는 것 자체가 너무 힘든 일이니 모든 치료를 중단해달라고 요구한다. 심지어는 부모가 오래 사는 것 자체를 바라지 않아 모든 치료행위를 거부하는 보호자도 의외로 많다.

그러나 치료를 포기하고 옆에서 숨을 거두는 과정을 바라보는 것은 의사만이 아니다. 누구든지 그런 일을 당할 수 있다. 그럴 바엔 집으로 모시고 가서 아무것도 하지 않으면 된다. 그런데 그런 악역을 자식인 내가 앞장설 수는 없으니 병원에서 대신 맡아달라는 것이다. 치료 거부를 의사들이 싫어하는 것은 직업의 특성상 당연한 일이다.

주말 진료의 애로사항

주 5일제 근무가 실시되면서 요양병원도 이 제도에 편승하여 운영되고 있다. 문제는 주말이 되면 진료에 필요한 검사나 사진을 찍을 수 없다는 점이다. 의료기사들은 당직제도에 필수 인력으로 포함되는 직종이 아니다. 그래서 요양병원에서는 주말에 임상병리검사나 방사선 촬영 등을 할 수 없다. 또한 투약도 자유스럽지 못하다. 이때 환자의 상태가 갑자기 나빠지면 당직의사들은 난감한 입장에 빠지게 된다. 환자의 상태를 정확히 파악할 수 없기 때문이다.

주말에 새로운 환자가 입원하는 경우도 마찬가지다. 환자의 상태가 안정적이라면 괜찮겠지만 그렇지 않다면 주말 입원을 피하는 것이 좋다. 특히 급성기병원에서 주말에 퇴원하고 바로 요양병원에 입원하는 일은 피해야 한다. 집에 있던 환자가 바로 요양병원에 입원하는 경우도 마찬가지다. 요양병원은 환자를 확보하기 위해서 주말도 마다 않고 입원환자를 받지만 환자의 본격적인 치료는 월요일이 되어야 시작된다. 주말 입원이 이루어지는 이유는 대개 보호자가 휴일밖에 시간이 나지 않아서 그렇다고 한다. 바쁘게 사는 세상이다 보니 어쩔 수 없이 발생하는 주말 입원이다.

신체보호대

신체활동을 억제하기 위해 사용하는 도구이기 때문에 전에는 '억제대'라고 부르던 것을 요즈음은 '신체보호대'라고 부른다. 신체보호대는 신체의 보호를 목적으로 손이나 발, 혹은 몸의 일부를 움직이지 못하게 제한시키는 도구를 말한다. 뉴스시간에 의료 전문기자가 인권투사처럼 나타나 요양병원에서 신체보호대로 환자를 꽁꽁 묶어놓고 인권을 유린한다고 고발성 보도를 하는 경우를 흔히 만나게 된다. 그들은 의료인들이 마치 업무편의를 위해 아무 생각 없이 환자를 비인간적인 방법으로 다룬다고 언성을 높인다. 마치 요양병원이 인권의 사각지대인 것처럼 보도한다.

신체보호대는 대개 인지기능이 떨어지거나 조그만 불편도 참지 못하여 적절한 치료를 받을 수 없는 사람에게 적용된다. 그런 환자들은 치료 과정에 협조가 전혀 안 된다. 예를 들면, 혈관에 주사를 꽂아 약물을 주입하는데, 그 줄을 잡아빼서 약을 투여할 수 없게 만들거나, 방광 기능에 문제가 있어서 꽂아놓은 도뇨관오줌줄을 손으로 잡아빼서 방광이나 요도에 상처를 주는 환자도 있다.

또 이런 경우를 생각해 보자. 밤에 잠결에 일어나 침대에서 내려오다가 넘어져 뼈가 부러질 가능성이 높은 사람은 어떻게 해야 할까? 가렵다고 손톱으로 박박 긁어 피부는 성한 데가 없을 만큼 상처투성이였을 때는 어떻게 해야 할까? 똥을 만져서 온 이불과 침대에 다 묻혀놓고 벽에다 처발라놓아도 내버려두어야 할까? 돌아다니면서 다른 환자에게 설치된 콧줄, 밥줄, 오줌줄을 다 잡아빼고 다니는 환자는 어떻게 해야 할까? 다른 환자에게 폭력을 휘두르는 환자는 어떻게 해야 하는가?

물론 그런 상황이 벌어지지 않도록 의학적인 조치를 먼저 시도하는 것은 당연하다. 그러나 어떤 대책을 강구해도 해결이 되지 않을 경우가 있다. 그럴 때는 어쩔 수 없이 신체보호대를 착용시켜야 한다. 환자가 너무 불편하지 않은 범위 안에서 묶는 것은 모든 의료인들이 주의를 기울이는 사항이다.

현장의 실정을 모르는 행정기관에서는 보호대를 착용하는 경우, 그 상황을 두 시간마다 기록하라는 것이다. 너무 세게 묶여서 피가 잘 안 통하는지 일일이 차트에다 기록하라는 것이다. 그런 것 다 기록하다가 환자를 돌볼 시간을 다 빼앗기는 것이 탁상행정이 만든 폐해다.

위약 효과

가짜 약을 먹고도 증상이 좋아지는 것이 위약偽藥, placebo, 가짜 약 효과이다. '모든 것은 마음먹기 달렸다—切唯心造'는 말처럼 약이 아닌 것도 약으로 알고 먹으면 효과가 있는 경우가 종종 있다. 모든 환자에 게서 그런 효과를 보는 것은 아니다. 하지만 환자가 머리가 아프다거나 잠이 오지 않는다고 호소할 때도 마찬가지다. 그런 경우에 소화제를 주 어도 그런 증상이 싹 사라지고 환자가 편안해진다. 자명종이 제시간에 울리듯이 날마다 일정한 시간이 되면 몸이 아파오기 시작하는 환자가 있다. 그럴 때마다 진통제가 아닌 다른 약을 주어도 항상 통증은 사라 진다.

주사도 마찬가지다. 생리식염수만 엉덩이에 놓아주어도 증상이 금방 호전되는 환자가 있다. 특히 노인들은 아프다는 것을 통하여 자신의 존 재감을 나타내려 하기도 한다. 80세 가량의 어느 여자 환자는 날마다 저녁녘이 되면 간호사실로 찾아와 근육주사를 놓아달라고 한다. 자기 는 자궁이 아파서 주사를 맞아야 한다는 것이다. 이때 놓아주는 주사 는 주사기 안에 아무것도 집어넣지 않은 빈 주사기다. 그냥 엉덩이에 주 사바늘만 찔렀다 빼는 것이 전부다. 그래도 효과는 100퍼센트다.

요양병원에서 일하는 사람들

요양병원을 운영하기 위해서는 적정한 인원을 갖춰야 한다. 환자 35명 당 의사 1명이 필요하고, 간호사는 환자 18명당 1명, 조무사를 포함한 간호 인력은 4.5명당 1명이 필요하다. 물리치료사는 100명당 1명, 사회복지사는 병원당 1명이 있어야 한다. 1등급의 인력가산점을 받기 위한 절대인력이다. 그 각각의 상세한 내용은 아래와 같다.

요양병원의 의사들 구성

요양병원의 의사인력 관리는 의사의 수가 일정 기준에 따라 많을수록 진료비 지급이 증가하는 차등제로 한다. 요양병원에서 진료하는 환자는 만성질환이 대부분이기 때문에 생명이 위급한 환자를 주로 진료하는 급성기병원보다 인력 기준을 느슨하게 적용시켰다고 한다. 그래서 의사 1인이 담당할 수 있는 환자 수가 급성기병원에 비해 훨씬 많다.

종합병원과 병원의 의료인력 기준은 의사 1인이 입원환자 20명을 담당하도록 규정되어 있다. 이 가운데 한의사는 의사에 포함되지 않는다. 이에 비해 요양병원은 의사 1인당 입원환자 35명~40명까지 담당하도록 되어 있다. 여기서 말하는 의사에는 한의사도 포함된다. 한의사는 침과 뜸 등의 한방치료만 시행하고, 입원환자의 일반적인 치료를 분담하지 않는다. 그렇기 때문에 실제로 의사 1인이 담당하는 환자는 50명이 훨씬 넘는 경우가 대부분이다. 현실적으로 요양병원의 의사 1인이 담당하는 환자 수는 종합병원의 기준에 비하여 3배가 넘는다.

요양병원의 의사 인적구성은 입원환자 35명당 의사 1인의 규정을 충족시키면서 50퍼센트 이상의 전문의로 구성되어야 1등급의 가산점을 받을 수 있다. 한의사는 일반의에 포함된다. 드문 경우이지만 일반의로 구성된 인력만으로 병원을 운영하면서 전문의를 채용하여 받게 되는 의사인력 가산점을 포기하는 병원도 있다.

의사들의 연령분포를 보면 30대에서 80대까지 다양하다. 노인 환자가 대부분인 요양병원에도 30~40대의 젊은 의사가 근무한다. 하지만 급성기병원에서 근무하다가 정년이 되었거나 폐업한 개원의 등 나이가 지긋한 의사들이 대부분을 차지한다. 70대 후반이나 80대 의사가 근무하는 것도 흔히 볼 수 있다. 제도상으로만 전문의 규정이 있을 뿐 실제로는 전문의와 일반의가 환자를 진료하는 데는 아무 차등이 없다. 그러나 한의사의 진료 범위는 의사와 많은 차이가 난다.

한의사는 일반적으로 침과 뜸, 부황 등의 치료를 한다. 대부분의 병원에서 한의사는 당직 근무를 하지 않는다. 그러나 드물게 의사와 한의사를 가리지 않고 순서대로 당직 근무를 시키는 병원도 있다. 현 의료법상 한의사가 당직 근무를 하는 것은 합법이다. 한의사들도 사망선언을 할 수 있고, 사망진단서를 발급할 수 있다. 그렇지만 그런 업무를 한의사가 수행하는 경우는 그리 흔하지 않다.

의료법상 한의사에게는 의약품에 대한 처방권이 없다. 이러한 제도적인 규정 때문에 한의사에게는 전담 치료를 할 수 있는 환자가 배정되지 않는다. 따라서 한의사는 병동에서 발생하는 대부분의 의료문제에 관여할 수 없고, 당직을 한다 해도 특별히 할 수 있는 업무가 없다. 한의사가 당직 근무에 동원되는 것은 당직의가 병원 안에서 당직 근무를 해야 한다는 법을 어기지 않기 위한 수단일 뿐이다. 그래서 한의사가 당직을 서는 날에는 의사가 재택근무를 하면서 도와주어야 한다. 누가 보아도 제도 입안자들의 단견을 쉽게 알 수 있는 요양병원 의사의 인적 관리다.

요양병원의 의사 정원 규정에 한의사가 포함된 것은 합리적인 발상이 아니다. 서양의학의 진료체계에 입각하여 요양병원 의사의 정원을 책정해 놓고, 그 정원 속에 진료체계가 다른 한의사를 포함시킨 것이다. 이런 제도는 환자들이 받을 수 있는 현대의료서비스의 질적 저하를 초래할 수밖에 없다. 현대의학과 진료체계가 다른 한의사의 채용은 의사의 정원과 관계없이 따로 책정되어야 할 문제다.

다시 말하면, 침·뜸의 한방치료에 한의사가 필요하다면 그 수요에 맞게 한의사 정원을 따로 정하고 의사 규정과 별도로 업무규정도 적용해야 한다. 처방권이 없는 한의사를 의사와 동일한 선상에서 채용해서는 안 된다고 본다.

간호사의 인력관리

의사의 인력관리와 마찬가지로 간호사의 인력관리도 차등제로 한다. 간호사의 숫자에 따라 등급이 다르다. 2010년 4월 1일부터 요양병원 입원료 수가가 간호인력의 확보 수준에 따라 차등적용이 실시되면서 요양병원에서 간호사의 필요성은 한층 중요하게 인식되었다. 요양병원 인적관리에서 간호사의 확보가 가장 골머리를 앓게 하는 이유다.

간호인력에 대한 기준은 간호사의 경우, 종합병원과 병원은 입원환자 2.5명마다 1인의 간호사가 필요한 반면, 요양병원은 입원환자 6명마다 1인이고, 간호조무사는 간호사 정원의 3분의 2 범위 내에서 대체할 수 있도록 허용하고 있다. 의료기관마다 차이가 있겠지만 간호사 1인당 최대 47명까지 담당하는 것으로 알려져 있다. (건강보험심사평가원, 2013b)

요양병원은 간호사의 처우가 열악한 편이다. 그래서 간호사를 구하기 힘들다 보니 정년퇴직을 한 지 오래되었거나 경력이 단절된 간호사를 채용하여서라도 인력기준에 맞춘 숫자를 확보하기에 급급한 실정이다. 어느 병원의 경우에는 업무 능력이 떨어지는 70세가 넘은 간호사들이 근무하면서 다른 간호사들에게 짐이 되고 있다. 70세 간호사들은 전산업무에 익숙하지 않아 서류작업도 할 수 없고, 혈관주사도 제대로 놓지 못한다. 그래서 조무사들에게 무시당하면서도 오직 가계를 돕는다는 이유 때문에 날마다 출근한다.

기타 부서의 인력관리

의사나 간호사들의 인력관리처럼 복잡하지는 않지만 의료기사의 인력 규정도 확보 수준에 따라 입원료 차이를 두는 수가제로 운영된다. 가산점을 받기 위해서는 약사가 상근하면서 의무기록사, 방사선사, 임상병리사, 물리치료사, 사회복지사 중 상근자가 1명 이상인 직종이 4개 이상인 경우에는 입원 1일당 각 환자에게 일정액을 별도로 산정한다. 다만 약사의 근무시간은 입원환자 수가 200병상 미만인 경우에는 상근을 하지 않아도 주당 16시간 이상만 근무하면 그 금액으로 산정해준다.

영양사 2인, 조리사 2인 이상 근무 시에도 가산혜택을 받을 수 있다. 전일제 영양사, 조리사는 1주당 근로시간이 평균 40시간인 경우에 1인으로 산정한다.

요양병원에서 확보해야 할 간병인의 적정 인원수는 법적으로 정해져 있지 않다. 허가 병상수와 비례하여 간병인이 숫자가 늘어나는 것이 아니다. 따라서 치료비를 많이 받는 병원은 간병인이 담당하는 환자의 숫자가 적고, 적게 받는 병원은 자연히 한 명의 간병인이 많은 환자를 담당하게 된다. 요양원은 요양보호사의 월급이 노인장기요양보험에서 지급되지만, 요양병원은 환자가 부담하는 치료비에서 간병인들의 급료가 지불되기 때문에 어쩔 수 없는 일이다. 간병인의 인건비 지급이 제도적으로 해결되지 않으면 요양병원 입원환자의 건강호전은 앞으로도 기대하기 힘들 것이다.

요양병원의 간호사 인력난

일자리가 부족하여 실업률이 높다고 국가가 대책을 세우지만 고용창출이 안 된다고 골머리를 앓는다. 그러나 모든 분야에서 다 그런 것은 아니다. 요양병원은 각 병원마다 간호사를 구하는 데 사람이 없어서 난리다. 요양병원에서 간호인력을 적정한수로 확보하는 것은 요양병원의 존폐와 관계된다.

요양병원의 간호사는 받는 급여가 넉넉하지 않으면서도 힘든 일을 해야 한다. 간호사를 구하기 힘든 이유이다. 그러다 보니 간호사들은 월급이 적은 대신에 가정형편이나 개인사정에 따라 근무조건을 조정할 수 있다.

낮에 꼭 해야 할 일이 있는 사람은 저녁시간에 근무하기를 원하고, 밤에 외출을 꺼리는 사람은 낮 근무를 원한다. 돈이 많이 필요한 사람은 야간 당직 수당을 받기 위해서 야근만을 원한다. 어떤 사람들은 교회에 나가야 하니 일요일은 근무할 수 없다며 조건을 내세우기도 한다.

하루 3교대 근무가 간호사의 일상적인 업무형태이기 때문에 사람을 못 구한다고 무턱대고 원하는 조건을 다 들어줄 수도 없는 노릇이다. 서로 요구하는 조건들이 겹치면 근무시간을 조정할 수 없어 근무표를 작성할 수가 없다. 이렇게 병원의 형편과 간호사의 요구사항이 서로 다르다 보니 간호 인력의 이직률은 높을 수밖에 없다.

마찬가지로 간병인을 구하는 것도 만만치 않다. 간병업무가 너무 힘든 일이다 보니 지망하는 사람이 턱없이 부족하다. 예전에는 중국에서 건너온 조선족들이 주로 그 업무를 맡았다.

그런데 그들이 한국 실정에 눈이 밝아지면서 소득이 높고 편안한 다른 업종으로 대거 옮겨갔다. 이제는 그 사람들 구하는 것도 어렵지만, 근무하는 태도도 갈수록 불성실해진다는 얘기가 떠돈다. 간병하기 까다로운 환자가 자기 담당병실로 배정되면 병원을 그만두겠다고 으름장을 놓기도 한다. 수발이 많이 필요한 힘든 환자가 자기 담당병실에 배정되면 실제로 병원을 그만두거나 환자에게 불성실한 태도로 근무하는 경우는 흔히 발생한다.

물론 2교대나 3교대로 간병시간이 정해진 병원에서는 그런 일이 자주 벌어지지 않는다. 힘든 일을 하는 사람이 충분히 보수를 받는 사회가 되기 전에는 간병인과 간호사의 구인난은 해결되기 어려운 숙제로 계속 남을 것 같다.

요양병원에는 조무사를 비롯한 많은 부서의 직원들이 최저임금을 받으면서 묵묵히 일하고 있다. 힘든 하루하루를 보내는 요양병원 직원들이다.

격무에 시달리는 요양병원 간호사

요양병원은 기본적인 일상생활조차도 스스로 해결하지 못하는 환자들이 장기간 입원해 있다. 그에 따라 간호업무의 핵심은 환자들의 변화된 건강정보를 의사에게 전달하고, 육체적 돌봄과 정서적 지지를 통해 그들이 편안한 느낌을 가질 수 있도록 노력하는 일이다.

노인들은 신체기능이 저하되어 있어 항상 건강악화의 위험요인이 도사리고 있다. 나이가 들면 인지기능이 떨어지고, 근력이 약화되고, 골다공증이 발생하며, 삼킴기능이 약해진다. 그래서 주의집중력이 떨어지고, 걷다가 넘어지면 골절이 쉽게 발생한다. 식사 중에 사래가 들리면 숨구멍을 막아 질식사가 발생할 수도 있다. 또한 예기치 못한 돌연사도 발생한다. 어느 순간에도 마음을 놓을 수 없는 위험요인과 마주하며 근무하는 게 요양병원 간호사의 일상이다.

요양병원의 간호사는 일반병원에서 제공해야 하는 간호업무 외에도 식사보조, 기저귀 교환, 침상 목욕, 체위 변경, 비위관 영양식이, 기도 흡인 등 수많은 업무를 수행해야 한다. 하지만 간호 인력의 부족 등으로 고유한 간호업무조차도 조무사나 간병인에 의해 이루어지고 있는 실정이다.

요양병원 간호사의 업무는 여기서 그치지 않는다. 요양병원에 근무하는 간호사는 순수 간호업무 외에도 다양한 업무를 수행해야 한다. 요양병원의 특성 때문이다. 현장의 간호사가 직접 토로하는 애로사항을 살펴보자.

72

요양병원의 간호사에게는 비의료 인력을 관리하고 지도해야 할 업무가 있다. 간호조무사와 간병사가 그들이다. 이들과 업무를 함께하기 위해서는 어느 정도의 의료지식에 대한 관리와 지도가 필요하다. 비의료 인력에 대한 지식 전달의 어려움도 있고, 하위 인력의 업무 결과를 일일이 확인해야 하는 고충도 따른다. 간호사가 다할 수 없는 일들을 대체 인력이 하면서 발생되는 갈등이 따르게 된다. 때로는 나이가 많은 하위 인력으로 인하여 직위 체계의 혼란이 일어나고, 직위에 따른 업무 분담을 책임져야 한다.

2008년부터 요양병원의 서비스 적정성 평가가 실시되면서 평가 준비의 주요 역할을 간호사가 담당하고 있다. 여기에다 인증평가 준비도 대부분 간호사들이 해야 할 일이고, 매달 치료비 청구를 위한 환자평가표도 작성해야 한다. 이처럼 간호사의 역할이 증대되면서 요양병원에서 간호사의 중요성이 점점 더 부각되고 있다.

환자 상태에 변화가 오면 일일이 보호자에게 전화를 걸어 설명을 해야 하고, 면회 온 사람들의 대면관리도 모두 간호사가 수행하는 업무이다. 보험청구나 관련 서류작업 때문에 환자들을 돌볼 수 있는 시간을 내기도 힘들 때가 많다.

불분명한 업무한계

요양병원은 인적 구성이 급성기병원과 달라 우리가 일반적으로 알던 것과는 다르게 업무가 수행된다. 업무의 한계가 불분명하다는 말이다. 이러한 문제가 때로는 직원들 간에 갈등을 야기한다. 어느 간호사의 말을 들어보자.

"엘 튜브콧줄, 비위관나 이런 건 다 닥터 업무였잖아요. 급성기병원과 달리 그걸 다 저희가 해야 돼요"

요양병원의 업무는 요양병원이 설립되기 이전에 우리가 알던 것과 많이 다르다. 의사가 시행하던 많은 업무가 간호사의 업무로 넘어갔다. 또 간호사가 하는 일의 많은 부분이 조무사의 업무로 이관되었다. 체위 변경은 간호사의 업무인데 간병인이 한다. 의사의 업무였던 상처 소독 치료드레싱는 조무사가 담당한다.

요양병원의 간호조무사는 간호사와 동일한 간호업무를 수행하는 경우가 많다.(심미라와 김계하, 2010) 이러한 불명확한 업무로 인하여 간호사의 역할 갈등은 간호직에 대한 정체성 혼란을 유발한다."(양윤서와 김덕희, 2013; 이점순, 2010; 강순영, 2009, 2011)

"(요양병원에서) 유치도뇨나 단순도뇨를 하는 간호사가 어디 있습니까? 요양병원은 간호사가 안 하잖아요. 그러니까 거의 다 간호조무사들이 하지요."

실제로 요양병원은 간호조무사가 간호사 수보다 많다. 정맥주사를 포함한 투약, 운동, 활력 징후, 혈당 측정 등은 간호사가 담당하는 간호업무다. 그럼에도 불구하고 간호조무사가 이를 대신하는 경우가 많

다. (양윤서와 김덕희, 2013; 이지현과 이가언, 2012; 박소근, 2011)

그 이유는 간호사가 간호업무를 할 시간이 없기 때문이다. 간호사는 일반 급성기병원에서 하는 간호부서 고유의 업무 대신 행정업무나 서류업무를 주로 하게 된다.

모든 요양병원에 포괄수가제가 실시되면서 환자평가표에 의한 지불보상체계가 마련되었다. 이에 따라 환자평가표는 입원환자를 담당하는 간호사가 작성하는 것이 원칙이다. 의무기록을 근거로 매월 1일~10일에 최근 7일간의 환자상태를 종합적으로 평가하여 작성한다. (하은과 김계하, 2012) 뿐만 아니라, 2008년부터 매년 실시되는 요양병원의 서비스 적정성 평가와 관련된 대부분의 서류작업도 간호사가 담당하고 있다. (이점순, 2010)

더 나아가 의사와 간호사의 업무도 한계가 불분명하여 병원에 따라 적당한 타협으로 분업이 이루어진다. 예를 들면, 소변이 나오지 않아 오줌줄을 끼워야 할 경우, 여자환자는 간호사가 담당하고 남자환자는 (남자)의사가 하는 식이다. 일반 병원에서는 의사가 맡아야 할 욕창의 국소처치조차도 간호업무로 이관되어 대부분의 병원에서는 간호조무사가 담당한다.

요양병원에서
벌어지는 갑질

　요즘은 갑질의 폐해가 큰 사회문제로 대두되고 있다. 군대와 같이 엄격한 위계질서를 요하는 곳에서도 갑질 논란이 일어나는 것을 보면 인권신장이 눈에 띄게 달라졌다는 생각이 든다. 마치 인권의 사각지대가 다 사라져간다는 느낌을 받을 때가 있다. 그렇다고 약자가 보호받는 세상이 눈앞에 펼쳐져 있는 것은 아니다.

　인간의 역사는 갑질과 이에 대한 저항의 역사였다. 왕과 백성의 관계가 그러하였고 양반兩班과 상민常民의 문화가 그러하였다. 그래서 왕정이 무너지고 반상의 계급이 무너졌다. 그렇지만 아직도 권력이 있는 자리에는 갑질이 사라지지 않고 있다. 요양병원에서도 갑질이 벌어지기는 마찬가지다.

완장을 채워주면

의사가 직접 운영하지 않는 대부분의 요양병원은 의료법인으로 등록되어 운영한다. 이 경우, 병원경영의 모든 책임과 권한은 이사장이 가진다. 이런 체제의 병원에서 인사권과 경영권도 모두 이사장이 독점하고 있음은 물론이다.

의료법인 형태의 이런 요양병원은 운영 면에서 보면 사무장병원과 별로 다를 데가 없지만 법적인 면에서는 아무 제재를 받지 않는다. 이런 병원은 곳곳의 중요 부서에 이사장으로부터 권력을 위임받은 사람들이 배치되어 있다. 대개 이사장의 친인척이나 지인들이다. 이들의 팔에는 보이지 않는 완장이 채워져 있다.

이들은 직원들의 근무태도를 감시하고 물품조달업무나 경리업무 등 핵심행정업무에 종사하면서 직원들의 동태를 점검한다. 인격모독적인 언행을 서슴지 않으면서 병원에 충성을 강요기도 한다. 물품관리도 환자의 청결이나 안전적인 진료보다는 경비절감을 우선적인 목표로 삼는다.

직원이 열심히 근무하여 병원이 운영되는 것이 아니고, 병원이 있어서 너희들은 월급을 받고 있으니 꼼짝 말라는 식이다. 업무 수행에 필요한 물품을 신청하는데도 눈치를 살펴야 한다. 마치 직원이 물품을 아껴 쓰지 않아 소모량이 많아진다는 표정이다.

병원의 운영개선을 위한 합리적인 제안은 병원에 대한 불만으로 둔갑한다. 상호 소통이 두절된 일방적인 갑질이 벌어진다. 완장을 아무에게나 채워주면 안 될 이유가 요양병원에서도 쉽게 발견된다.

어느 병원에서 벌어졌던 일이다. 그 병원은 입원환자를 확보하지 못해서 직원의 숫자와 병상 수에 비해 입원환자가 턱없이 모자라 경영에 어려움을 겪고 있었다. 병원 주인인 이사장은 행정원장에게 입원환자를 확보하지 못한다고 압박을 가했다. 행정원장은 그럴 시간과 여건도 마련해주지 않고 환자 타령만 한다고 이사장과 다투다 결국 병원을 그만두었다.

그 뒤, 후임자로 채용된 직원은 젊어서 농기구상을 했던 사람으로 나이가 60대 중반이 된 중소도시의 대형교회 장로였다. 그러한 여건을 바탕으로 하여 그 지역에 폭넓은 인간관계를 형성하고 있는 사람이었다. 그런 인맥을 앞세워 인근 요양병원에서 환자 유치책임자로 근무를 하였다고 한다. 그 사람은 신앙심을 무기로 하여 손가락만 까딱하면 자기 말을 따르는 환자를 확보하고 있는 유능한 능력의 소유자였다.

그 사람이 근무처를 이 병원으로 옮기면서 약간의 지분을 투자해서 병원의 주주가 되었다. 자기가 이 병원 경영책임자본인의 표현으로는 오너라는 것이다. 그리하여 그 사람이 맡게 된 직책은 병원장이었다.

그가 병원장 직책을 맡으면서 그 전 병원에서 관리하던 대부분의 입원 환자를 새로운 병원으로 데리고 온 것은 당연한 수순이었다.

이 사람은 그들환자의 고충을 다 들어주고 아침마다 쾌유를 비는 기도를 하면서 그 환자들을 신앙의 끈으로 꽁꽁 묶어둔다. 그래서 절대 신을 믿듯이 자기를 따르게 만든다. 그는 이미 이들 환자를 현찰로 계산 가능한 인적자원으로 만들어놓은 것이다.

병실을 찾아 기도를 해주면서 환자들로부터 들은 직원에 대한 불평이나 불만은 확인 또는 여과과정 없이 직원을 평가할 수 있는 자료가 된다. 문제는 여기서 그치지 않았다. 의사들을 불러놓고 아무개 환자는 못 먹으니 콧줄을 집어넣고, 아무개는 소변줄을 끼우고, 아무개는 말썽을 많이 피우니 수면제를 충분히줘서 잠을 재우라는 것이다. 자기가 요양병원에 오래 있어 봐서 그 정도는 잘 안다는 태도이다. 전문의료지식까지 간섭하는 대단한 갑질이다. 이런 체제의 병원에서 의사는 아주 무력한 존재로 전락하게 된다. 물론 이런 병원에서 의사가 보따리를 싸서 떠나는 일은 수시로 벌어진다.

아침 회진

병원의 하루 일과는 아침 회진으로 시작된다. 전날 밤에 일어났던 환자의 상황 변화가 의사에게 보고되고, 거기에 따른 새로운 진료 행위가 회진을 통해 이루어진다. 그만큼 회진시간은 환자의 건강관리와 치료계획을 위해 중요한 시간이다. 그래서 돌발사고나 응급상황이 아니면 회진에 참여하는 의사와 간호사를 불러내어 회진을 중단시키는 경우는 절대 일어나지 않는다. 그것은 예의에도 어긋나는 일이다. 그러나 그러한 일이 흔히 벌어지는 요양병원이 있다.

그런 체제의 병원에서는 회진 중인 의사나 간호사를 호출하여 회진의 리듬을 깨는 일이 자주 발생한다. 자신이 상급자이니 마음대로 행동해도 된다는 의미이다. 의사가 아닌 사람이 병원의 경영진으로 병원장이나 행정원장이라는 고위직책을 맡는 경우에 그런 일이 더 흔히 벌어진다. 아무 때나 상급자가 하급자를 부르는 것은 문제가 되지 않는다는 사고방식을 갖고 있기 때문이다. 이런 병원에서는 각 부서의 자율적인 운영이 이루어지지 않아 볼멘소리를 내며 근무하는 직원이 많을 수밖에 없다. 하급직원은 상급자의 명령을 따르는 게 당연하다는 갑질 만능주의 사고를 가진 사람들의 행동방식이다.

이런 사람의 지시를 받으며 근무하는 의사는 흔하지 않아 1~2개월이면 대개 의사들이 보따리를 싸게 된다. 갑질 치고는 대단한 갑질이다. 아무에게나 완장을 채워주면 안 되는 이유이다. 조그만 힘이라도 주어지면 그 힘을 자랑하고 싶은 갑질은 요양병원에서도 수시로 벌어지고 있다.

의사의 갑질

병원은 환자를 치료하는 곳이므로 대부분의 업무는 의사가 중심이되어 운영될 수밖에 없다. 그만큼 의사에게 많은 권한과 의무가 부과된다. 그런데 일부 의사는 권한만 주장할 뿐 의무를 지키는 데는 인색한 사람들이 있다. 환자를 돌보는 것을 멀리하면서 큰소리만 치는 의사도 있고, 환자의 상태가 위급하다는 보고를 받고도 발걸음은 재촉하지 않아 간호사를 애타게 하는 의사도 있다. 회진이 끝나면 그때까지 파악된 문제점을 치료하기 위한 처방을 내린다. 이때 빨리 처방이 내려져야 간호업무가 빨리 진행된다. 그런데도 상습적으로 처방을 늦게 내려 간호업무에 차질을 빚게 하는 것도 의사의 갑질이다. 회진시간을 일정하게 하지 않아 애를 먹이기도 한다. 심지어는 오후에 회진을 하여 간호사의 업무에 차질을 빚게 하는 개념 없는 의사도 간혹 있다.

요양병원의 의사들은 일반적으로 나이가 많은 사람들이 많다. 그러다 보니 직원들에게 반말을 하고 비인격적인 언행을 하는 경우도 있다. 환자의 치료에 도움이 되는 간호사의 정보를 귀담아 들으려 하지 않는 의사도 종종 있다. 처방을 왜 냈는지 물어 보면 "의사가 환자에게 내린 처방을 그대로 따르면 되지 왜 말이 많으냐"고 핀잔을 주기도 한다. 그런 일이 자주 벌어지다 보면 여기저기서 불평이 터져나온다. 병원의 화합을 깨는 주범이 된다. 결국 그런 사람은 오래 버티지 못하고 병원을 떠나게 된다.

수간호사의 갑질

드문 일이기는 하지만 갑질을 즐기는 수간호사나 간호과장의 횡포도 만만치 않다. 군대조직보다도 더 엄격한 위계질서를 요구하는 간호 조직으로 구성된 병원도 있다. 그런 병원의 간호사 업무는 절대 복종밖에 없다. 직급에 따른 상명하복의 원칙이 철저히 이루어진다. 이런 경직된 병원은 업무 이외의 일에서는 아부가 판을 친다. 업무와 관계없는 일에도 충성을 다한다.

수간호사는 해당 병동 간호사의 우두머리로 모든 일을 총괄하는 권한을 쥐고 있다. 그래서 수간호사의 성향에 따라 그 병동의 분위기가 좌우되기 마련이다. 간호사나 조무사, 간병인들이 밝은 얼굴로 웃으며 근무하는 병동이 있는가 하면, 얼굴을 찌푸리며 어두운 표정으로 근무하는 병동도 있다.

이런 경우는 대부분 수간호사가 얼마나 합리적으로 병동을 운영하는가에 달려 있다. 분위기가 좋은 병동의 수간호사는 병동직원들의 입장이 되어 궂은일을 앞장서서 하고, 그들을 먼저 배려하며 모든 편의를 제공해주려 한다.

이에 반하여 갑질이 능한 수간호사는 자기 눈에 벗어난 간호사에게는 불이익을 주고, 자기에게 충성을 다하는 하급직원의 요구는 다 들어준다.

마음에 들지 않는 간호사조무사 포함는 근무표를 작성할 때 본인이 원하는 휴무일이나 시간을 신청해도 교묘한 이유로 허락을 받지 못한다. 회식을 할 때도 미운털이 박힌 간호사는 항상 제외 대상이 된다. 일상 업무에서도 힘든 일만 골라서 시킨다. "나에게 충성을 하지 않으면 국물도 없으니 까불지 말고 내 말을 잘 들으라"는 것이다. 수간호사보다 직급이 높은 간호과장의 갑질도 이로 미루어 짐작하면 큰 차이가 없을 것이다.

간병인에게 갑질하는 사람들

사람마다 성격이 다른 것처럼 간병인을 대하는 태도도 사람 따라 천차만별이다. 간병인에게 고마움을 느끼며 인간미 넘치게 대하는 보호자도 많다. 간병인이 하는 일마다 모두 예쁘게 보인다는 어느 사람의 글을 먼저 읽어보자.

새로 온 두 분은 하루하루가 지나면서 더욱 믿음직하게 보인다. 사람의 습관이란 게 참 무섭기도 하고, 우습기도 하다. 막 바뀌었을 때는 어떻게 해도 떠난 두 분만큼 미덥지 않을 것 같았다. 그런데 며칠 지나는 동안 그 분들이 익숙해지고 자신감이 늘어난 면도 있겠지만, 앞서의 분들과 다르면서도 그에 못지않은 신뢰감이 묻어났다. 너무 가볍지 않나 싶던 심양 출신 장 여사는 그 부드러운 면이 갈수록 돋보였고, 좀 어둡지 않나 싶던 흑룡강 출신 강 여사는 그 침착성에 탄복한다. 아니, 정말 떠난 주 여사 한 분밖에 믿을 사람 없는 것 같았는데, 이제는 두 분이 주 여사보다 훨씬 미덥다. (김기협, 70)

아내는 병원에 간병인이 있으니망정이지 간병인이 없으면 보호자나 의료진들이 얼마나 고생하겠냐며, 정말 간병인들은 천사이고 아무나 할 수 없는 일을 하는 진정한 수행자라고 했다. 우리 자식들 어느 누가 밤새 곁을 지키고 환자의 아픔을 도울 수 있겠냐며 간병인의 노고를 칭찬하고 또 칭찬했다. 정말 희생정신이나 소명의식 없이 대가만 바라고

하기에는 너무도 힘든 일인 것 같다. (김철수 122)

위의 경우처럼 간병인에게 신뢰감을 갖는 사람이 대부분이다. 그러나 그렇지 않은 사람도 있다. 사람마다 어떤 시각으로 보느냐에 따라 간병인을 대하는 마음도 차이가 많이 난다.

그런 사람들은 물론 의사를 비롯하여 간호사나 조무사에게도 곱지 않은 말투로 시비 걸 듯 말한다. 어느 환자와 보호자는 병원직원을 자기가 다 먹여 살린다는 듯이 말한다. 간병인을 마치 자기 종처럼 부려먹으려는 환자도 있다. 심지어는 "사람 똥이나 치우는 주제에 무슨 말이 그리 많으냐"고 간병인을 인간 이하로 취급하는 보호자도 가끔 만난다. 어느 환자는 수시로 응급벨을 눌러 별것도 아닌 일에 간병인을 부르고 빨리 오지 않는다고 신경질을 부린다. 이런 부류의 사람들은 돈 내고 치료하는 데 당연하지 않느냐고 오히려 반문한다.

자식의 도리를 못 하는 자기 대신 온갖 시중을 다 들어주는 간병인들에게 고마움은커녕 군림하려는 보호자를 보면 인간의 잔인함에 대한 비애가 느껴진다. 물질만능주의가 지배하는 사회다.

보호자가 없으면 서러운 요양병원

요양병원 환자들은 자리에 대한 애착이 심하다. 같은 병실 안에서도 자리 배치를 다시하려고 하면 거절하는 경우가 대부분이다. 요양병원 환자들은 사소한 환경의 변화에도 두려움을 느끼고, 불안한 감정을 갖는다. 조그마한 변화에 대해서도 적응이 필요하기 때문이다.

대개 인지기능이 저하된 환자들은 병실이 바뀌면 적응하는 데 많은 시간이 걸린다. 어린아이처럼 낯가림도 심하다. 그래서 병실이나 간병인이 바뀌면 불안해하고, 잠을 제대로 자지 못하고, 소리를 지르는 환자도 있다. 그래서 환자의 병실을 옮기는 일은 신중이 이루어져야 한다.

보호자가 환자를 소중히 여기면서 관심을 보이면 병원 측은 바짝 긴장한다. 그래서 환자에게 생길 모든 문제를 사전에 보호자와 의논해서 결정한다. 환자가 병원에서 받는 처우가 마음에 들지 않으면 퇴원시키겠다고 으름장을 놓기도 하고, 잘못된 일이 있으면 격렬하게 항의하기 때문이다. 그러나 보호자가 없는 환자에게는 대우가 소홀할 수 있다. 왜 늙으면 자식이 있어야 하는지를 요양병원에 오면 쉽게 깨달을 수 있다.

보호자가 없는 환자를 병원 당국의 필요에 따라 짐짝처럼 이곳저곳으로 병실을 옮기는 경우가 실제로 있었다. 그때마다 환자는 불안에 떨며 눈물을 흘리고 괴성을 질렀다. 물론 1주일 정도 지나면 그들도 힘들게 적응을 하게 된다.

간호사와 보호자

환자가 입원하면 환자의 신상명세서 작성란에 반드시 기록해 두어야 하는 항목이 있다. 보호자의 연락처다. 주보호자의 역할을 할 사람이 누구인지, 그 보호자와 연락이 되지 않을 경우, 그 다음으로 연락할 대상은 누구인지 등을 순서대로 서너 명의 연락처를 적어 놓는다.

주보호자는 대개 부모를 모시고 살았거나 치료비를 부담하는 자녀가 된다. 이들은 병원에 계신 부모님이 걱정되기도 하고 외로워할까봐 자주 찾아온다. 그러다 보니 병원의 사정에도 눈이 밝아 간호사나 간병인의 역할에 감사를 표하고, 병원에 호의적인 경우가 대부분이다. 효성이 지극한 이러한 자녀들이 찾아오면 그때마다 병원직원들은 호감을 가지고 반가운 마음으로 맞이한다.

이와는 달리 1년에 한두 번이나 몇 달에 한 번씩 찾아오는 자녀들이 있다. 이들은 병원을 방문한 당일에 갑자기 억눌러왔던 효심이 솟아오르는지 이런저런 시시콜콜한 문제들을 간호사들에게 일일이 지적한다. 모처럼 찾아온 김에 효도를 한꺼번에 다하고 가려는 듯이 온갖 불평을 늘어놓는다. 이런 사람들은 대개 찾아오는 횟수에 반비례하여 사리에 맞지 않는 지적사항이 늘어난다.

또 어떤 보호자는 걷다가 뼈가 부러지면 안 된다고 운동을 시키지 못하게 하는 사람도 있다. 쓰레기통을 자주 비우지 않는다고 간호사에게 야단치는 보호자도 있다. 그것도 모자라 경영진이나 원무과를 찾아가 시정을 요구하고, 문제를 키워 열심히 일하는 간호사들의 사기를 꺾어놓는다. 그들의 이런저런 언행을 함께 듣고 난 주보호자는 언제부터 그 형제가 그렇게 효자가 되었는지 모르겠다고 어처구니 없는 표정을 지으며 간호사들에게 죄송하다며 어쩔 줄 몰라한다.

물론 자주 찾아오는 보호자 중에도 올 때마다 간호사들을 우울하게 만드는 사람이 있다. 어처구니 없는 일로 억지를 부리기 때문이다. 병원 측에서는 환자의 물품관리를 철저히 해준다. 그래도 분실사고가 가끔 일어난다. 예를 들면, 틀니나 보청기는 착용하다가 잠깐씩 빼어 놓는 일이 빈번하기 때문에 본인이 직접 챙길 수밖에 없다. 그런 물품조차 분실사건이 발생하면 간호사를 도둑 다루듯이 하면서 보상을 요구하는 보호자도 있다. 보호자들의 안하무인적 행동에 스트레스를 받는 간호사의 호소를 직접 들어보자.

병원비를 지불한다는 이유로 무조건 요구하고 따지고 치료방침을 거스르기도 한다. 환자의 치료계획이 우선되지 못하고 그들의 입장에서 하는 과다한 요구에 대한 응대는 심리적으로 많은 에너지가 소모된다.

그런 사람일수록 아무리 설명해도 받아들이지 않는다. 오히려 더 당당한 모습으로 반응한다. 그런 보호자를 응대하면서, 간호사로서 전문적인 업무가 아닌 일로 보호자와 옥신각신해야 하는 자기 자신을 되돌아보며 심한 자괴감에 빠져든다. 전문인인 간호사에게 의료 부분이 아닌 보호자의 지나친 간섭은 또 다른 업무 스트레스를 가중시킨다. 병원의 경영진과 관련된 사람들이 특히 더 심하다. 마치 자기들이 경영진인 것처럼 대접받길 원한다.

또 일반병원의 보호자와는 상황이 다르기 때문에, 요양병원에서는 작은 일에도 얼굴을 붉힐 수 있는 경우가 비일비재하다. 환자는 왕이라는 식으로 툭하면 병원 원무과에 찾아가서 간호사나 의사를 비난하면서 불친절하다고 항의한다. 그러한 일을 당하면 근무의욕도 떨어지고 간호사라는 직업에 깊은 회의감이 든다. 그런 일을 피하기 위해서 어거지 요구를 하는 보호자의 비위를 맞춰주는 것도 요양병원 간호사의 업무 중 하나이다.

보호자는 환자가 넘어져 다치면 간호사를 걸고 넘어지죠. 도의적인 책임은 있지만 어르신 스스로 주저앉은 것이 아닌가요. 평소엔 오지도 않던 보호자가 그날따라 효심이 발동했는지 막말을 얼마나 하던지……이 세상에 있는 막말은 다 들어먹었어요."

이래저래 요양병원 간호사의 하루는 피곤한 날이 대부분이다.

치료비 내는 날

치료비 납부일이 되어 병원에 찾아온 자녀가 부모를 뵙기 위해 병실을 찾는다. 물론 간호사실에 와서 환자의 상태를 꼼꼼히 묻는다. 대부분의 보호자들은 치료를 잘 해줘 고맙다고 인사를 하지만 그렇지 않은 보호자가 간혹 있어 간호사들을 가슴 아프게 한다. 마치 내가 이렇게 치료비를 내줌으로써 너희들이 월급 받아먹고 사는 것 아니냐는 듯한 태도이다. 그들이 지적하는 일반적인 사항은 다음과 같다.

'어머니 눈곱이 왜 이리 끼었느냐, 이부자리를 언제 갈아주었는데 이렇게 더러우냐. 쓰레기통을 왜 자주 비우지 않느냐, 손톱이 왜 이리 길도록 깎아주지 않았느냐, 환자복에 오물이 묻었는데 왜 새 옷으로 갈아입히지 않았느냐'고 일일이 지적한다. 치료비 내는 값으로 업무의 소홀에 대하여 지적을 하고 싶은 것이다. 물론 상황에 따라 어느 순간에 그러한 지적사항이 발견될 수 있다.

요양병원의 환자관리는 모두 일정에 의해서 계획적으로 순서에 따라 이루어지지만 돌발사태가 발생하면 우선 순위가 바뀌어 지적한 사항들이 뒤로 밀릴 수 있다. 보호자들이 염려할 정도로 게으르게 환자를 돌보는 경우는 그리 흔하지 않다. 그러한 내막을 모르는 보호자들의 지나친 간섭으로 간호사와 간병인들의 의욕을 꺾어놓는 경우가 종종 발생한다.

요양병원의
제도적 문제점

치료비 청구제도

기존 일반병원의 치료비 청구제도와 달리 요양병원은 독특한 방법으로 치료비를 청구해야 한다. 대부분의 환자가 등급의 차이에 의한 포괄수가제에 해당하지만 인력등급과 매월 상황에 따라 치료비를 청구하는 내용이 달라진다.

행위별 수가를 인정받을 수 있는 항목이 따로 정해져 있다. 매월 1일부터 시작하여 10일 동안에 있었던 치료 내용에 따라 청구비 내용이 결정된다. 폐렴 등 몇 가지 항목을 제외하고는 일반적으로 그 기간을 벗어나서 벌어진 치료에 대해서는 청구가 불가능하다.

앞에서 말한 경우가 아니라면 요양병원의 수가제도는 환자의 치료 내용과는 관계가 별로 없는 인력 가산제이다. 병원의 인력 등급이 높으면 가산점수가 적용되어 진료비를 많이 받을 수 있다. 각 부서마다 일정 기준의 인력을 갖추면 가산점수가 부여된다.

의사, 1등급은 의사 1인당 환자수가 35명 이하인 경우이다. 2등급은 35:1 초과 40:1 이하인 경우이고, 3등급은 40:1 초과 50:1 이하인 경우이다. 4등급은 50:1 초과 60:1이하인 경우이고, 5등급은 60:1 초과인 경우이다. 1등급의 경우, 즉 전문의 수가 50퍼센트 이상인 경우는 입원료의 20퍼센트가 가산되고, 전문의 수가 50퍼센트 미만인 경우는 10퍼센트가 가산된다. 2등급은 소정액수를 그대로 받을 뿐이고, 가산금을 받지 못하며 5등급의 경우에는 입원료의 50퍼센트를 감산한다.

간호부서의 경우는 직전 분기의 평균 간호인력간호사 및 조무사 수환자수 대 간호인력 수의 비에 따라 간호인력 확보수준을 1등급 내지 8등급으로 구분한다. 1등급은 4.5:1 미만인 경우, 2등급은 4.5:1~5:1 미만인 경우, 3등급은 5:1~5.5:1 미만인 경우……8등급은 9:1 이상인 경우이다. 1등급은 기본 입원료에 60퍼센트의 가산을 하고, 8등급의 경우엔 기본 입원료의 50퍼센트를 감산한다.

이처럼 치료 내용보다는 적정수의 인력 확보가 치료비를 많이 받을 기준이 되는 이상한 치료비 청구제도이다.

요양병원의 미불금

서민이 은행에서 대출을 받거나 자동차를 할부로 구입한 뒤 돈을 갚지 않고 버틸 방법은 없다. 나라에서 법으로 은행이나 자동차회사를 보호해주기 때문이다. 그러나 서민들의 생활에서는 빌려준 돈을 못 받아도 법의 보호를 기대하기 어렵다.

마찬가지로 요양병원에서 치료비를 못 받을 경우, 법의 도움을 받지 못한다. 요양병원에 입원한 후 치료비를 내지 못하는 환자가 가끔 있다. 때가 되면 치료비를 내기는커녕 부모를 입원시키고 나서 자식들이 한 번도 찾아오지 않는 것은 물론이고, 전화를 해도 받지 않는 보호자도 있다. 이것은 일종의 노인 학대다.

이때 병원에서 할 수 있는 일은 기껏해야 환자나 보호자에게 직접 납부하라고 독촉하거나 전화를 통해 독촉하는 방법 말고는 뾰족한 수가 없다. 치료비가 밀렸다고 환자를 강제로 퇴원시킬 수는 없다. 그렇게 하면 치료받을 권리를 침해하는 행위라고 한다. 인심은 나라에서 쓰고 손해는 병원에서 보라는 격이다.

이러다 보니 치료비가 몇 백만 원 내지 몇 천만 원까지 밀리는 경우도 있다. 심지어는 1억 원대의 거금이 밀린 경우도 경험하였다. 이런 경우 치료비를 받을 수 있는 방법은 환자 사망 시 밀린 돈을 먼저 받고 시신을 넘겨주는 것이다. 그러나 이때도 조위금을 받아 갚겠다고 딱한 사정을 말하면서 버티면 치료비를 대폭 삭감해줄 수밖에 없다. 치료비를 몇 달 못 받았다고 강제 퇴원을 시킬 수도 없는 것이 우리나라 의료제도의 현실이다. 이른바 우리나라 의료가 자랑하는 저비용 고효율의 의료정책이 의료업계의 희생을 담보로 하고 있다는 것을 알고 있는 사람이 얼마나 되는지 모르겠다.

요양병원의 의료적인 문제점

한때 우후죽순 격으로 요양병원이 늘어났다. 이러한 요양병원의 수적 증가는 의료 수준의 질적 저하는 물론이고 환자를 확보하기 위한 경쟁으로 수많은 문제들을 일으켰다.

일부 요양병원은 진료기능보다 요양기능 위주로 운영되고 있다. 요양시설과 요양병원의 역할 구분을 명확하게 할 수 없을 정도다. 그런 요양병원에는 의사의 진료가 별로 필요하지 않은 환자가 대부분을 차지하고 있다. 이런 병원은 환자 확보를 위하여 요양시설과 경쟁적 관계를 갖는다. 그러다 보니 진료를 담당하는 의사보다 더 건강한 사람이 환자로 둔갑하여 입원하는 일이 흔히 벌어진다. 이러한 경우는 건강보험대상자의료보험환자보다 의료급여대상자영세민환자가 대부분을 차지한다. 의료급여대상자는 나라에서 모든 진료비를 부담하기 때문이다.

위의 경우와는 반대로 급성기병원의 진료방식을 그대로 적용하여 요양병원의 설립목적을 무색하게 만드는 데도 있다. 이런 요양병원은 위급한 환자들을 입원시켜서 급성기병원처럼 진료를 한다. 대상 환자가 그렇다 보니 만성질병 환자를 치료하기 위해 세워진 요양병원의 설립목적과 관계 없는 진료행위가 벌어진다. 이것도 알고 보면 입원환자를 확보하기 위한 고육지책의 하나이다.

이러한 일이 벌어지는 근본원인은 비합리적인 의료제도 때문이다. 예를 들면, 요양병원에 입원해야 할 위중한 환자를 요양원에 입소하게 만드는 노인장기요양보험제도 때문이다. 환자의 상태가 위중할수록 요양원에 입소할 자격을 허락하는 노인장기요양보험제도의 등급판정기준이 주범이다. 이런 납득하기 힘든 제도 때문에 요양원에 입소해야 할 경증의 환자가 등급판정을 받지 못하여 요양병원에 입원하고, 상태가 악화되어 요양병원 입원이 필요한 환자가 요양원 입소자격 등급판정을 받아 요양원에 입소하는 경우가 현실에서 비일비재하게 벌어지고 있다. 행정 당국은 이미 만들어진 제도라며 밀어붙이는 식으로 정책을 운용해서는 안 된다. 일선에서 종사하는 사람들이 지적하는 하나하나의 의견에 귀를 기울여 잘못된 제도를 손질해 나가야 한다. 그래야 입법 취지에 맞는 정책이 그 역할을 다할 수 있게 된다.

대부분의 선진국에서는 노인들이 사망하는 장소가 요양원 같은 노인요양시설이다. 그러나 우리나라의 경우는 요양병원에서 마지막 삶을 보내는 경우가 많다. 말기질환으로 소생의 가능성이 없는데도 병원에 입원해야 한다. 우리나라 특유의 의료제도 때문이다. 병원이 아닌 곳에서 사망하면 병사나 외인사 여부를 확인하기 위해 경찰의 수사를 받아야 한다. 요즘은 집에서 사망하면 오히려 객사로 취급받는다. 병원에서 사망하면 뒤처리가 간단하니 그럴 수밖에 없다.

몸 성한 환자들

몸이 아프지 않고 건강한 것은 바람직한 일이지만 그런 환자들이 병상을 차지하고 있는 것은 병원의 설립목적과 부합하지 않는다. 그런데 그런 현상이 요양병원에서 흔히 벌어지고 있다. 이런 현상은 국가에서 치료비가 지급되는 의료급여 대상자에게서 더 흔하게 벌어진다. 보험금을 받기 위해서 입원을 원하는 환자도 물론 있다. 환자는 경제적 이익을 보거나 의식주가 해결되어서 좋고, 병원은 어차피 비어 있는 병상을 채워서 좋으니 '누이 좋고 매부 좋은' 격이다.

웬만한 환자는 입원치료 중 치료에 적절한 약의 용량이 정해지면 퇴원이 가능하다. 그 뒤에는 집이나 요양시설에 머물면서 외래진료를 정기적으로 받아도 충분하다. 그런 환자들이 불필요하게 요양병원에 입원하고 있는 사례는 너무 흔하게 찾아볼 수 있다.

그들 중에는 새벽기도에 참석해야 한다고 이른 새벽에 병원 문을 열어달라고 하거나, 운동하러 밖에 나가야 된다고 새벽 4시에 문을 열어주기를 바라거나, 일주일에 한 번씩은 목욕탕에 가야 하니 외출을 허락해달라고 요구한다.

또 그들 중에는 몰래 마신 술에 취해 주정을 부리는 사람, 병원 생활이 답답하여 근처 골목길을 환자복 입은 채로 헤집고 다니는 사람 등등 다양하다. 좀 심하게 말하면, 막노동판에서 힘든 일을 할 수 있을 정도로 건강을 갖춘 사람들이 입원을 하고 있는 경우가 많다.

이런 가지각색의 환자들이 자기 편한 대로의 생활을 요구한다. 그러나 실제로 알고 보면 이런 환자들은 환자 등급이 낮아 병원경영에도 별도움이 되지 않으면서 문제만 자꾸 일으킨다.

그들은 만약 자기의 요구가 수용되지 않으면 다른 병원으로 옮기겠다고 으름장을 놓기도 한다. 때로는 청와대에다 민원을 넣기도 하고,

보건소에 전화를 걸어 병원을 나쁘게 이야기한다. 마치 자기가 입원한 병원에서 인권유린 사태가 일어난 것처럼 문제를 일으킨다.

이런 사람들이 무단 외출을 하였다가 사고가 발생하면 병원의 감독 의무가 문제로 떠오른다. 요양병원에 근무하다 보면 국민세금이 줄줄 새어나가는 안타까운 현상을 세세하게 목격할 수 있다. 물론 이런 문제들은 국가의 의료정책 잘못으로 벌어지는 일이다.

요양병원의 물리치료

물리치료실은 요양병원이 갖춰야 할 시설 중 필수 항목이다. 환자의 일상생활능력을 회복하기 위해서는 물리치료가 그만큼 중요하기 때문이다. 그러나 재활의학과 전문의가 없는 요양병원에서 시행되는 물리치료는 수가에 반영되지 않는다.

적절한 물리치료를 위해서는 많은 인력이 필요하다. 그러나 많은 인력을 투입해 물리치료를 해도 경제적인 보상은 거의 없다. 그래서 물리치료가 포괄수가제에 적용받는 한 물리치료를 위한 충분한 인력을 갖출 수는 없다.

포괄수가제란 환자에게 제공되는 의료서비스의 종류나 수준에 상관없이 환자가 어떤 질병의 진료를 위해 입원했었는가에 따라 미리 책정된 진료비를 정액제로 지급하는 방식이다. 일종의 '진료비 정찰제'로 보면 된다.

그러다 보니 물리치료를 처방하는 의사나 물리치료를 시행하는 물리치료사도 일은 하지만 신바람이 나지 않는다. 이런 점을 감안해 보면 250명이 넘는 입원환자를 물리치료사 1인이 혼자 담당하는 병원이 있는 것도 이상한 일은 아니다.

현 제도 하에서 요양병원의 물리치료는 재활의학과의 독점품목이나 다름이 없다. 현재의 규정 하에서는 다른 과목의 전문의가 처방하는 물리치료는 거의 대부분 포괄수가제에 포함되어 병원 경영에 기여하는 바가 없다. 따라서 물리치료를 등한히 할 수밖에 없다. 재활치료라는 명목으로 재활의학과 전문의가 근무하는 병원에서만 물리치료비 청구가 인정되고 있다.

더욱이 물리치료를 하려면 병실에서 물리치료실로 환자를 이동시키는 데에도 많은 인력이 필요하다. 거동이 불편한 환자를 휠체어에 태워서 이동하는 과정은 수많은 인력이 동원되어야 한다. 그러나 요양병원에는 그만한 인력이 갖추어져 있지 않다. 그에 필요한 인력을 다 갖추다 보면 경제적으로 타산이 맞지 않는다.

이동과정 중이거나 치료과정에서 골절이 발생하면 책임 소재를 따져야 하고, 법적 책임 여부에 따라 경제적 손실이 크게 동반된다. 이런저런 이유로 재활의학과 전문의가 없는 병원의 물리치료실은 환자에게 별 도움을 주지 못한다. 따라서 구색을 갖추기 위한 수단으로 존재하는 병원이 있을 뿐이다.

장기환자의 입원료 삭감

노인성질환은 완치가 쉽지 않다. 오히려 생을 마감할 때까지 점점 더 악화되는 병이 대부분이다. 장기입원이 필요할 수밖에 없는 이유이다. 노인병의 이러한 특성에 주안점을 두고 설립된 것이 요양병원이다. 그런데 심평원은 이런 목적에 역행하는 제도를 시행하고 있다. 우리를 어리둥절하게 만드는 이율배반적인 정책이다.

이전에는 181일 이상 입원하는 경우 입원료의 5퍼센트1일당 약 1,010원, 361일 이상을 입원하는 경우, 입원료의 10퍼센트1일당 약 2,020원를 수가에서 차감한다. 요양병원의 설립취지에 비추어 보면 이런 제도 자체는 앞뒤가 맞지 않는다. 2020년 1월부터는 여기에서 한술 더 떠 181일과 361일 사이에 271일 기간을 신설하고 271일 이상 10퍼센트, 361일 이상 15퍼센트1일당 약 3,030원를 차감하게 하였다.

요양병원의 불필요한 장기입원을 줄이기 위해 이런 대책을 마련했다고 한다. 그렇다면 꼭 필요한 장기입원에 대해서 입원료 삭감이 있어서는 안 된다. 그러나 그런 보완장치 없이, 환자의 상태와 관계없이 무조건 위와 같은 삭감제도를 시행하고 있다. 요양병원의 경영에 희생을 담보로 해서 노인들의 건강정책을 펴나가고자 하는 당국의 속셈을 엿볼 수 있는 꼼수제도라고 아니 할 수 없다.

또한, 요양병원이 서로 환자를 주고받으며 장기간 입원시키려는 행태를 방지하기 위해, 요양병원에 한해 입원이력을 누적하여 관리하고, 입원료 차감기준을 연계하여 적용하기로 했다. 장기입원환자는 질병을 치료하기 위해 어쩔 수 없이 장기간 입원하는 것이지, 요양병원이 환자를 물건 다루듯이 주고받기 때문은 아니다. 그런데도 당국은 요양병원이 이익에 급급하여 불필요한 입원을 조장하고 있는 것처럼 판단하여 치료비 삭감정책을 펴나가고 있다. 이러한 정책은 국민들로 하여금 요양병원을 불신하게 만들고, 국민과 요양병원을 이간질하는 정책일 뿐이다.

또 이번에 새롭게 변경된 제도로 요양병원의 본인부담상한제 사전급여는 요양병원에 지급하던 돈을 환자에게 직접 지급하는 것으로 변경하였다. 이전에 시행되던 본인부담상한제 사전급여는 동일 요양기관에서 연간 법정 본인부담금이 최고상한액2019년 기준 5백80만 원을 초과할 경우, 초과금액은 요양기관이 환자에게 받지 않고 건강보험공단에 청구하였다. 그러던 것을 이제는 본인부담금 최고상한액을 초과하면 그 금액을 요양병원에 지급하지 않고 건강보험공단이 환자에게 환급하고 있다. 그 초과금액은 진료일로부터 3~5개월 후에 환자에게 직접 지급된다.

이러한 제도에 맞춰 최고상한액이 초과되는 환자에게 본인부담금을 청구하면 환자들은 치료비가 인상된 것으로 오해한다. 그들의 불만을 병원에서 다 떠안아야 한다. 하루하루가 경제적으로 살기 힘든 서민들은 3~5개월 후에 본인에게 직접 지급되는 초과금액을 기다릴 만큼의 여유도 없다. 소비자의 편의를 고려하지 않고 더 불편을 주는 정책으로 바뀌는 것은 현장 경험이 없는 행정 당국의 주먹구구식 탁상행정이 가져다준 폐해이다.

요양병원은 의사와 간호사들의 유급 양로원인가?

일반병원에서 60대 의사라면 정년퇴직을 앞둔 원로의사에 해당된다. 전문지식이 무르익고 또 무르익었을 시기이다. 대학병원이나 그밖의 수련병원은 의사의 정년연령이 65세인데, 그 이상 나이가 든 의사를 만날 수 없다.

그러나 요양병원에서는 65세가 넘은 나이 든 의사를 흔히 만날 수 있다. 어느 병원의 경우는 칠십 중반의 의사가 가장 나이가 어리다고 한다. 그런 병원에는 여든이 넘는 의사들도 여럿 근무한다.

나이 든 의사는 구직이 쉽지 않아 처우나 근무 여건이 마음에 들지 않아도 묵묵히 병원의 요구에 순응하고 있다. 그러니 병원 경영자로서는 그들을 멀리할 이유가 없다. 환자 치료는 그 다음의 문제이다. 물론 팔십이 넘은 연로한 의사들 중에서도 젊은 사람 못지않은 노익장을 과시하는 경우도 있기는 하다.

일반적으로 나이가 많은 의사들은 떨어지는 업무수행능력으로 함께 근무하는 젊은 의사들에게 피해를 주는 경우가 허다하다. 연로한 의사들은 집중력이 떨어져 업무수행 중에 실수를 자주 일으킨다. 신속히 수행해야 할 업무도 듣자마자 잊어버려 간호사들이 몇번이고 확인을 해야 하는 경우가 흔히 벌어진다. 이런저런 실수로 주변 동료들에게 크고 작은 피해를 줄 수밖에 없다.

간호사의 사정도 이와 크게 다를 것이 없다. 나이 많은 간호사를 요양병원에서는 쉽게 만날 수 있다. 칠십이 넘은 사람이나 경력 단절이 수십 년 된 간호사가 재취업하여 근무하는 경우도 흔히 있다. 간호사의 구인난에 시달리는 요양병원 입장에서 나이를 따지고 경력을 물어볼 처지가 아니다. 인력 가산점을 받을 수 있는 간호사의 숫자 채우기에 급급하기 때문이다. 이들 중에는 업무수행능력이 떨어져 간호조무사 수준의 업무조차도 제대로 수행하지 못하는 사람도 있다. 정년퇴직을 한 어느 간호사는 건강상태가 좋지 않은데도 사업에 부도난 아들의 빚을 갚아야 한다고 요양병원에 다시 취업하여 근무하고 있다. 나이가 들어 집에서 간병을 받아야 될 처지인데도 직장을 나오니 무슨 일을 제대로 하겠는가? 그런 지경의 사람이 어떻게 젊은이들을 이해하고, 그들에게 양보나 배려를 한다는 것은 상상도 못 할 일이다. 그들은 오로지 나이가 많다는 이유로 대접받기를 당연시 한다. 요사이 젊은이들이 콧방귀도 안 뀐다는 사실도 눈치 못 챈다. 동료직원에게 피해를 주면서 손가락질을 받지만 그래도 당당하게 근무하는 간호사를 보면 때로는 안쓰러운 마음이 들기도 한다.

여든이 넘은 어느 의사는 손자들에게 용돈을 주기 위해 근무를 한다고 했다. 학비를 대주고 용돈을 줘야만 자식이나 손자의 얼굴을 자주 볼 수 있기 때문이라고 한다. 돈이라도 들여서 손자와 교감하고 싶은 사랑의 구걸행위 같아 씁쓸하기 이를 데 없다.

노쇠현상으로 걸음도 제대로 걷지 못하는 의사도 있다. 이런 의사들이 면접을 위해 병원을 방문할 때면 부인을 대동하고 오는 경우가 대부분이다. 부인의 강권에 의한 취업이다. 집에서 잔소리나 하고 밥 세 끼를 축내느니 차라리 밖에 나가서 돈이나 벌어오라는 것이다. 대단히 실레스럽지만 일종의 앵벌이가 벌이는 느낌이 든다.

마치 나이 많은 의사들만 모아놓아 의사양로원을 방불케 하는 요양병원도 있다. 의사가 휠체어를 타거나 보행기를 끌고 다니거나 기저귀를 차고 근무하는 경우도 드물지 않다. 심지어 어느 나이 든 의사는 간호사가 불러주는 대로 처방전을 낸다. 치매 증상이 있어 잠옷 바람으로 회진을 하는 의사도 있다. 환자의 사소한 물건을 슬쩍 훔치는 의사도 있었다. 이들은 급료를 적게 받기 때문에 병원의 인건비 지출을 줄여준다. 이들과 병원 경영자의 관계는 서로 윈윈하는 사이 같지만 하루빨리 사라져야 할 사례들이다.

적정성평가

심평원은 요양병원의 질을 향상시키기 위한 목적으로 일정 기간이 지나면 '요양병원 입원급여 적정성평가'를 시행한다. 2008년 1차 평가를 시작으로 2019년도에는 2주기 '요양병원 입원급여 적정성평가'가 새롭게 실시됐다. 이는 진료 영역 중심의 의료서비스의 질을 높이기 위한 관리였다. 이러한 관리를 통해 입원환자의 건강상태 유지·개선을 평가 목적으로 한다.

2008년 1차 평가 이후 2018년까지 7차 평가가 진행되었으며, 2019년부터 '2주기 평가'로 명칭이 바뀐 적정성평가는 2017년의 '요양병원 입원급여 적정성평가 개선방안 연구'를 바탕으로 하여 기존의 구조 지표는 9

개에서 4개로 축소하고, 진료 부분은 진료개선을 확인할 수 있는 지표로 개편된 새로운 평가기준을 만들었다.

　적정성평가를 받는 기간 동안에는 모든 요양병원이 해당 자료를 준비하느라 한눈 팔 시간 없이 바쁘게 움직인다. 평가 결과가 하위 20퍼센트에 속하는 병원은 6개월간 심각한 경제적 제제를 받게 되어 병원을 폐업해야 할 만큼 어려움에 처하게 되기 때문이다. 만약 하위 20퍼센트에 속하게 된다면 100병상 요양병원 기준으로 총액 1억 5천만 원의 지원금이 삭감된다. (2020년 기준)

　적정성평가가 요양병원의 의료수준을 향상시키는 역할을 하는 긍정적인 면이 있는 것도 사실이다. 그렇지만 자세히 들여다 보면 의료현장을 제대로 파악하지 못한 탁상행정의 폐해가 여기저기서 드러난다. 어처구니 없는 평가항목들이 많이 눈에 띈다. 예를 몇 개만 들어보자.

　우선 유치도뇨관오줌줄, Foley catheter에 관한 사항을 보자. 입원 환자 중에 도뇨관을 끼운 환자가 몇 명이 있는지 보고하라는 것이다. 오줌줄을 낀 환자가 많을수록 감점 요인이 상승하게 된다. 노년의 환자들은 방광기능이 약해져서 어쩔 수 없이 도뇨관을 삽입해야 할 경우가 발생한다. 그것을 하지 말라는 것이다. 전혀 불가능한 일이다. 그것을 피할 수 있는 방법은 없다. 단지 가능한 방법은 서류 조작밖에 없다.

　욕창의 경우에도 마찬가지다. 평가기간 동안에 만약 욕창환자가 발생한다면 감점을 당하게 된다. 기존 욕창환자의 경우에는 호전이 되어야 하고, 상태의 변화가 없거나 악화되면 감점 요인이 된다. 모든 신체기능이 바닥난 노년환자들에게서 발생한 욕창이 호전되기를 바란다는 것은 가당치 않은 발상이다. 욕창이 발생하면 병원 자체의 경제적 손해가 발생한다. 그에 대한 치료비 청구가 불가능하기 때문이다. 경제적인 문제가 아니더라도 욕창이 발생하도록 방치하는 의료인은 없다. 이런 사실을 알아주었으면 한다.

일상생활 수행능력이 감퇴한 환자의 비율이 상승하면 그것도 감점 요인이 된다. 운동을 날마다 시킨다 하더라도 나이가 들어갈수록 신체기능이 저하되어 일상생활 수행능력이 떨어지는 것은 자연스런 현상이다. 그러나 심평원은 그런 현상을 용납하지 않겠다고 한다.

7일 미만의 입원환자 비율이 높으면 그것도 감점 요인이 된다. 그 말은 며칠이 지나지 않아 사망할 가능성이 있는 환자는 입원시키지 말라는 것과 다름 아니다. 진료를 거부하면 위법이라고 하면서 그런 환자의 입원이 많으면 불이익을 주겠다는 것은 이율배반적인 발상에 지나지 않는다.

실천 불가능한 사항들을 평가항목으로 정하여 요양병원의 질적 수준의 척도로 삼는 것은 서류조작을 권장하는 것이나 다르지 않다. 가만히 놓아두면 자율적으로 해결할 수 있는 일들을 행정 당국에서 평가라는 이름으로 병원을 괴롭히고 거짓을 조장하는 탁상행정은 사라져야 한다. 언론에 보도된 적정성평가에 대한 연구결과 중 그 일부를 보자.

진료의 질 향상 분야에서 적정성평가 효과가 거의 없다고 응답한 비율이 35.6퍼센트로 집계된 반면 효과가 큰 편이라는 응답은 26퍼센트에 지나지 않았다.

진료서비스 개선 분야에서 효과가 거의 없다고 응답한 비율 역시 35.6퍼센트로, 효과가 큰 편이라고 응답한 24.0퍼센트보다 높았다.

치료성적건강상태 개선 분야에서 효과가 거의 없다고 응답한 비율도 34.6퍼센트인 반면, 효과가 큰 편이라고 응답한 비율은 17.3퍼센트였다.

(의료&복지뉴스, http://www.mediwelfare.com)

행정기관의 탁상행정

요양병원 운영과 관련된 행정기관으로는 건강보험심사평가원심평원, 보건소, 소방서, 의료기관평가인증원인증원 등이 있다. 이들은 현장업무를 직접 확인할 때도 있지만 대부분의 경우는 서류 확인 작업으로 업무를 평가한다. 그들은 서류 작성의 규정을 만들어 놓고 그것을 확인하는 것이 가장 확실한 감독방법이라고 생각하는 것 같다. 환자를 가까이서 돌보는 현장 중심의 업무가 벌어져야 할 병원에서 눈앞의 환자는 뒷전으로 한 채 서류작성 업무에만 매달려야 한다면 그 피해는 결국 환자에게로 돌아간다.

서류 작업 때문에 간호사들이 환자를 위한 간호업무를 할 수 없다고 이구동성으로 말한다. 자율적으로 시행해도 될 일을 온갖 규정을 만들어 그에 따른 문서를 갖추어 놓으라고 제도화한다. 이런 폐해를 없애기 위해서는 병원의 근무규정을 입안하는 행정기관 근무자는 풍부한 현장 경험을 갖춘 경력자를 채용해야 할 것이다. 그렇지 못한 사람들이 정한 규정을 지키기 위해, 1년에 한 번도 열어볼 일이 없는 서류를 병동에서 갖추고 있는 것만 해도 130여 종에 이른다. 현장의 효율성을 위한 행정이 되어야지 규제를 위한 서류 위주의 행정은 정말 사라져야 한다. 서류작업으로 인해 발생하는 현장 간호사의 고충을 직접 들어보자.

간호사는 일반 급성기병원에서 하는 고유의 간호업무 대신 행정업무나 서류업무를 주로 하게 된다. 모든 요양병원에 포괄수가제가 실시되면서 환자평가표에 의한 지불보상체계가 마련되었다. 이에 따라 환자평가표는 입원환자를 담당하는 간호사가 작성하는 것이 원칙이다. 의무기록을 근거로 매월 1일~10일에 최근 7일간의 환자상태를 종합적으로 평가하여 작성해야 한다. (하은과 김계하, 2012) 뿐만 아니라 2008년부터 매년 실시되는 요양병원의 서비스 적정성평가와 관련된 대부분의 서류작업도 간호사가 담당하고 있다. (이점순, 2010)

국민건강보험이 시행되면서 모든 간호기록을 상세히 남기라고 심평원은 요구한다. 여기에 맞춰 증거 위주, 실적 위주의 근무를 하다 보면 근무시간 내내 차트 정리에 매달려야 한다. 어르신들을 찾아가 이야기를 들어주고 불편한 점을 해결해주는 것이 간호업무의 주가 되어야 하지만 근무시간은 정해져 있고, 근무시간 안에 끝내야 할 일들도 산더미처럼 쌓여 있다. 그런 부분들에서 이론과 실제 현실이 안 맞는 상황이 많은 것 또한 간호사를 어렵고 지치게 하는 부분이다. 어르신들은 라운딩을 많이해서 그 분들의 이야기를 많이 들어주기를 원하지만 끝도 없이 쏟아져나오는 이야기들을 다 들어주다 보면 수행해야 할 업무가 밀리게 된다. 분명히 그 분들의 이야기를 들어만줘도 큰힘이 된다는 것은 알고 있지만, 그런 것도 못 해 드릴 때는 마음도 아프고 근무의욕이 떨어진다.

감독기관은 오로지 서류확인작업으로만 업무를 평가하려 한다. 그래서 요양병원에서 간호사의 업무는 서류작성이 주업무가 되고 만다. 환자 간호는 뒷전이고 서류작업을 하다 보면 병상에 찾아갈 시간이 없다. 환자 상태를 기록해야 하고, 식사 상황이 어떠한지 일상생활 수행능력이 어떠한지 기록해야 하고, 환자가 약을 복용했는지, 낙상 고위험 환자에게는 어떤 예방활동을 했는지 기록을 남겨야 한다. 욕창 예방활동은 어떻게 했는지 그에 맞춰서 기록하다 보면 실제로 환자에 다가가 체위 변경할 시간조차 나지 않는다. 서류확인 위주의 행정에 맞춰서 근무를 하다 보면 환자는 어쩔 수 없이 뒷전으로 밀리게 된다.

이러한 서류작업은 의사들에게도 마찬가지로 적용된다. 환자 상태가 아무런 변화가 없고 안정적이어도 무언가를 한 달에 두 번 이상은 동일한 내용을 반복하지 말고 적어넣으라고 요구한다. 배뇨훈련 여부를 서류로 남겨야 하는 등 수많은 종류의 기록을 요구하고 있는 실정이다.

요양병원의 운영은
어떻게 하나?

요양병원의 환자유치

요양병원 운영의 존립을 좌우하는 것은 입원환자의 확보이다. 병원의 경영을 위해서 어쩔 수 없는 일이다. 그러다 보니 병원마다 환자를 확보하기 위해 다양한 방법이 동원된다.

각 요양병원에는 환자유치에 주된 책임을 맡고 있는 사람이 있다. 그 책임자 각각의 능력에 따라서 각양각색의 환자유치작전이 벌어진다. 다음은 어느 사람이 치매를 앓고 있는 어머니를 식당에 모시고 갔다가 유치작전을 경험한 아들의 글이다.

언젠가 저녁 외식을 하려고 연희동의 중국집 현관문을 들어설 때의 일이었다. 식사를 마치고 나온 어떤 중년여성이 어머니를 보더니 손을 덥석 잡고 옆 커피숍으로 끌고 들어가 좌석에 앉히는 것이었다. 어머니와 나들이를 하다 보면 간혹 그런 여자들이 있다. 그녀들은 내 어머니를 보고 돌아가신 자신의 친정어머니를 떠올리며 선의를 베푸는 줄 알았다.

그러나 뭔가 과장된 포즈가 어색했다. 알고 보니 요양원을 알선해주려는 여성이었다. 어머니를 부축한 그 여성도 그랬다. 슬그머니 어머니 옆 좌석에 앉더니 뭔가 낌새가 보였다. 몸이 불편한 노인을 잠재적 고객으로 쳐다보는 불순한 눈초리가 읽혀졌다. 얘기를 들어볼 필요도 없었다. 그녀는 언짢은 내 표정을 보고서야 마지못해 자리를 떴다. (이동현 225)

이러한 경우는 경제생활이 힘든 여성이 환자를 요양원에 알선해주고 약간의 사례비를 받는 사례이다. 요양병원의 경우도 이와 크게 다르지 않다. 물론 요양병원에 입원하는 환자 중에는 지인을 통하여 소문을 들었거나, 인터넷을 검색하여 찾아오는 경우가 가장 많다.

그러나 가만히 앉아서 스스로 찾아오는 환자만 입원시킨다면 환자 부족으로 병원경영이 힘들어진다. 그래서 대부분의 병원에서는 입원환자를 유치하기 위해 치열한 경쟁을 벌인다. 그 역할을 담당하기 위해 채용된 전담 직원도 있다.

그런 경우, 대부분 대인관계가 폭넓은 마당발 인물이 선택된다. 예를 들면, 지역유지나 대형교회의 장로나 목사 등도 이에 포함된다. 이런 사람들은 병원과의 이해관계에 따라 자기 신도인 환자들을 이 병원 저 병원으로 몰고다니는 경우도 있다. 대부분은 형편이 어려운 의료급여 혜택을 받는 신도가 그 대상이다. 그들 중에는 인지기능이 떨어지는 사람이 있어 그들의 통장관리를 하는 것도 이들의 업무 중 하나이다.

또 지자체의 사회복지 업무에 종사하는 직원들과의 유대관계를 이용하여 의료급여 환자들을 공급받아 병실을 채우기도 한다. 이들 가운데는 입원하지 않아도 될 만큼 건강상태를 유지하는 사람도 있음은 물론이다. 국민의 혈세가 술술 빠져나가는 것이 눈에 훤히 보일 때가 있다. 병원에 따라서는 입원환자 유치를 독려하기 위해 입원환자 한 명당 일정액의 포상금이나 상품권이 지급되는 병원도 있다. 어느 병원의 경우에는 급성기병원에서 퇴원정보를 입수하여 그들을 데리고 오는 병원도 있다.

어느 요양병원에서는 환자 유치를 담당하는 직원에게 부장이라는 직위를 부여하고 업무를 맡겼는데 그만의 독특한 방법이 있었다. 춤이 환자를 유치하는 무기였다. 종합병원 간병인들과 인맥을 형성하여 때때로 그들과 식사를 마치고 나서 카바레로 자리를 옮겨 신나게 춤으로써 대접한다. 그러한 방법으로 간병인과 신뢰를 쌓아가면서 환자 유치를 부탁하여 쏠쏠한 실적을 올리고 있다. 이때도 환자 한 명당 일정금액의 사례비가 오고가는 것은 물론이다. 인생을 즐기면서 자기 목적을 달성하는 사람이다.

요양병원에 근무하는 의사를 요양원의 촉탁의사로 내보내 그들과 유대관계를 맺어 요양원에서 발생하는 환자를 자기 병원으로 유치하는 방법도 있다. 이런 요양병원의 의사들은 근무조건에 촉탁의로 나갈 것을 서약하고 채용되는 경우가 대부분이라 아무리 업무가 힘들어도 불평으로 끝날 뿐 급료를 더 받는 경우는 드물다. 일종의 신판 노예인 셈이다. 환자 확보책으로 아예 요양원을 함께 운영하는 요양병원도 있다.

요양병원에서 환자 유치는 병원의 존립이 달린 일이다 보니 이처럼 각양각색의 방법이 동원된다. 인터넷을 보거나 소문을 듣고서 제 발로 찾아온 환자 말고는 어떠한 경우에도 은밀히 사례금이 오고가는 것은 흔히 벌어지는 일이다.

어느 요양병원이 비리가 적발되어 1년간 영업정지를 당하게 되었다. 병원은 1년간 문을 닫게 되었지만, 무작정 퇴원명령을 내려서 환자를 내보낼 수는 없다. 환자에 대한 예의도 아니고, 영업정지 기간이 지난 후의 일(재개원)을 도모해야 한다. 다른 병원에 집단으로 환자를 옮겨 입원을 시킨다.

이런 경우에는 병원 간에 흥정이 벌어진다. 일정기간이 지나면 그 환자를 돌려줄 것을 약속하는 것은 기본이다. 그러면서 직원들까지 같이 전직轉職을 하게 된다. 그 과정에서도 은밀한 거래가 오고간다.

대부분의 환자는 익숙한 환경에서 낯선 환경으로 옮기는 것을 꺼려한다. 당사자들이 약속을 지키려 노력하더라도 환자가 전원을 거부하면 그만이다. 이러한 일을 막기 위해 이전 병원의 환자 담당자는 각별히 관심을 표하면서 단속을 게을리하지 않는다. 가장 확실한 방법은 신앙의 끈으로 묶어놓는 방법이다. 그들을 모아놓고 합동기도를 하고 병의 쾌유를 빌어주니 신앙전선에서 이탈하기도 쉬운 일이 아니다.

어느 병원이 행정처분을 받아 영업정지를 당하게 되면 그 병원은 치열한 환자 유치작전의 전투장이 된다. 환자 유치를 위한 또 하나의 흔한 방법은 저가 공세이다. 경제력이 취약한 계층을 대상으로 한 입원비 인하전략이다. 법정 본인부담금을 할인해 환자들을 유치하는 방법이다. 물론 불법행위이다. 법정 본인부담금을 할인하거나 면제하다 적발되면 형사처벌과 함께 부당이득금 환수, 의사면허정지 등의 처분이 뒤따를 수 있다. 이러한 위험부담을 피해서 기저귀 값이나 간병비 할인 전략으로 환자를 유인할 수도 있다.

환자의 등급

환자가 요양병원에 입원을 하면 환자의 병명이나 중증도에 따라 등급이 매겨진다. 요양병원의 환자등급판정기준은 질병의 심각도에 따른 것이 아니다. '심신의 기능 상태에 따라 의료진의 도움(장기요양)이 얼마나 필요한가.'에 따라 정해지는 장기요양인정점수를 기준으로 한다. 그 이유는 환자의 수발 난이도에 따라 치료비를 정하기 위해서다.

환자의 등급을 인정받기 위해서는 일단 병동간호사가 환자의 △의식상태 △인지기능 △와상상태 여부 △대소변 조절상태 △질병진단 △낙상 △말기질환 △연하장애 △정맥영양 △피부상태 △피부문제에 대한 처치 △투약 등을 종합평가하여 환자평가표를 작성한다. (출처 : 의료&복지 뉴스, http://www.mediwelfare.com)

그 다음 일상생활 수행능력ADL, activities of daily living에 대한 점수가 매겨지고, 환자의 병명과 환자의 상태, 치료의 종류에 따라서 5가지의 환자등급 중 하나의 등급을 판정받아 등급별로 정해진 치료비를 청구하게 된다. 곡식, 과일이나 공산품은 품질이 좋아야 높은 등급으로 가격을 많이 받게 되지만, 요양병원에서 환자의 등급은 그와 반대다. 건강 상태가 악화되어 신체기능 저하로 수발에 많은 일손이 필요하면 등급이 높아진다. 다음과 같이 5등급으로 분류한다. '의료 최고도', '의료 고도', '의료 중도', '의료 경도', '선택 입원군'이다.

이에 대한 이해를 돕기 위해 일상생활 수행능력 산정방법에 대하여 알아보자. 일상생활 수행능력 평가항목에는 다음 4가지가 있다. 식사하기, 체위 변경하기, 옮겨 앉기, 화장실 사용하기다. 위의 각각 항목에 대하여 수행능력 상태에 따라 다음의 다섯 등급으로 나눈다. 완전 자립(1점), 감독 필요(2점), 약간 도움(3점), 상당한 도움(4점), 전적인 도움(5점)이다. 일상생활 수행능력에 아무런 문제가 없으면 4점을 받게 되고, 심한 장애로 아무것도 스스로 할 수 없어 전적인 도움을 받아야 한다면 20점이 배점된다. 그러면 요양병원에서 가장 많은 입원환자를 차지하는 치매환자의 등급에 대하여 알아보자. 일단 치매로 진단을 받으면 증상에 따라 의료 중도나 경도로 등급판정을 받게 된다.

치매환자가 망상, 환각, 초조·공격성, 탈억제, 케어에 대한 저항, 배회 중 하나 이상의 증상을 1주일에 2일 이상, 혹은 4주에 8회 이상 보여 약물치료를 받고 있는 경우이면 의료 중도이다. 의료 경도는 치매환자가 우울·낙담, 불안, 이상운동증상 또는 반복적인 행동, 수면·야간행동을 1주에 2일 이상, 혹은 4주에 8일 이상 보이며 치매 관련 약제를 투여받고 있는 경우이다.

이러한 치매의 등급 분류에는 문제가 많이 있는 것으로 생각된다. 치매환자가 의료 중도로 판정받기 위해서는 망상, 환각, 초조·공격성,

탈억제, 케어에 대한 저항, 배회 등의 증상을 나타내야 하는데, 이런 증상은 치매 중기에 나타나는 증상이다. 말기가 되면 이상행동증상이 다사라지고 모든 일상생활 수행능력은 전적인 의존상태로 되고, 많은 합병증이 발생하는 시기다. 때문에 세심한 관찰과 치료가 필요한 기간이다. 그런데도 오히려 말기 치매환자는 의료 중도나 경도의 경우보다도 더 소홀하게 취급된다.

포괄수가제

요양병원의 치료비는 포괄수가제다. 병명에 따른 포괄수가제가 아니라, 질병의 심각도에 따라 차등을 주는 포괄수가제다. 다시 말하면, 진료의 세부내용과 관계없이 환자의 증상 위주로 일정하게 책정된 수가제도다. 금액이 넉넉하게 책정된 포괄수가제라면 문제가 없겠지만 병원운영비를 감당하기에도 힘들 정도로 낮게 책정된 수가는 병원경영을 힘들게 만들 뿐이다.

당연히 포괄수가제에는 약값이 포함된다. 약값을 따로 받을 수 없기때문에 가급적이면 약은 가장 저렴한 가격의 약을 사용할 수밖에 없다. 이런 사정으로 요양병원에서 고가의 품질 좋은 약품 사용을 기대해서는 안 된다. 그렇다고 해서 약값의 지출이 많은 병원이 치료를 더잘하는 병원이라는 이야기는 아니다.

치료의 세부내용에 관계없이 치료비가 일정하게 정해져 있기 때문에 재료비가 많이 드는 시술이나 값비싼 약을 투약한다 해도 치료비를 더 받을 수 없다. 그러니 어느 병원에서 지출이 많은 치료를 선택하겠는가. 저비용 고효율의 한국 의료 현실은 행정 당국의 몰아붙이기식 정책이 공헌하는 바가 크다.

현재 우리나라 요양병원에서 적용하고 있는 환자평가표는 미국 SNFSkilled Nurse Facility의 요양원 수가체계를 모델로 차용했다고 한다. 그러다 보니 질환이나 질병에 기인한 치료 개념이 아니라, 수발이나 만성질환 수발에 초점이 맞춰져 있다. 수가 책정의 60~70퍼센트 이상이 요양시설처럼 만성질환 관리기능에 치중해 있다. 미국 요양원의 수가체계를 모델로 삼아 요양병원의 수가를 정했다는 것은 치료의 근본개념에서 벗어난 한심한 발상이라고 할 수 있다.

대표적인 게 일상생활 수행능력ADL 평가항목이다. 질병을 치료하기 위해 설립된 것이 병원이지만 치료개념과는 동떨어진 수발개념의 식사하기, 체위 변경하기, 옮겨 앉기, 화장실 사용하기 등과 같은 일상생활능력ADL 점수가 수가에 상당한 영향을 미치는 구조다. 이에 대해 K 요양병원 원장은 "요양병원이 병원의 기능을 할 수 없고, 사무장병원이 급증하는 근본 이유는 의료진의 역할이 거의 필요하지 않고 간호나 간병인이 할 수 있는 만성질환 관리와 수발에 초점을 맞춰 수가를 책정했기 때문"이라고 지적했다. (의료&복지뉴스, http://www.mediwelfare.com)

그렇다고 해서 모든 항목이 '정액수가'로만 산정되는 것은 아니다. '정액수가'로 산정되지 않는 '특정항목'으로는 식대, CT나 MRI 촬영, 전문재활치료, 혈액투석, 그리고 혈액투석액, 복막투석액, 전문의약품 등이 있다. 그밖에 입원환자라 하더라도 입원 6일 이내에 퇴원한 경우, 한의과 입원환자, 낮병원 입원환자, 치과 입원환자는 행위별 수가를 적용한다. 장기입원환자 중에서도 폐렴이나 패혈증 치료기간, 중환자실 입원기간, 외과적 수술, 그리고 관련 치료에 해당하는 특정기간에는 행위별 수가가 적용된다.

이 중에서 문제가 되는 항목은 전문재활치료 항목이다. 다른 전문과목의 전문성은 인정하지 않으면서 재활치료에만 행위별 수가를 적용시키는 것은 특정과에 대한 특혜조치나 다름 없기 때문이다. 재활의학과와 다른 전문과목 의사의 전문성을 차별하는 것은 의료의 형평성에 맞지 않는 제도로, 새로운 대안이 마련되어야 할 것이다.

요양병원에서 발생하는 골절

요양병원에서 가장 신경을 곤두세우는 부분이 환자 안전이다. 그러나 아무리 주의를 기울여도 어쩔 수 없이 발생하는 사고가 있다. 골절환자다. 노령기에 접어들면 근력과 뼈가 약해지기 때문이다.

뼈는 생명과 직접적인 관계가 없는 조직이다. 그렇지만 뼈가 부러져 못 움직이게 되면 건강에 심각한 영향을 미친다. 노인들이 척추뼈, 대퇴골이나 골반뼈가 부러져 걷지 못하게 되면 심폐기능이 떨어져 수명의 단축을 가져온다. 골절로 침상에만 누워 있으면 정신작용에도 영향을 미쳐 인지기능이 떨어지고 환각작용이 일어나 헛소리를 하는 등 치매

증상이 나타나기도 한다.

노인들은 사소한 충격에도 쉽게 골절이 발생한다. 젊은이들이야 교통사고나 격렬한 운동 중에 발생한 큰 충격으로 골절이 일어나지만 노인이 되면 상황이 달라진다. 노년이 되면 넘어져 엉덩방아만 찧어도 다리뼈가 부러지는 경우를 흔히 볼 수 있다.

예를 들면, 환자를 목욕시키기 위해서 환자를 옮기려고 다리를 붙잡고 힘을 주었는데도 골절이 된다. 물리치료 중 관절운동을 시킨다고 무릎을 구부렸는데 허벅지뼈가 부러지기도 한다. 골절이야 어느 부위에서나 다 발생할 수 있지만, 그 중 척추와 고관절 부위 골절이 가장 많은 문제를 야기한다.

척추골절은 주로 등뼈의 아래부위나 허리뼈의 윗부위, 즉 흉요추 접합부에서 주로 발생한다. 그런데 팔다리의 뼈와 달리 뼈가 부러져 어긋나는 것이 아니라 뼈가 쭈그러드는 압박골절이 발생하게 된다. 나이가 들면서 키가 점점 작아지는 이유는 척추 사이의 물렁뼈가 닳아 골다공증이 심해지면서 몸무게를 견뎌내지 못하고 척추뼈가 서서히 찌그러들기 때문이다. 아무런 충격을 받지 않고도 자신의 몸무게를 지탱하지 못해 척추의 압박골절이 발생할 수도 있다.

환자가 입원 중 침상에서 내려오다 엉덩방아를 찧거나, 복도를 걷다가 미끄러져 골절이 발생한 경우는 거의가 고관절 부위나 척추의 골절이다. 고관절 골절이 발생하면 대·소변 관리나 체위 변경을 하는 과정에서 견딜 수 없는 통증이 생겨 환자를 생지옥으로 몰아넣는다.

척추 골절의 경우에는 찌그러진 정도가 심하지 않으면 보존적인 치료가 가능하지만, 심하게 다치면 시술이나 수술적 치료가 필요하다. 고관절 부위의 골절인 경우는 대부분 수술을 요한다. 나이가 많아서 마취와 수술에 견딜 수 없는 체력을 염려하여 수술을 주저하는 경우가 많다.

필자는 수술을 하지 않고 고통스런 지옥의 삶을 사는 것보다는 위험을 무릅쓰고 수술을 받으라고 권한다. 수술에 성공하여 조기운동을 시작하면 수술을 받지 않았을 경우보다 훨씬 더 건강을 쉽게 되찾을 수 있고, 편안한 삶을 유지할 수 있기 때문이다. 노인에게서 발생한 골절은 조기운동을 통하여 신체기능을 유지시켜주는데, 초점이 맞춰져야 한다.

안전 제일주의

요양병원에서 발생하는 사고 중 가장 많은 문제를 일으키는 것은 골절과 욕창이다. 골절은 움직일 수 있는 환자에게서 주로 발생하고, 욕창은 움직일 수 없는 와상환자에게서 많이 생긴다. 욕창은 발생한다 해도 응급상황이 아니다. 상급병원에서 수술을 해야 할 정도로 진행하는 일이 드물어 책임소재에 큰 문제를 일으키지 않는다.

낙상으로 골절이 되면 수술을 받아야 할 경우가 흔히 발생한다. 고관절부 골절일 때 더 그렇다. 사건이 그렇게 진행되면 비용부담 문제로 병원과 보호자 간에 치료비에 대한 갈등이 생긴다. 사건이 법정에까지

번지게 되면 입원 당시에 받아둔 각서는 휴지조각이 되고 만다. 그러한 문제의 발생을 차단하기 위해서는 안전을 최우선으로 강조하게 된다. 그러다 보면 넘어질 듯이 불안정하게 걸어다니거나 요실금이 있어 화장실에 자주 들락거리는 환자를 그냥 놓아두지 않는다. 기저귀를 채워서 대·소변을 해결하고, 침상에서 내려오지 못하게 한다.

이렇게 되면 환자는 근력이 약화되어서 오래지 않아 보행불능상태가 된다. 관절 구축이 와서 침상을 벗어나지 못하게 되고, 일찍이 없던 치매증상과 우울증이 나타나게 된다. 사고예방을 위한 안전제일주의가 환자 삶의 질을 악화시키는 일은 요양병원에서 흔히 볼 수 있는 일이다.

그러다 보니 악순환의 연속이 된다. 안전만을 강조하다 보면 몇 년이 지나도록 침상생활만 하면서 햇볕 한 번 쪼이지 못하는 경우도 발생하게 된다. 간병인의 일손이 부족해서 휠체어라도 태워 밖으로 나갈 수 없기 때문이다. 그런 환자들은 골다공증이 갈수록 심해져 사소한 충격에도 골절이 쉽게 발생한다.

삶의 질을 더 중요시하는 선진국의 요양병원에서는 환자가 병상에 누워 있는 것을 가급적 지양하고 움직일 수 있게 노력한다. 또 혼자할 수 있는 일에 대해서는 최대한 스스로 해결할 수 있도록 응원하고 격려한다. 우리도 그럴 수 있는 사회제도적인 뒷받침이 있어야 할 것이다.

병원에서 뼈가 부러지면 의료사고인가?

골절은 요양병원에서 최대 신경을 곤두세우게 하는 사고다. 나이가 들면 골진이 빠져나가 뼈가 약해진다. 특히 폐경기 후의 여성에게서 더욱 그런 현상이 두드러진다. 노년기의 골절은 골다공증을 사전에 예방하지 않으면 어쩔 수 없이 벌어지게 된다.

요양병원 환자 중에 골절로 입원하는 경우가 많은 수를 차지한다. 젊은 사람이야 뼈가 부러져도 쉽게 붙지만 노인의 경우에는 잘 붙지 않을 뿐 아니라, 다른 부위의 골절도 연이어 발생할 수 있다. 골다공증은 온몸의 뼈에 나타나는 질환이기 때문이다. 따라서 고관절부 골절로 수술을 받아서 좋아졌다 하더라도 다른 부위의 뼈가 다시 부러질 가능성이 매우 높다.

집에서 일상생활 중에 뼈가 부러지면 당연히 본인이 알아서 하지만 병원에서 사건이 발생하면 생각이 달라진다. 병원의 책임이라고 난리를 친다. 그러한 사례를 한번 살펴보자.

근력이 약하여 일어서는 것조차 힘든 환자가 대·소변을 화장실에 가서 혼자 해결하겠다고 침상을 내려온다. 도움을 요청하는 벨을 누르라고 알려줘도 소용이 없다. 보호자에게도 그런 상황을 알려주고, 그런 일이 없도록 환자에게 당부할 것을 부탁한다. 이러다가 틀림없이 골절이 다시 발생할 수 있으니 조심하라고 특별히 당부했다.

어느 날 새벽에 간병인이 잠든 틈을 타 화장실에 가려고 침상에서 내려오다 뼈가 부러지고 말았다. 보호자아들가 곧바로 달려와 소리를 지른다. 환자를 얼마나 소홀하게 봤으면 사고가 일어났느냐는 것이다. 환자의 잘못은 조금도 인정할 수 없다는 태도이다.

얼마 전에 부모를 위해서 병원을 찾아오라고 할 때는 그렇게 냉담하던 아들이었다. 이 환자는 당뇨로 시력에 문제가 있어 안과진료가 필요한 환자였다. 그때는 외부진료 권고를 귓등으로 듣고 진료를 거부하던 보호자였다. 간병인에게 온갖 폭언을 하면서 병원에서 모든 것을 책임지라고 소리 질렀다. 사고를 예방하고자 신체보호대를 착용시켰을 때 인권문제를 들먹이며 시비를 걸었던 사람이었다. 급성기병원에서 수술을 받고 아직까지 치료비 문제로 갈등을 일으키고 있는 환자의 이야기다.

지역언론과 유대관계가 좋아야

병원경영은 환자를 유치하여 양질의 의료를 제공하는 것으로만 끝나지 않는다. 지역사회의 행정기관이나 언론과도 유대관계가 좋아야 한다. 필자가 근무하던 병원이 그렇지 못해서 벌어진 사건이 있었다. 그 내용 전문을 보기로 하자.

〈의사 '사망 검안' 없이 시신 영안실로 불법안치〉

○○지역 한 요양병원이 의사의 환자사망검안도 없이 시신을 영안실로 불법 안치해 말썽을 빚고 있다.

P요양병원 등에 따르면 A씨당시 나이 86세·여는 천식과 치매, 폐질환으로 지난해 12월 P요양병원에 입원했다. 그러나 병세가 악화돼 지난 14일 오전 7시 30분께 숨을 거뒀다.

하지만 P요양병원 측은 환자사망에 따른 검안절차와 진단서 없이 가족 몰래 시신을 영안실로 불법 안치했다.

특히 병원 측은 불법 안치한 A씨의 사망진단서를 같은 날 오전 9시 30분께 원장 이름으로 발급하면서 시간을 7시 50분께로 기재, 논란을 빚고 있다.

이 같은 문제가 발생한 것은 A씨 사망 당시 P요양병원 당직의사인 B의사와 연락이 되지 않자 수간호사인 C씨가 A씨를 영안실로 옮겼기 때문이다.

또한 병원 측은 A씨가 사망한 지 2시간이나 지난 뒤 원장과 의사들이 출근하는 시간에 맞춰 검안 문제를 보고하고 사망진단서를 발급했다.

현행 의료법상 환자 시신에 대해 의사검안 없이 영안실로 안치하는 행위는 위법이며, 법적으로도 환자에 대한 의사의 확진이 없을 경우 환자는 생존하고 있는 것으로 본다.

이 같은 소식에 병원직원 K씨는 "환자를 지극정성으로 모시며 돌봐야 할 의료기관이 준엄하고 고귀한 생명을 헌신짝처럼 버리는 행위는 직원으로서 창피하고 굴욕적이다"라고 말했다.

이에 대해 병원 관계자는 "주치의로서 모든 사실을 인정한다. 잘못된 병원 운영에 대해 사죄하고 다시는 이런 일이 발생하지 않도록 각별히 신경을 쓰겠다"고 해명했다. (2014년 01월 21일 ○○일보)

위 신문기사가 실리게 된 발단은 수간호사와 사이가 좋지 않았던 직원이 수간호사를 사직시키기 위해서 지역 신문사에 사건의 내용을 제보해서 이뤄진 일이었다. 이러한 내용을 제보받자 기다렸던 일이 이제야 벌어졌다는 듯이 지역담당 신문기자가 바쁘게 움직였다. 신문광고를 부탁해도 거절하더니 이제 한번 당해 보라는 식이었다. 지역언론과 관계가 유연하지 못한 값을 치뤄야 한다는 것이다. 이 기사가 신문에 게재되자 바로 중죄인을 잡으러 온 듯한 표정의 형사들이 들이닥쳤다. 그들은 진료기록부를 조사하고 해당 직원들에게 진술서를 받아갔다. 과연 언론이 무관의 제왕이라는 말이 실감나는 순간이었다. 사건의 전말은 다음과 같았다.

간호사가 당직의에게 환자의 사망 사실을 알렸으나 당직의가 곧바로 달려와 확인하지 않고 시간이 흘렀다. 그러자 수간호사가 의사의 사망선언 없이 시신을 영안실로 옮겨버렸다. 물론 그런 일은 있을 수 없는 일이다. 그렇게 처리할 다급한 이유도 전혀 없는 상황이었다. 그러나 그 수간호사는 그렇게 일을 처리했다.

그 환자는 장기간 투병을 해왔던 여자였다. 남편과는 일찍이 사별하고 남겨놓은 혈육도 없어 말년을 쓸쓸히 지내다 홀로 임종을 맞이한 의료급여대상 환자였다. 곁에서 수간호사에게 시신 처리를 서두르는 사람도 없었다. 단지 일을 빨리 마무리하고 싶은 수간호사의 조급증 때문에 벌어진 사건이었다.

이 기사가 나가자 병 문안 한 번 오지 않던 조카라는 중년여자가 찾아와서 이런 위법행위는 묵과할 수 없다고 따지고 들었다. 그 동안 한 번도 찾아오지 않던 사람이 보호자라면서 백마를 탄 기사처럼 당당하게 큰소리를 치는 광경은 요양병원에서 사고가 터질 때마다 벌어지는 흔한 일이다.

물론 그 일로 병원은 발칵 뒤집히게 되었다. 이와 관련된 직원들은 줄줄이 경찰서에 불려가서 조서를 수차례 받았다. 그 수간호사는 면허정지 3개월과 벌금형을 받았고, 병원을 떠나게 되었다. 물론 간호과장과 원장도 이 사건에 대한 문책성 해임 절차에 따라 경영진에게 사직서를 제출하였다.

요양병원의 영업정지

일반적으로 병원을 운영하면서 영업정지라는 말은 생소하게 듣는 단어다. 그러나 요양병원은 영업정지를 당하여 문을 닫는 경우가 종종 벌어진다. 규정에 어긋나는 경영비리가 밝혀지면 영업정지를 당하게 된다. 경영이 힘들다 보니 벌어지는 현상이다. 대개는 치료비의 부당청구나 인력가산점을 받기 위해 인력을 부풀려 신고한 것이 적발된 사례이다.

인력신고를 할 때 자격증이 있다고 해서 모든 사람을 간호인력으로 신고하면 안 된다. 간호부서의 관리를 책임지는 간호과장이나 외래에 근무하는 간호조무사, 한방치료를 돕는 조무사 등 병실에서 근무하지 않는 간호사나 조무사는 간호인력에서 제외된다. 이러한 규정을 가볍게 여기고 이들을 간호인력에 포함시켜 신고하면 위법행위가 된다. 인력가 산점이 높아져 치료비 수입이 많아져 부당이익을 취하기 때문이다. 다른 부서의 인력신고도 마찬가지다.

이런 일은 규정을 제대로 파악하지 못하여 실수로 발생하기도 하고, 때로는 고의로 벌어지는 경우도 있다. 병원의 경영비리가 밝혀지는 것은 대개 내부고발에서 비롯된다. 내부고발 대상의 비리는 병원 경영진에게 협박과 금품 요구로 이어지기도 한다.

어떤 병원의 경우에는 웃지 못할 어처구니 없는 일이 벌어졌다. 경영자금이 바닥나서 돈이 급하다 보니 이미 지급받은 치료비를 다시 한 번 청구를 하였다고 한다. 그 후, 아무런 확인 절차도 없이 치료비가 금방 나왔다고 한다. 어떤 사무착오 가능성에 대한 연락이나 사전 경고도 없었다고 한다. 그리고 나서 기다렸다는 듯이 그 사실을 적발하여 2년 동안 영업정지 처분을 받았다고 한다. 계도보다는 처벌 위주의 행정이다.

행정기관과의 유연한 관계

민주화가 진행되면서 행정기관의 권위의식과 고압적인 자세가 많이 개선되었다. 그러나 아직도 그 잔재가 완전히 사라진 것은 아니다. 아직도 행정기관은 업무의 원활한 수행과 현장 사정의 이해와 계도啓導업무에 노력하기보다는 규정준수와 처벌 쪽에 더 업무의 중심을 둔다. 행정기관으로서 힘을 과시하는 감독 역할을 강조하려 한다.

그러다 보니 병원업무와 관련 있는 행정기관과 원만한 관계가 유지되어야 한다. 그래야 병원 운영이 쉬워진다. 일단 밉보이게 되면 수시로 점검을 나와 규정사항을 잘 지키고 있는지 확인한다. 일단 행정기관에서 병원을 방문하면 해당 직원은 바짝 긴장을 하게 된다. 이런 일이 자주 벌어지면 일선의 요양병원은 견디기 힘들어진다.

우리가 흔히 하는 말로 '털어서 먼지 안 나는 놈이 어디 있느냐'고 하듯이 행정기관에서 일일이 모든 것을 걸고 넘어지면 병원업무는 거의 마비상태가 된다. 중요하지도 않은 온갖 서류를 제대로 갖추고 있는지 확인하고, 이런저런 사항들이 제대로 수행되고 있는지를 파고들면 그 덫을 피하기 힘들다. 감독기관의 지시에 순종하고 눈 밖에 나지 않아야 병원운영이 수월해진다. 심평원, 보건소, 소방서 등의 감독기관과 유연한 관계는 요양병원의 생존전략 중 하나다.

요양병원, 요양원, 양로원은 어떻게 다른가?

요양병원과 요양원의 차이

요양병원과 요양원의 가장 기본적인 차이는 상근의사가 있느냐 없느냐다. 쉽게 말하면, 요양병원에는 의사가 있어야 하고, 요양원에는 의사가 근무를 하지 않아도 된다. 요양병원은 의료기관이다. 좀더 구체적으로 말하면, 의사가 간호사나 물리치료사 등 다른 의료인력의 도움을 받으며 노인성 질병을 치료하거나 예방하는 업무를 하는 곳이 요양병원이다.

반면에 요양원은 의료기관이 아니고 요양시설이다. 그러므로 요양원은 의사가 근무하지 않는다. 신체적 정신적 기능이 쇠퇴하여 일상생활 수행능력이 부족한 사람들의 일상업무를 돕는 것을 주목적으로 하는 시설이다. 예를 들면, 식사, 세면, 배설, 목욕 등의 신체적 활동지원과 조리, 세탁 등의 일상 가사를 지원해준다.

보험 적용도 다르다. 요양병원은 국민건강보험이고, 요양원은 노인장기요양보험이 적용된다. 요양병원은 치료를 목적으로 환자의 상태에 따라 입원, 혹은 통원치료를 제공하지만, 요양원은 입소자의 일상생활 수행에 필요한 관리를 목적으로 한다. 요양원 입소를 위해서는 노인장기요양인정등급이 2급 이상의 판정을 받아야 한다. 요양원의 입소를 위한 등급기준은 다음과 같다.

장기요양 1등급은 심신의 기능상태 장애로 일상생활에서 전적으로 다른 사람의 도움이 필요한 자(장기요양인정 점수가 95점 이상)이다.

장기요양 2등급은 심신의 기능상태 장애로 일상생활에서 상당 부분 다른 사람의 도움이 필요한 자(장기요양인정 점수가 75점 이상 95점 미만인 자)이다.

장기요양 3등급은 심신의 기능상태 장애로 일상생활에서 부분적으로 다른 사람의 도움이 필요한 자(장기요양인정 점수가 60점 이상 75점 미만인 자)이다.

요양등급 3~5등급을 받았거나 아예 요양등급을 받지 못한 노인들이 보살핌을 받을 수 있는 요양원은 얼마 되지 않는다. 그에 대한 차선책으로 요양병원을 찾는 경우가 많다.

보험연구원에 따르면 2015년 전국 요양병원에 입원한 환자 54만 4천여 명 중 입원할 필요가 없는 환자는 11퍼센트로 5만 8천 5백여 명에 달했다. 병원 입원이 필요하지 않은 상태이지만 머무를 곳이 없어 요양병원을 찾는 노인이 많다는 얘기다. 잘못된 제도가 만든 규정 때문에 요양병원에 입원하지 않아도 될 사람이 요양병원을 찾을 수밖에 없는 현실이다.

요양원은 요양보호사 규정의 엄격한 적용을 받는다. 요양병원의 경우에는 법적으로 요양보호사가 꼭 필요하지 않지만, 요양시설인 요양원의 경우에는 입소자 2.5인당 1명의 요양보호사를 두어야 한다. 이런 인력구성으로 알 수 있는 것처럼 요양원은 질병의 치료를 목적으로 설립된 곳이 아니고, 신체기능 약화로 일상생활 수행능력이 저하된 사람을 수발할 목적으로 설립된 요양기관이다.

2008년 7월부터 시행되고 있는 노인장기요양보험제도의 요점은 기존의 국민건강보험제도와는 별도로 일상생활 수행능력이 저하되어 자립이 불가능한 사람이 가정방문서비스를 받거나 주(야)간 보호센터, 노인요양시설 등의 시설에 입소할 경우 경제적인 지원을 하는 제도다.

이에 반해 건강보험이 적용되는 요양병원은 증상이 심한 노인성질환의 환자를 입원대상으로 하며, 돌봄보다는 치료를 우선으로 하는 의료기관이다. 그러한 이유로 요양병원의 간병비는 100퍼센트 본인 부담이다. 치료가 우선인 사람은 더 지극한 간병이 필요하다. 그러나 그런 사람을 위해서는 한 푼의 간병비도 지급되지 않고 있는 정체불명의 노인복지 정책을 어느 누가 입안했는지 궁금해진다.

이와 달리 요양원은 치매 등의 노인성질환으로 요양등급을 받은 노인에게 돌봄서비스를 제공하는 요양시설이라는 명분으로 요양원에 입소를 하게 되면 노인장기요양보험에서 간병비가 지급된다. 그래서 요양원에 입소하면 간병비에 대해서는 경제적으로 큰 부담이 없다.

간병인과 요양보호사의 차이

간병업무를 수행하기 위하여 요양병원에 취업하는 조건으로 요양보호사와 간병인에 대한 차이는 없다. 단지 그 둘의 차이점은 요양보호사 자격증의 유무이지만 요양병원에서는 그런 자격증을 요구하지 않는다. 즉 요양병원 간병인으로 취업하는 데 꼭 갖춰야 할 국가에서 인정하는 자격증은 없다. 반면에 요양원에서 간병업무를 수행하려면 국가전문자격증인 요양보호사 자격증을 취득해야 한다.

2008년에 노인장기요양보험 제도가 시행되면서 요양보호사 제도가 처음으로 도입되었다. 초기에는 인력확보를 위해 누구나 일정기간 소정의 교육과정만 이수하면 요양보호사 자격증을 취득할 수 있었다. 그 후, 2009년 말에 요양보호사 자격시험제를 골자로 하는 '노인복지법'이 제정되었다. 이때부터 요양보호사를 양성하는 교육기관에서 소정의 교육과정을 이수한 후, 자격시험에 합격해야만 요양보호사자격증을 취득할 수 있도록 하였다.

요양보호사 업무는 노인의료복지시설이나 재가노인복지시설 등에서 의사 또는 간호사의 지시에 따라 장기요양급여수급자에게 신체적 정신적 심리적 정서적 사회적 보살핌을 제공하는 역할을 담당한다. 또 요양보호사는 의사, 간호사, 그리고 가족들로부터 대상자에 대한 정보를 수집하여 요양보호서비스 계획을 세우고 대상자의 청결유지, 식사와 복약보조, 배설, 운동, 정서적 지원, 환경관리와 일상생활 지원업무를 수행한다. 사회복지시설의 요양업무에 취업하기 위해서는 반드시 요양보호사 자격을 갖춰야 한다.

장기요양등급을 받은 환자들을 돌보는 업무를 지원하기 위해서는 요양보호사자격증이 있어야 한다. 다시 말하면, 노인장기요양보험 제도와 관련된 업무로 환자를 돌보기 위해서는 요양보호사자격증을 취득해야 한다. 대표적인 업무로는 노인요양시설, 재가노인복지시설, 재가방문업무 등이 있다. 요양원은 장기요양보험과 관련된 시설이기 때문에 요양보호사자격증이 있어야 간병업무를 할 수 있다.

이에 반해 간병인을 양성하는 국가교육기관은 없다. 한국자격개발원이라는 사설단체에서 개설한 간병사민간자격증 취득과정이 있지만, 공인된 자격증은 아니다. 따라서 간병인이 되는 데는 자격증이 필요하지 않다. 요양병원의 인력구성에 요양보호사에 대한 자격규정이 없으므로 요양병원에 근무하는 간병인은 요양보호사가 아니어도 된다.

요양원의 역할과 인력구성

요양원의 주된 업무는 환자에 대한 간병이다. 그래서 요양원에서는 전문의료인력에 의한 치료가 목적이 아니고, 환자의 일상생활 능력 증진과 복지에 주력한다. 요양원의 인력구성은 입원환자 2.5인당 1명의 요양보호사를 두어야 한다. 사회복지사는 입원환자 1백 명당 1명, 간호사는 25인당 1명, 물리치료사 또는 작업치료사는 1백 명당 1명이 상근해야 한다.

10명 이상의 입소자가 있는 노인요양시설요양원에는 의사또는 한의사나 촉탁의사를 두도록 되어 있다. 다만, 의료기관과 협약을 체결하여 의료연계체계를 구축한 경우에는 의사, 또는 촉탁의사를 두지 않아도 된다.

예전에는 의사자격증만 있으면 촉탁 업무를 수행할 수 있었다. 그러나 2016년 9월 6일에 촉탁의사 운영규정이 개정되었다. 촉탁의가 되려면 촉탁의사 교육을 이수한 후, '직역별협회대한의사협회, 대한한의사협회, 대한치과의사협회'의 지역의사회에 촉탁의사로 등록해야 한다. 노인의료복지시설에서 촉탁의를 요청할 경우, 지역별협회가 이들 중에서 추천한다. 이러한 절차를 거쳐 위촉된 촉탁의사는 월 2회 시설을 방문해야 한다. 촉탁의의 역할은 처방과 치료가 주된 업무가 아니다. 의료기관으로 옮겨가야 할 환자들을 선별할 때 이를 감독·지시하는 업무를 한다.

양로원과 요양원의 다른 점

양로원은 주거시설이다. 거동뿐 아니라, 일상생활에 대하여 어느 정도 스스로 활동이 가능한 어르신들을 수용하는 복지시설이다 주거와 식사를 해결하기 위한 생활공간을 제공하는 데에 초점이 맞춰져 있다.

양로원은 무료양로원과 유료양로원으로 나눌 수 있다. 무료양로원은 간단히 말하면, 의지할 곳이 없고 가난하여 스스로 살아갈 능력이 없는 취약계층의 노인을 수용해서 돌보는 사회복지시설이다. 주로 지자체나 종교단체에서 운영한다. 입소 자격을 다음과 같이 정한 무료양로원의 입소기준을 훑어보자.

입소자격
- 65세 이상 노인 중 가구원 1인당 월소득이 22만 원 이하인 자
- 가구당 재산총액이 2천 8백만 원 이하인 자
- 부양 의무자가 없는 사람에 한하지만, 시설정원의 20퍼센트 이내의 범위에서 부양
- 가족이 있더라도 여러 가지 경제사정, 건강문제를 고려하여 입소가 불가피한 사람을 시설장이 판단한 자
- 65세 이상 생활보호대상자로 일상생활에 지장이 없는 자
  (단, 부부가 함께 입소하는 경우는 65세 미만인 자도 입소 가능)

유료양로원은 입소자가 경제적 부담을 져야 하는 주거복지시설로서 일상생활이 가능한 어르신들이라면 제한 없이 입소할 수 있다. 입소비용은 시설의 수준과 서비스 내용에 따라 많은 차이가 있다. 이름도 다양한데 양로원, 실버타운, 실버하우스 등으로 불리는 곳이 유료양로원이다.

입소할 때 보증금을 요구하는 양로원도 있고, 그렇지 않은 곳도 있다. 한 달 비용은 시설마다 많은 차이가 있다. 일반적으로 월 90~1백만 원을 시작으로 하여 5백만 원 이상인 곳도 있다. 본인의 경제적 능력과

취향에 따라 각자의 수준에 적합한 시설을 골라 입주하면 된다.

지금까지 요양병원에서 벌어지는 다양한 모습을 살펴보았다. 노년을 행복하게 보내기 위해서는 요양병원에 입원하지 않고 건강하게 지내야 한다. 그러기 위해서는 요양병원에 찾아가야 할 상황을 만들지 않아야 한다. 그러한 상황을 만드는 대표적인 질환이 치매와 골절이다. 또 이 두 가지 병은 예방이 가능한 병이다. 그에 대하여 알아보고, 그러한 질병을 예방하여 좀더 노년의 삶에 질을 향상시켜 보기로 하자.

가족과 함께 건강하고
행복한 노후

가족요양은 우리 모두의 현실입니다. 자기계발과 취업을 돕는 요양보호사를 소개합니다. 건강과 행복, 두 마리 토끼를 한꺼번에 잡는 요양보호사는 100세 시대에 유망한 직업입니다.

요양보호사란?

고령이나 노인성 질병 등의 사유로 일상생활을 혼자서 수행하기 어려운 노인 등에게 신체활동 또는 가사활동 지원 등 양질의 요양보호서비스를 제공하는 업무를 수행하는 자로서 국가공인요양보호사 자격을 취득한 요양보호전문가를 말합니다.
요양보호사자격을 취득하면 노후 취업은 물론 가족 중에 요양을 필요로 하는 사람이 있을 때, 국가에서 지원하는 지원금으로 요양보호를 할 수 있다는 장점이 있습니다.

교육대상

국가자격 취득자(사회복지사/간호조무사/간호사/ 물리치료사 등)는 교육시간 감면 혜택이 있습니다. 요양보호사는 누구나 자격 취득이 가능합니다.

요양보호사의 법적근거

(개정 노인복지법 제39조의2 : 2008. 2.4 시행) 제39조의2(요양보호사의 직무 · 자격증의 교부 등)

1) 노인복지시설의 설치 · 운영자는 보건복지부령으로 정하는 바에 따라 노인 등의 신체활동 또는 가사활동 지원 등의 업무를 전문적으로 수행하는 요양보호사를 두어야 한다.

2) 요양보호사가 되려는 자는 제39조의3에 따른 요양보호사교육기관에서 교육과정을 마쳐야 한다.

3) 시 · 도지사는 제2항에 따라 요양보호사 교육과정을 마친 자에게 요양보호사의 자격을 검정 (檢定) 하고 자격증을 교부해야 한다.

4) 요양보호사의 등급, 등급별 교육과정, 자격증 교부 등에 관하여 필요한 사항은 보건복지부령으로 정한다.

PART 02

요양병원에서 다루는 중요한 두 가지 질병

그 두 가지 질병은 치매와 골다공증입니다.

치매는 뇌가 노화되어 나타나는 퇴행성질병입니다.

나이가 들면 누구에게나 불쑥 찾아올 수 있는 불청객입니다.

노년기에 정신을 황폐화시키는 대표적 질병이 치매라면,

노년기의 육체를 고통으로 몰아넣는 아주 고약한 질병은 골다공증입니다.

뼈의 양이 감소하고, 뼈의 미세한 구조가 허물어지는 질병이 골다공증입니다.

이 질병들을 예방하고, 더디게 진행하는 지혜를 밝힌 이야기입니다.

노년의 불청객 치매

치매는 얼마나 발병하나?

치매는 뇌가 노화되어 나타나는 퇴행성질환이다. 그러므로 나이가 많이 들수록 치매환자가 점점 더 많이 나타나는 것은 어쩔 수 없는 현상이다. 노령화 현상이 심한 우리나라에서는 앞으로 치매환자가 꾸준히 증가하리라고 전망한다.

2012년에 시행된 전국적인 치매역학조사의 결과에 의하면, 우리나라 65세 이상 노인에게서 발생하는 치매 유병률은 9.18퍼센트로 나타났다. 연령별 유병률은 65세를 기준으로 하여 5세가 증가할 때마다 거의 2배로 늘어났다. 즉 65~69세 사이는 1.3퍼센트였던 유병률이 85세가 넘어서면 33.9퍼센트로 증가하게 된다. 그 중 알츠하이머 치매 유병률은 6.54퍼센트로 전체 치매의 71.3퍼센트를 차지하였고, 혈관성 치매가 1.55퍼센트로 전체 치매의 16.9퍼센트를 차지하였다. (한국치매예방협회)

실제로 분당서울대학교병원의 연구에 따르면 우리나라는 급속한 인구 고령화와 평균수명 증가에 따라 노인 인구가 6백만 명임을 감안했을 때 12분마다 1명씩 새로운 치매환자가 발생하고 있으며, 60분마다 1명씩 치매환자가 사망하는 것으로 추정했다. 특히 74세 이하의 초기 노년기에는 매년 노인인구 1천 명당 3.5명씩 치매환자가 발생하는 반면, 75세 이상의 후기 노년기에는 매년 노인인구 1천 명당 14.7명씩 치매환자가 발생하고 있다. 또한 치매 전 단계에서 나타나는 경도인지장애 환자의 경우, 치매로 진행될 가능성은 10~15퍼센트이며, 정상 노인에 비해 치매 발병 위험이 5.7배나 높은 것으로 나타났다. (의학신문 2015. 09. 15)

또한 치매환자의 배우자가 치매에 걸릴 확률은 보통 사람보다 6배나 더 높다고 한다. 이러한 사실은 치매환자를 돌보는 일이 극심한 스트레스로 작용하여 또 다른 치매를 불러오는 연쇄반응을 일으킨다는 것을 알 수 있게 한다. 치매에 걸리면 본인은 물론이고, 가족 모두를 황폐화시키는 고령화가 불러온 노년의 불청객이다. (월퍼트 67)

치매의 위험인자

치매는 나이가 들어 나타나는 퇴행성질환이기는 하지만, 모든 환자에게서 발병하는 질병은 아니다. 양친부모가 치매를 앓았다고 하더라도 그 자녀가 다 치매에 걸리는 것도 아니다. 노력 여하에 따라서 치매의 그물망에 걸려들지 않을 수 있다는 이야기다. 나이 먹는 것은 누구도 피할 수 없다. 그렇다면 나이를 제외한 치매에 걸릴 수 있는 위험인자에 각별히 신경을 써야 한다. 그렇다면 노년이 되어도 치매를 만나지 않을 수 있다.

그러나 유전적 요인이 중요한 위험인자다. 부모 중 한 명이 치매환자이면 자녀가 치매에 걸릴 확률은 15~19퍼센트이고, 이란성 쌍둥이 중 한 명이 치매라면 나머지 한 명이 치매에 걸릴 확률은 40퍼센트라고 한다. 일란성은 84퍼센트이다. 이렇게 확률이 높은 유전적 요인이 있는 사람도 건강관리를 매우 철저히 하면 치매를 피할 수 있다고 한다.

나쁜 생활습관이 위험인자로 많이 작용한다. 흡연을 하면 치매에 걸릴 확률이 거의 2배 정도 높아진다. 소량의 음주는 술의 종류에 관계없이 치매의 위험성을 0.63배 이하로 줄여준다고 한다. 물론 과음은 치매의 발병을 높인다. 육식을 좋아하는 사람은 치매가 2배 이상 증가하는데, 그 이유는 포화지방과 콜레스테롤이 증가하기 때문이다. 노년의 건강을 위해 지질의 수치를 다음과 같이 적절히 조절하면 심혈관질환과 치매를 멀리할 수 있다.

총콜레스테롤 200mg/dL 이하
LDL콜레스테롤 130mg/dL 이하
HDL콜레스테롤 60mg/dL 이상
중성지방 150mg/dL 이하

당뇨병과 고혈압도 치매의 위험인자이다. 당뇨병이 있으면 알츠하이머 치매의 위험이 1.4배 증가하고, 고혈압이 있으면 1.6배 증가한다. 당뇨와 고혈압은 완치가 불가능한 병이라고 하지만, 당뇨의 경우에는 혈당조절을 잘하여 공복일 때 혈당을 100mg/dL 미만, 식후 2시간 혈당을 140mg/dL 미만으로 유지하면 치매 예방이 가능하다. 고혈압의 경우에도 혈압 수치율 130/80mmHg 이하로 유지하면 치매의 덫을 피할 수 있다.

비만이 있어도 치매위험은 1.6배 증가한다. 외로움도 치매를 불러온다. 미혼, 독거, 고립된 생활을 하는 노인에게서 치매의 발병률은 높아진다. 우울증이 있으면 알츠하이머 치매의 위험이 1.9배 증가한다. 이러한 위험인자를 극복하는 것이 노년의 불청객 치매를 피할 수 있는 길이다.

치매란 어떤 병인가?

예전에 우리가 노망, 혹은 망녕이라고 부르던 병이 치매癡呆이다. 치매란 하나의 질병을 지칭하는 고유 병명이 아니라, 원래 정상이던 인지능력이 저하되어 일상생활 수행능력에 심한 장애를 가져온 상태를 말한다. 다시 말하면, 치매는 선천적이 아닌 후천적 원인으로 뇌기능이 저하되어 나타나는 인지장애 증상이다.

치매를 일으키는 원인질환은 90여 가지에 이를 정도로 다양하다. 치매의 원인을 크게 분류하면 4가지인데, 퇴행성, 혈관성, 대사성, 감염성 질환 등이다. 이 가운데 퇴행성 뇌질환과 혈관성 치매가 대부분의 원인

을 차지한다. 퇴행성 질환으로는 알츠하이머병, 루이소체치매, 전두측
두엽성치매, 파킨슨병 등이 있다.

우리가 일반적으로 알고 있는 노인성 치매는 퇴행성 뇌질환 중의
하나인 알츠하이머병을 말한다. 알츠하이머 치매가 전체 치매환자의
70퍼센트일 정도로 대부분을 차지한다. 알츠하이머라는 독일 출신
의사가 이 병의 증상을 최초로 상세히 기술함으로써 알츠하이머병
이라고 부르지만, 일찍이 우리 조상들도 이 병에 대해서 잘 알고 있
었다.

알츠하이머병은 베타 아밀로이드 단백질이라는 신경독성물질이 뇌
에 축적되어 측두엽에 있는 해마기능이 저하되면서 시작된다. 본래 베
타 아밀로이드 전구 단백질APP, amyloid precursor protein은 세포벽의 구성 물
질로 뇌세포를 보호하고 기능을 도와주는 정상적인 물질이다. 하지만
이 단백질이 지나치게 분해되어 처리가 덜 되거나, 비정상적으로 분해
되어 처리가 잘 안 되면 그 찌꺼기인 베타 아밀로이드 단백질이 뇌에 쌓
여 독성물질로 작용하게 된다. (김철수 77)

치매의 증상은 처음에는 기억력 장애로 시작된다. 치매를 우리가
두려워하는 것은 기억력 감퇴와 함께 인지장애가 진행되면서 이상행
동과 심리장애로 나타나는 증상 때문이다. 이런 증상이 나타나게 되
면 환자 본인의 일상생활 능력이 상실될 뿐만 아니라, 가정의 평화마
저도 파괴하게 된다.

이러한 지경에 이르면 의학적인 도움을 받으며 힘겨운 생활을 이어
가야 한다. 그러다 말기가 되면 일상생활에 필요한 간단한 동작숟가락질

이나 머리 빗질조차도 수행할 수 없게 되어 전적인 도움을 받으며 병상에 누워서 하루하루를 살아가야 한다. 그러다 생을 마감하게 되는 치매는 심장병, 암, 뇌졸중에 이어 4대 주요 사인死因 중의 하나다.

치매에 걸리면 초기에는 기억, 지능, 인격기능 등에 장애가 나타나지만 의식에는 영향을 미치지 않는다. 최근의 기억력 장애, 계산 착오 등의 증상을 보이는 초기 건망기는 발병 후 1~3년에 나타난다. 지남력 장애, 수면장애, 지각장애를 보이는 중기는 3~8년에 나타난다. 판단력장애, 요실금 등의 신체 증상을 보이는 말기 치매는 발병 후 8년 ~12년에 나타난다.

증상이 나타나는 순서는 인지장애, 심리행동 증상, 일상생활 능력 ADL 장애의 순으로 나타난다. 치매 중에 가장 흔한 알츠하이머병은 해마를 포함한 측두엽장애가 먼저 일어나고, 이어서 두정엽장애가 발생하고, 전두엽장애는 마지막으로 나타난다.

치매와 구별해야 되는 병

치매와 혼동하기 쉬운 병으로는 건망증과 섬망, 우울증이 있다. 우선 치매와 이들의 차이에 대하여 간략히 알아보도록 하자.

건망증과 치매는 다르다
치매의 초기 증상은 기억력 저하로 시작된다. 그래서 건망증이 있으면 치매로 진행되지 않을까 걱정이 앞선다. 그러나 치매의 기억력 저하는 건망증과 차이를 보인다.

기억력 저하는 나이가 들면 누구나 경험하는 증상이다. 건망증에서 보이는 기억력 저하는 잊었다는 사실을 본인이 인식하며, 그때의 상황을 회상시켜주면 그것을 기억해낼 수 있다. 그러나 치매환자의 기억력 저하에서는 약속을 하거나 경험했던 사건을 까마득하게 잊어버릴 뿐 아니라, 자기가 잊었다는 사실 자체도 알아차리지 못한다.

이와 달리 건망증 환자는 최근에 있었던 사건 중 중요한 것은 잊지 않고 기억할 수 있다. 비록 사소한 일은 자주 잊어버릴지라도 힌트를 주면 그러한 사실을 기억해낼 수 있다.

치매환자의 경우에는 최근에 있었던 중요한 사건들조차도예를 들면 여행을 다녀왔거나, 결혼식, 장례식 등에 참석하였던 사실을 잊어버리고 회상을 시켜주어도 기억해내지 못한다.

영화관람을 예로 들어보자, 건망증의 경우에는 영화의 주인공이 누구인지 기억하지 못하지만, 치매환자는 주연배우의 이름은커녕 그 영화를 보았다는 사실 자체를 잊어버린다. 엊그제 결혼식이나 상가에 다녀오고도 그 자체를 잊어버린다. 중요한 물건을 둔 곳이 어딘지 잊어버리고 찾지 못한다.

이런 증상은 치매가 진행되면서 더 심해져 중기가 되면 오전에 있었던 일을 오후가 되면 대부분 기억하지 못한다. 몇 분 전의 일도 기억하지 못한다. 그러나 오래 전의 기억(배우자, 직업, 본인의 출생지)은 비교적 잘 기억한다. 말기 치매가 되면 오래된 일까지도 거의 기억하지 못하게 된다. 치매와 건망증의 차이에 대하여 다음과 같이 간단한 예를 들어 설명하는 전문가도 있다.

만약 당신이 "열쇠가 어디 있지?" 하며 열쇠를 찾으면 기억력 감퇴, 그러나 늘 보던 열쇠를 보고 "이것은 어디에 쓰는 물건이지?" 하면 일단 치매 초기 증상으로 의심해야 한다. 무엇을 사려고 집을 나섰는데 "가게를 어떻게 가야 하지?"라는 생각이 들면 기억력 감퇴이고, "내가 어디를 가려고 하는 거지?"라고 자문하면 치매 증세에 가깝다. 가족이나 친한 친구의 이름을 잊어버리면 치매일 가능성이 높다. (오 112)

섬망은 뭔가?

어떤 사람이 갑자기 엉뚱한 행동과 말을 한다. 인지기능의 장애를 보인다. 주의집중력이 떨어져 산만하다. 앞뒤가 맞지 않는 말을 한다.

이런 증상을 보이면 치매환자로 생각하기 쉽다. 이럴 때 감별이 필요한 질병이 있다. 바로 섬망譫妄, delirium이다. 치매와 섬망은 치료법이 다르기 때문에 정확한 진단이 필요하다. 섬망의 특징은 갑자기 증상이 나타나고 하루에도 증상의 기복이 심하다. 그밖에도 다음과 같은 특징적 증상을 보인다.

갑자기 인지기능 장애를 보인다. 헛소리를 한다. 안절부절 못하고 초조한 증상을 보인다. 소리를 지르는 등 이상하고 과격한 행동을 한다. 비교적 생생한 환각 증세를 호소한다. 예를 들면 귀신이 나타났다고 몸을 부들부들 떨며 불안한 표정을 짓는다.

치매	섬망
시기를 알 수 없이 서서히 진행	시기가 명확하게 갑작스러운 발병
느리게 점진적으로 진행하는 감퇴현상	급성질환이 있고, 수일이나 수주 간 지속
대부분 비가역적	대부분 가역적(원인 해결로 해소)
병의 후기에 지남력장애	병의 초기에 지남력장애
후기에 의식의 혼탁이 나타남	의식수준이 저하됨
정상적인 주의력	주의력의 저하
하루 중에 변화가 미미함	하루 중에 변화가 심함
신체적 변화가 두드러지지 않음	신체적 변화가 두드러짐
병의 후기에 정신운동의 변화	초기에 두드러진 정신운동의 변화

섬망의 원인

섬망을 일으키는 원인은 뇌기능에 장애를 가져오는 수많은 요인들이다. 머리를 다치거나 고온증, 저온증이 있어도 섬망이 발생할 수 있다. 뇌에 산소가 부족해서 생기는 빈혈이나 저혈압, 폐색전증도 섬망을 일으킬 수 있다. 고혈당이나 저혈당, 갑상선 기능이상으로도 섬망 증상이 나타날 수 있다. 물론 뇌에 작용하는 여러 가지 약물도 원인이 될 수 있다. 이처럼 뇌기능에 영향을 미칠 수 있는 모든 원인은 섬망 증상을 불러올 수 있다.

섬망의 진단기준을 간단히 표현하면, 갑자기 발병하여 하루 중에도 변동이 심하며, 주의집중력이 뚝 떨어진 증상을 보인다. 또 앞뒤가 맞지 않고 체계화되지 않은 생각을 한다. 그러면서 의식수준에 심한 편차를 보이면 섬망이라 진단할 수 있다.

섬망의 치료는 원인을 제거하는 비약물적 치료가 우선이다. 환자가 친숙하게 느낄 수 있는 환경을 만들어주고, 지남력을 수시로 일깨워주는 것이 필요하다. 환자의 증상에 대한 약물치료는 환자가 위험할 경우에만 시행해야 한다.

우울증

연구자들에 따라 차이가 있지만, 노인성 우울증 환자의 8~50퍼센트가 치매로 이어진다. 또한 치매 환자의 경우 10~20퍼센트는 심한 우울증을 보인다. 이처럼 노인성 우울증과 치매는 진단에서부터 치료가 끝날 때까지 서로 떼어놓고 생각할 수 없는 사슬 같은 관계이다.

따라서 치매환자를 평가할 때는 반드시 우울증에 대한 평가도 함께 시행해야 한다. 그리고 불면증, 불안, 의욕 저하 등의 증상이 동반된 기억력 감퇴는 우울증 가능성을 더욱 염두에 둬야 한다. 노인성 우울증이나 치매는 근본적으로 뇌 문제에서 생긴 병이다. 그러므로 뇌를 건강하게 유지하고, 뇌가 지속적으로 활발히 활동하도록 하는 것이 두 질환의 예방과 치료에 중요하다.

가장 흔한 치매인 알츠하이머병에서 발병 초부터 우울 증상을 보이는 경우가 전체 환자의 30퍼센트가 넘는다. 우리나라 65세 이상 노인들의 경우, 우울증으로 즉각 의학적 치료를 요하는 경우가 10명 중 1명이고, 심각하지는 않지만 일상생활과 전반적인 삶의 질을 저하시키는 경우도 10명 중 1명이 넘는다고 한다. 이로 미루어 우리나라 노인 5명 중 1명은 우울증으로 고통받고 있는 것으로 추정된다.

예쁜치매, 미운치매

치매에 걸리면 대변을 벽에다 찍어 바르거나 밤마다 잠을 자지 않고 소란을 피우며 욕설을 해대고 툭하면 화를 낸다. 상대를 도둑이라고 몰아붙이고, 자기를 죽이려 한다고 억지를 부린다. 이런 증상을 보이는 치매환자를 우리는 미운치매라고 한다.

인지기능이 떨어져 아무런 판단능력도 없지만 화를 내지 않고, 조용히 지내면서 사람들을 편안하게 해준다. 그런 환자는 예쁜치매환자라고 말한다. 그러한 증상을 보이면 보통은 그 치매환자의 발병 전 성품과 연관시켜 생각하기 쉽다. 그러나 그렇지 않다.

예쁜치매와 나쁜치매는 나타난 현상을 기준으로 하여 판단한 것이다. 우리는 다리가 절단된 사람에게 다리가 멀쩡한 사람처럼 걷거나 뛰는 것을 요구하지 않는다. 신체적 결함을 인정해주기 때문이다.

그와 같이 치매환자가 말을 잘 이해하지 못하거나 설거지를 깨끗하게 못하는 것도, 옷을 제대로 입지 못하는 것도 뇌의 구조적 결함 때문에 오는 현상이다. 또한 뇌의 어느 부위에 질병이 발생했느냐에 따라 증상이 다르게 나타난다.

뇌의 구조적 이상으로 나타나는 증상을 바로잡아주기 위해 논리적으로 가르치려 들거나, 말을 듣지 않는다고 화를 내면 그들의 감정을 상하게 하고 질병을 악화시킨다. 서툰 행동을 구박해서도 안 되고, 그런 행동을 막아서도 안 된다. 옷을 천천히 입더라도, 밥을 천천히 먹으면서 흘리더라도 그냥 스스로 해결하게 놓아두고 옆에서 최소의 도움만 주면 된다. 아무리 서툴게 동작을 해도 박수를 쳐가며 격려해 줘야 한다.

그것이 예쁜치매로 만들 수 있는 방법이다. 그래야 기능의 쇠퇴도 막을 수 있다. 엉덩이를 끌고 화장실에 가는 것이 안타까워 기저귀를 채워주고 못 움직이게 하면 금방 기능이 쇠퇴하여 와상상태로 진행 된다.

치매는 일찍 발견할수록 진행을 늦출 수 있다. 치료를 잘 받고 가족들이 정서적 지지를 해준다면 수발하기 힘든 중증치매의 기간을 줄일 수 있다. 결코 모든 치매환자가 공포스런 상태로 진행하는 것은 아니다. 관리를 어떻게 하느냐에 따라 예쁜치매가 될 수 있고, 미운치매도 될 수 있다.

치매환자에게 가족이나 간병인의 역할은 정말 중요하다. 치매에 대한 다양한 지식을 치매지원센터나 책을 통해서 제대로 배운 가족이 치매환자의 진행에 커다란 영향을 미치게 된다. 이에 대한 연구보고 는 얼마든지 있다. 우리는 그런 정보에 관심을 둬야 한다.

치매로 인해 나타나는 인지기능의 장애

치매환자는 의식 상태가 정상이면서 인지기능의 장애를 보인다. 이 것이 특징이다. 인지기능의 장애로는 기억력 장애를 기본적인 증상으로 하여 실어증失語症, aphasia, 언어기능장애, 실행증失行症, apraxia, 실인증失認症, agnosia, 집행기능 장애disturbance in excutive function가 나타나고, 그밖에도 계산능력 장애와 주의집중력 장애가 나타난다.

실행증失行症은 운동능력이 온전히 보존되어 있음에도 불구하고 이전에 잘하던 행위를 제대로 수행하지 못하는 것을 말한다. 예를 들면, 물건을 사용하는 법을 잊어버린다. 머리 빗질하기, 옷 입기, 양말 신기, 가위질하기, 양치질하기 등을 잘하지 못하게 된다. 또는 크레용이나 색연필로 그림을 그리는 것도 서툴러진다. 예전에 익숙하였던 요리하기, 바느질하기 등을 잘하지 못하는 것도 실행증이다.

실인증失認症이란 지각능력이 온전한데도 물체를 알아보지 못하는 것을 말한다. 예를 들면, 정상 시력이면서도 의자나 연필 같은 물체를 지각하는 능력을 상실한다. 병이 더 진행하면 가족조차도 알아보지 못하고, 말기가 되면 거울에 비친 자신의 모습까지도 알아보지 못하는 것이 실인증이다.

기억력 장애

치매 증상 중에서 가장 먼저 나타나는 것은 단기기억력 장애다. 단기기억력 장애란 조금 전에 일어난 일을 기억하지 못하는 것이다. 예를 들면, 다음과 같은 증상이다.

밥을 조금 전에 먹고도 그 사실을 잊어버리고 밥 먹은 적이 없다고 잡아뗀다. 금방 문병을 다녀간 아들이 집에 도착하기도 전에 전화를 걸어서 "왜 그렇게 찾아오지 않느냐"고 닦달을 한다. 운전 중 방금 지나온 길을 잊어버린다. 물건을 사러갈 때 메모가 없으면 안 된다. 사려고 생각해두었던 물건을 집에서 나오자마자 금방 잊어버리기 때문이다.

오늘 무슨 일을 했는지 생각해내지 못한다. 아이가 아침에 어디에 간다고 말을 하고 나갔지만 아이가 말한 곳을 기억해내지 못한다. 빵을 사오라고 심부름시킨 딸이 현관에서 신을 신으며 "다녀올게요"라고 인사를 한다. 그때 "어디 가는데?" 하고 묻는다. 할 말이 생각나서 전화를 걸었지만 벨이 울리는 동안에 자신이 누구에게 왜 전화를 걸었는지를 잊어버린다. (크리스 105)

딸이 내일은 직장을 쉬는 날이라고 말했지만, 몇 초 후에 다시 "넌 내일 출근하냐?"라고 묻는다. (크리스 109) 방금 전에 들은 말을 잊어버리거나 3분 전에 자신이 한 일을 기억하지 못한다. 입원하고 있는 병실 호수를 날마다 알려줘도 5분만 지나면 기억하지 못한다. 어느 환자는 집에 똑같은 가전제품과 주방물품이 많이 놓여 있다. 집에 있는 물건이 기억 나지 않아 시장에 갈 때마다 계속 사들였기 때문이다.

이러한 증상을 통해서 알 수 있듯이 초기 증상은 최근에 벌어졌던 중요한 사건을 잊어버리고, 상황을 설명해도 기억해내지 못한다. 그러나 아주 오래 전 일은 잊지 않고 기억한다. 치매가 더 진행하여 말기가 되면 오래 전 일도 기억하지 못하고, 자기 이름도 기억하지 못하게 된다.

치매로 인한 기억력 장애 중에는 일정기간 동안의 기억이 통째로 날아가버리는 경우가 있다. 그것도 일정기간에 국한하는 것이 아니고, 수시로 바뀐다. 때로는 5년 동안의 기억이, 때로는 20년 동안의 기억이 통째로 사라지기도 한다. 그런 증상의 어머니를 봉양하는 사람이 쓴 글을 잠깐 보자.

한밤중이었습니다. 덜그럭덜그럭 문고리를 잡아당기는 소리가 들려 나가 보니 어머니가 현관문을 열고 밖으로 나가려 하고 있었습니다. 옷차림은 바지를 머리에 뒤집어쓰고, 잠옷 위에 블라우스를 걸쳤습니다. 그 위에 또 속옷을 입고, 손에는 보따리를 들고 있었습니다. 새벽 3시에 일어난 일입니다. 어머니는 "실례 많았습니다. 남편이 걱정하고 있어, 빨리 집으로 가야겠어요."라고 말하며, 집을 나서려는 것이었습니다. 30년 넘게 살던 집을 남의 집으로 생각하고 있었습니다. 아버지는 이미 5년 전에 돌아가셨습니다. 행동을 저지하자 어머니는 소리를 버럭 지르며 보따리를 집어 던지고 커튼을 잡아당겨 찢어버렸습니다.

이 이야기는 기억력 장애로 최근 30년 동안 지내왔던 일들을 몽땅 잊어버린 어머니를 봉양하는 아들이 겪은 실화다. 이처럼 최근 수십 년 동안의 기억이 깡그리 달아나고 그 이전 일만 현재 기억으로 남아 있다. 어떤 환자는 한밤중에 30년 전 어린아이였던 "아들 딸이 밖에 나가 돌아오지 않는다"고 마중을 나가려 하였다.

80세가 훨씬 넘은 어느 할머니는 정신만 들면 "학교에 가야 한다"고 밖으로 나가려 한다. 어느 할머니의 경우는 "미나리를 따러 나가야 한다"고 병상에서 일어나려 하였다. 수십 년 전에 있었던 일에 대한 기억만 남아 있는 것이다.

자기 집에 있으면서도 "이전에 살던 집으로 가야 한다"고 일어나 밖으로 나가려 한다. 이러한 경우는 최근의 기억은 통째로 사라지고 20년이나 30년 전 살던 집이 자기 집으로 기억에 남아 있기 때문이다.

어느 환자는 내 아들이 세 살이라고 한다. 50년 전 아들만 할머니의 기억 속에 남아 있다. 최근 50년 동안에 일어났던 일들은 기억 속에서 통째로 사라져버린 것이다.

어느 치매에 걸린 할머니를 정성껏 수발하던 할아버지가 먼저 돌아가셨다. 그러나 할머니는 남편이 이 세상에 계시지 않다는 것을 전혀 모른다. 최근에 일어난 일은 기억을 못 하기 때문이다. 옆 병상에 누워 있는 환자를 자기 남편으로 착각하고 고함을 지르며 깨워서 심부름을 시키려는 환자도 있다. 이처럼 치매환자의 기억력 장애는 사람마다 다르게 다양한 형태로 나타난다.

정년퇴직을 한 지 10년이 넘은 사람이 치매가 발병하면서 회사에 다녀오겠다며 차를 타고 나가려 한다. 열쇠를 숨기면 화를 내고, 차가 고장 났다고 해도 막무가내로 운전을 하겠다고 소란을 피운다. 정년퇴직 이후 10여 년 동안의 기억이 몽땅 날아가버린 것이다.

언어기능장애(실어증)

치매에 걸리면 언어기능 장애가 나타난다. 병이 진행될수록 말이 모호해지고 발음이 부정확해진다. 같은 말을 반복하게 된다. 주제에서 벗어나는 말을 자주한다. 말하려는 주제가 생각나지 않아 쓸데 없는 말만 늘어놓는다. 무슨 말을 하는지 알아들을 수 없다.

특히 사람이나 물건의 이름이 떠오르지 않아 '그것'이나 '거시기' 같은 대명사를 많이 사용한다.

글을 읽거나 쓰는 기능에 장애가 온다. 우편함을 보고 우표를 붙인 편지가 들어가는 상자라 부르고 손짓 발짓을 동원해서 겨우 하고 싶은 말을 표현한다.(크리스 117)

문장의 철자가 틀리거나 가까운 직장의 동료마저 이름이 생각나지 않을 때가 있다.

치매가 진행되면서 환자는 점점 말이 없어지고, 묻는 말을 똑같이 따라하거나 앵무새처럼 앞서 한 말을 반복하기만 한다. 나중에는 말하는 횟수가 줄어들고 앞뒤가 안 맞는 말을 자주한다. 말기가 되면 혼잣말로 중얼거리다가 언어능력을 아주 잃어버리게 된다.

또 단어를 기억하지 못해서 한 문장도 완벽하게 완성시키지 못한다. 말할 때 적절한 단어가 생각나지 않아 의사전달이 제대로 되지 않는다. 어떤 질문을 받았을 때 그 답변이 될 적절한 말이 얼른 떠오르지 않는다.

지남력 장애

지남력 장애란 시간이나 장소, 사람 등을 정확하게 인식하지 못하는 것을 말한다. 지남력 장애는 치매의 기본증상 중 하나로 병이 진행되면서 시간, 공간, 인물 순으로 인지기능에 장애를 보인다.

시간에 대한 지남력 장애가 오면 연월일을 모르는 것은 물론이고, 계절을 인식하지 못한다. 여름을 겨울이라 인식하고, 낮을 밤이라 착각한다. 아침과 저녁을 구별하지 못하게 된다. 시간에 혼동이 와서 나중에는 자기 나이도 모르게 된다. 나이가 80세인데 40세라고 말한다. 퇴직한 지가 몇 년이 지났는데도 출근한다고 옷을 챙겨 입고, 가방을 들고 밖으로 나간다. 오늘이 무슨 요일인지도, 또는 몇 년 몇 월인지도 모른다.

장소와 사람도 알아보지 못하게 된다. 판단력이 떨어진다. 숫자가 무엇을 뜻하는지 잘 모르고, 물건을 어디에다 두었는지 잊어버리고 엉뚱한 곳에서 찾으려 한다.

공간에 대한 지남력 장애가 생기면 자기가 있는 곳이 어딘지조차도 알지 못한다. 자기 집에 있으면서도 그곳을 자기 집이 아니라고 생각한다. "이제 우리 집으로 가보겠습니다"라고 말하며 집을 나가려 한다. 병원에 입원한 치매환자가 자기 병실을 못 찾는 경우는 허다하게 벌어진다.

공간인지 능력이 떨어지면 늘 다녀오던 노인회관에서 집으로 가는 길을 못 찾아 헤맨다. 잘 알지 못하는 장소에서 방황하고 제대로 대처하지 못한다. 자신이 어느 쪽에서 왔는지 기억을 하지 못한다. 자기 집안에 있으면서도 화장실을 못 찾아 아무 데서나 볼일을 본다.

한 달 이상 회진을 했는데도 어느 날 담당의사에게 "어디서 오셨지요?" 하면서 "이제사 인사드려 죄송해요."라고 말하는 환자도 있다. 자기가 병원에 입원하고 있다는 사실을 인지하지 못한다. 이런 환자는 물론 1년이 지나도 담당의사를 알아보지 못한다.

치매로 공간 인지능력에 대한 지남력 장애가 발생하면 공간적 작업을 수행하는 데 어려움을 느낀다. 이들에게 기하학적으로 이차원적 또는 삼차원적인 도형을 주고 똑같이 그려보라고 하면 제대로 그려내지 못한다.

집행기능 장애

집행기능이란 어떤 일을 추상적으로 생각하며, 계획하고, 시작한다. 또 차례대로 진행하고, 진행과정을 감시하고, 상황에 따라 도중에 중지할 수 있는 능력을 말한다.

치매에 걸리면 이러한 기능에 장애가 나타난다. 점차 일을 수행하는 데 어려움을 느끼고, 새롭고 복잡한 정보처리가 요구되는 상황을 회피하게 된다.

초기에는 눈으로 보고 행동으로 옮기는 복잡한 업무를 하지 못하며, 좀더 질병이 진행되면 익숙하게 해오던 일조차도 처리하지 못하게 된다. 예를 들면, 돈 계산이나 간단한 업무처리에 장애를 보이고, 위급한 일에 대한 대처능력이 떨어지고, 사회생활이나 대인관계에서도 적절하게 대처하지 못한다. 길에서 주민등록증을 주었을 때 어떻게 대처할지를 모른다.

계산 능력 장애

치매에 걸려 인지기능이 떨어지면 덧셈이나 뺄셈도 제대로 할 수 없게 된다. 시장에서 물건을 사고 나서 거스름돈 얼마를 받아야 하는지 모른다.

나중에는 더 간단한 계산조차도 불가능해진다. 손쉽게 해결하던 은행업무도 할 수 없게 되고, 아파트 관리비와 전기세조차도 납부할 수 없게 된다. 시계를 보아도 몇 시인지 알지 못한다. 치매 어머니를 모시고 사는 아들이 쓴 글을 보자.

어머니는 벽시계의 시침과 분침을 잘 분간하지 못한다. 9시는 읽을 수 있지만, 35분은 알지 못하며, 분침이 7을 가리키고 있다고만 말한다. 어머니는 연세를 물으면 1932년생이라고 답할 뿐 나이를 제대로 기억하지 못한다. 뺄셈 덧셈도 제대로 하지 못한다. (이동현 172)

일상생활 능력장애

일상생활능력의 장애

치매로 인지기능 저하가 심해지면 일상생활 수행능력이 떨어진다. 그래서 손쉽게 처리하던 일상적인 일들을 수행하지 못하게 된다. 그것을 일상생활 능력장애ADL, Activities of Daily Living라 한다.

일상생활 능력장애란 일상생활에서 가장 기본적으로 필요한 일들, 예를 들면, 세수나 목욕하기, 옷 입기, 거동하기, 대·소변 가리기, 식사하기 등을 수행하지 못하게 되는 것을 말한다. 그래서 치매에 걸리면 목욕을 시켜 드려야 하고, 옷을 입혀 드려야 하고, 대·소변을 가리지 못해 기저귀를 채워드려야 한다.

요양병원에서 측정하는 일상생활 능력항목은 옷 벗고 입기, 세수하기, 양치질하기, 목욕하기, 식사하기, 체위 변경하기, 일어나 앉기, 옮겨 앉기, 방 밖으로 나오기, 화장실 사용하기 등이다.

일상생활 수행능력 총점ADL 점수은 위 항목 중 식사하기, 체위 변경하기, 옮겨 앉기, 화장실 사용하기 등 4개 항목에서 완전자립 1점, 감독 필요 2점, 약간 도움 3점, 상당한 도움 4점, 완전 도움, 또는 행위발생 안 함 5점을 부여하여 최저 4점부터 최고 20점까지 산출한다.

도구적 일상생활 능력장애

일상생활을 하면서 우리는 수많은 도구를 어려움 없이 사용한다. 도구를 사용하기 위해서는 작동순서가 있고, 움직여야 할 방향 등 여러 절차가 있다. 그러한 절차에 따라서 도구를 사용할 수 있는 능력을 도구적 일상생활능력IADL, instrumental activities of daily living이라고 한다.

치매로 인지능력이 떨어지면 익숙하게 다루었던 도구들을 사용할 수 없게 된다. 예를 들면, 전화기 사용, 외출이나 여행, 시장 보기, 식사 준비, 청소, 바느질이나 못질, 빨래, 약물복용, 금전관리 등을 스스로 수행하지 못하게 된다. 그러한 예를 들여다보자.

욕조물이 차가워도 찬물과 뜨거운 물을 틀기 위한 방향을 알지 못해 냉·온 조절을 못 한다. 요리 순서나 절차를 알지 못해 음식을 조리할 수 없다.

가전제품을 제대로 작동시키지 못한다. 물을 붇지 않은 채 냄비를 가스레인지 위에다 올려놓는다. 전기밥솥을 전기에 연결해야 한다는 것도 잊어버려 엉뚱하게 가스레인지에 올려놓고 불을 켠다. 세탁기로 빨래를 하려면, 먼저 빨랫감을 세탁기에 넣고, 세제를 넣은 후, 전원 단추를 누른다. 이 일련의 동작이 필요한데, 그런 작동방법을 잊어버려 세탁기를 사용할 수 없게 된다.

전화를 받으려면 통화 버튼을 누르고 받아야 한다는 것을 알지 못해 전화도 받지 못하게 되고, 거는 법도 몰라서 가지고 있는 전화기가 무용지물이 된다. 설거지를 하는 것도 치매환자에게는 쉬운 일이 아니다. 설거지할 때 주방 세제를 사용하는 것도 모르고, 제대로 헹구지 않아 그릇에 음식물 찌꺼기가 지저분하게 여기저기 묻어 있다. 가전제품의 용도를 제대로 몰라 야채를 냉동실에 집어넣고 식빵을 냉장고에 넣기도 한다.

차를 운전하면서 상황에 따라 무슨 페달을 밟아야 할지 생각이 잘 나지 않고, 내가 원하는 목적지로 가기 위해서 어느 쪽으로 핸들을 돌려야 하는지 판단할 수 없다. (크리스 143)

옷을 순서대로 입거나 철에 맞춰 골라 입는 일도 치매환자에게는 어려운 일이다. 티셔츠 위에다 내복을 입거나, 잠옷 위에 외출복을 입기도 하고, 단추를 잘못 끼우고, 여름인데도 털옷을 입기도 한다.

이 정도가 되면 홀로 집에서 생활을 할 수 없다. 결국은 자녀의 집에 얹혀 살든지, 아니면 요양보호시설에 몸을 맡겨야 한다. 치매에 걸린 어머니를 옆에서 돌보는 아들이 경험한 어머니의 인지능력과 도구적 일상생활 능력장애에 대하여 다음과 같이 말하고 있다.

어머니는 마트에 물건을 사러가셔서 어떤 것을 사야 할지를 몰라 당황하셨습니다. 물건 이름이 떠오르지 않거나, 계산이 틀리는 일이 많아졌습니다. 어머니는 전화하는 방법을 잊어버려 친지들로부터 걸려온 전화도 받지 못하고, 거는 전화도 하지 못했습니다. 점점 친지들로부터 기피당하고 잊혀져갔습니다. 이제는 어머니가 빨래하는 법을 잊어버렸습니다. 밥 짓는 법을 잊어져 갔습니다. (이동현 110)

치매환자의 이상행동과 심리증상

미운치매란 이상행동과 심리증상이 과격하게 나타나는 환자에게 해당하는 말이다. 치매환자가 가정을 파괴하거나 입원하는 대부분의 이유는 인지기능 저하보다는 이상행동과 심리증상 때문이다. 흔히 나타나는 이상행동 증상은 공격적 행동, 배회, 수면 장애, 부적절한 식사행동, 부적절한 성적행동, 분노 반응 등이다. 이상심리증상으로는 망상, 환각, 우울, 불안, 초조, 무감동, 착오, 반복 등이 있다.

이상행동 심리증상은 치매환자의 치료에서 가장 중요한 부분이다. 이유는 그 증상이 개인의 건강 문제로만 끝나지 않고 다른 사람을 고통으로 몰아넣기 때문이다. 이상행동 심리증상은 환자 자신은 물론이고 가족들의 삶의 질을 황폐화시키고 가정을 파괴한다. 이런 증상이 나타나면 가정의 평화가 파탄나게 되고 사고 발생의 위험성이 높아진다. 이런 환자는 감시가 필요하기 때문에 곁에서 항상 지켜보아야 한다.

이러한 증상은 치매 초기나 말기에는 잘 발생하지 않고, 주로 중기 발병 후 4.3~7.3년, MMSE 5~12점에 발생한다. 모든 환자에게 갖가지 증상이 다 나타나는 것은 아니다. 또한 증상 양상도 환자에 따라 다양한 형태를 보인다. 92퍼센트의 환자에게서 한 가지의 이상행동 심리증상이 나타나고, 80퍼센트에게서는 두 가지 이상의 증상이 나타난다. 그러니까 8퍼센트의 환자에게서는 이런 증상이 나타나지 않는 예쁜치매 증상을 보인다고 할 수 있다.

이상행동과 심리증상이 나타나는 시기는 치매 진단 후 평균 5년 후이고, 대부분 단일 삽화의 양상으로 진행된다. 그 기간은 1~2년간 지속되다가 서서히 증상이 사라진다. 그만큼 치매가 더 진행되었다는 말이다. 그 증상 하나하나를 살펴보기로 하자.

이상행동증상

■ 부적절한 식사 행동(식습관의 변화)

치매환자들의 식습관 변화는 환자에 따라 아주 다양한 양상으로 나타난다. 그 증상으로는 다식多食, 빈식頻食, 과식過食, 도식盜食, 이식異食, 불식不食, 거식拒食 등이 있다. 치매 노인은 기억력 저하로 먹는 것 자체를 잊어버려 영양실조에 걸리거나 이와 정반대로 너무 많이 먹어 소화기능에 장애가 발생하기도 한다.

치매 노인의 부적절한 식사행동은 음식의 기호가 바뀌는 것으로부터 시작된다. 원래 좋아하지 않던 음식을 먹거나, 다른 음식은 전혀 먹지 않고 한두 가지 음식만 집중적으로 먹는 경우도 있다. 밥 한 끼를 몇 번씩 먹으려 하고, 더 주지 않으면 몰래 훔쳐 먹거나 음식을 찾느라 온 집안을 뒤지기도 한다.

이와는 달리 음식을 거부하는 증상을 보이는 환자도 있다. 어떤 사람은 냉장고에 온갖 반찬이 가득하지만, 오직 그 중 한 가지만 꺼내 먹는 증상을 보인다. 중등도에서 중증으로 넘어갈 때 이런 증상이 나타난다.

여기서 더 심해지면 먹을 수 없는 것까지도 아무 거나 먹으려 한다. 이러한 증상을 과구강증hyperorality이라 한다. 인지능력 저하로 먹을 것과 먹지 못할 것을 구별하지 못하기 때문에 일어나는 증상이다. 과구강증이 나타나면 단추나 종이를 씹어 삼키려 한다. 때로는 비누나 화장품을 먹기도 하고, 스펀지나 화장지를 먹기도 한다. 아무것이나 손에 닿는 대로 입에 집어넣는다.

식습관을 잊지 않고 예전 음식을 그대로 먹는 경우도 물론 있다. 예전에 좋아하던 우유나 두유를 꼭 찾는 환자들이 있다. 그런 음료를 마시면 설사를 하는 환자가 있어, 제제를 가하면 꼭 마셔야 한다고 화를 내며 고래고래 소리를 지른다.

치매의 정도와 무관하게 커피에 대한 기호도는 변화가 없는 것 같다. 나이에 관계 없이, 지역에 관계 없이 대부분의 한국사람이 커피를 좋아하는 것은 한결 같은 현상이다. 말기 치매로 밥을 먹을 수 없고, 물도 잘 삼키지 못하면서도 커피는 꼭 마셔야 하는 치매환자가 흔히 있다. 온 국민의 커피 중독화에 성공한 대한민국이다.

이러한 증상이 나타나는 것은 식욕을 조절하는 뇌기능에 이상이 생겼기 때문이다. 치매가 더 진행되어 말기가 되면 숟가락질도 못 하고, 밥이 먹는 음식이라는 것도 모른다. 밥을 어떤 방법으로 먹는지도 모른다. 그런 증상을 보자.

80세 여자환자는 밥을 가져다놓으면 기도만 하고 먹지 않는다. 밥을 먹으라고 하면 밥만 먹고, 국을 먹으라 하면 국물만 마신다. 그래서 밥을 국에 말아줘야 한다. 밥을 눈앞에 두고도 멍하니 바라만 본다. 밥이 먹는 음식이라는 것을 모르기 때문이다. 그래도 음식을 입에 떠넣어주면 잘 씹는다. 밥을 씹고 나서 삼켜야 되는 줄 몰라 삼키라고 해야 삼킨다. 더 심해지면 삼킬 능력조차 없어진다. 물을 마실 줄 몰라 결국 탈수와 영양실조로 생을 마감하기도 한다.

■ 부적절한 성적행동

치매환자가 쳐다보기에도 민망하고 이상한 성적행동을 하면 젊어서부터 난잡하게 놀았기 때문에 그런 증상이 습관적으로 나타나는 것이라고 생각하기 쉽다. 그러나 그렇지 않다. 발병 이전에 보였던 그 사람의 인품과 큰 연관성은 없다.

이런 이상행동은 뇌의 해당 부위에 이미 많은 병리학적 변화가 생겨서 뇌의 억제회로가 제대로 작동하지 않아 감정을 억제하지 못하여 생기는 탈억제 현상이다. 부적절한 성적행동은 남성에게서 더 많이 나타난다. 세로토닌이나 도파민 등을 복용할 때도 이런 증상이 나타날 수 있다. 그러므로 약물에 의한 부작용인지 살펴봐야 한다.

부적절한 성적행동에는 친밀도 추구형과 탈억제형이 있다. 친밀도 추구형은 자기 생각이나 감정 전달이 힘든 치매환자가 배우자나 이성에게 친밀감을 나타내기 위해서 성적인 표현을 하는 경우이다. 이런 경우는 성적행위를 요구하기도 하지만, 가벼운 신체접촉으로 해결되는 경우가 대부분이다. 문제가 되는 것은 탈억제형이다.

흔한 증상으로는 때와 장소를 가리지 않고 옷을 벗고 성기를 노출하는 행동이다. 어느 환자는 며느리를 자기의 성적 상대자로 여겨 밥상을 들고 들어오는 며느리의 엉덩이를 만지려 하고, 하의를 벗는 등의 행동을 하여 도저히 한집에서 살 수 없어 따로 산다고 한다. 특히 아들이 있을 때는 그러지 않다가 아들이 출근하고 나면 그러한 증상을 보였다고 한다. 시아버지의 건강문제로 집을 찾아온 남자 사회복지사와 상담하는 며느리를 불륜관계로 의심하여 간통죄로 고소하겠다고 소란을 피운 적도 있다고 한다.

부적절한 성적행동도 다양한 증상으로 나타난다. 60대 초반의 어느 입원환자는 간호사만 보면 예쁜 간호사라고 하면서 밖에 나가서 데이트도 하고, 커피를 마시자고 조른다. 또 막걸리도 한 잔 마시러 나가자고 졸라댄다. 또 자기는 주물러줘야 잠이 드니 잠을 자게 해달라고 하고, 벨을 눌러 달려온 간호사에게 나와 껴안아 보자고 하여 근무자들을 어리둥절하게 만든다.

80대의 남자환자는 지주막하출혈로 인한 혈관성 치매환자였는데, 여자가 눈앞에만 나타나면 침대로 올라오라고 한다. 그러면서 성행위를 하고 싶다고 무조건 여자를 더듬으려 한다. 또는 자기 손을 내의 속으로 집어넣어 성기를 꺼내려 하고, 성기를 씻어달라고 요구한다. 90세 남자환자는 성기를 노출시키고 싶은 마음에 간호사들한테 필요 없는 관장을 자주 원한다. 뒷물을 해달라고 부탁하며, 성기도 닦아달라고 요구한다

이처럼 상대를 만지려 하거나 껴안으려 하고, 성기를 내놓는 증상은 부적절한 성적행동 중 흔한 증상이다. 자위를 하는 환자들도 있다. 부적절한 성적행동은 간병하는 사람을 곤혹스럽게 하고, 그 환자를 돌보는 데에도 혐오감을 갖게 만든다.

80대의 어느 여자환자는 날마다 해질녘이 되면 간호사실에 와서 아무것도 들어 있지 않은 주사를 맞고 가는데, 자궁이 아파서 주사를 맞아야 낫는다는 것이다. 60대 후반의 여자환자는 교회에서 진행하는 예배에 참석하지 않는 이유가 목사님이 자기를 보면 발기를 할까봐서 참석을 하지 않는다고 한다. 치매환자의 7~25퍼센트에게서 부적절한 성적행동이 나타난다고 한다.

■ 반복적인 행동

치매환자는 조금 전에 한 일조차도 금방 잊고 기억하지 못한다. 그러므로 그들이 하는 일은 언제나 처음 하는 일이 된다. 그렇기 때문에 같은 말과 행동을 계속 반복한다.

입원 중인 환자가 간호사실에 와서 "우리 아들한테 전화가 왔어요?"라고 물어 "아직 안 왔어요"라고 대답해준다. 그러나 치매 할머니는 조금 전에 질문하고 대답을 들었다는 사실을 듣자마자 잊어버린다. 그래서 5분도 지나지 않아 간호사실에 다시 찾아와 계속 똑같은 질문을 반복하여 업무 집중을 방해한다.

이러한 반복적인 언행도 다양하게 나타난다. 예를 더 들면, "오늘이 며칠이지?"라고 묻고 나서 조금 지나면 다시 "오늘이 며칠이지?"라고 묻기를 열 번이나 넘게 반복한다. 옷을 찢는 행동을 하는 환자는 더 이상 찢을 옷이 없으면 벽을 두드리면서 큰소리를 친다. 어떤 환자는 옷장 속 물건을 꺼내서 흐트려놓는 행동을 반복하거나 짐을 싸고 풀기를 반복한다.

어느 81세 여자환자는 날마다 집에 간다고 짐을 챙겨서 검은 비닐봉지에 수시로 넣었다 끄집어내기를 반복한다. 어떤 환자들은 걷기, 박수치기, 세탁물을 접었다 폈다 하는 반복적인 행동을 하는데, 마치 목적이 있어서 하는 행동처럼 보인다. 그러나 막상 물어보면 왜 그런 행동을 하는지 대답을 못 한다.

■ 불결행동

어느 할머니의 병상 근처에만 가면 악취가 진동한다. 서랍장을 열어보니 요실금으로 오줌에 젖은 속옷을 숨겨놓았다. 그래서 그 옷을 꺼내자 "이 옷 네가 넣어뒀지?" 하며 다른 사람에게 뒤집어씌웠다. 그 사실이 부끄러운 것이다.

치매환자의 불결한 행동도 다양한 증상을 보인다. 쓰레기를 주워와 서랍장에 넣어두기도 하고, 변을 찍어 벽에 바르거나, 대·소변이 묻은 기저귀나 더러운 옷을 이불 속에 숨겨두거나 서랍장에 넣어두는 경우도 흔히 볼 수 있다. 그런 행동을 하는 이유는 자기도 모르게 나온 배설물이 옷에 묻어 있는 것을 부끄럽게 여겨 숨기고 싶었기 때문이다.

증상이 아주 심한 환자는 똥덩어리를 송편이라고 가지고 놀다 먹기도 한다. 목욕하던 욕조에 똥덩어리가 떠다닌다면, 똥을 온 벽과 방바닥에 처바른다면, 비누질을 해서 뿌옇게 된 물을 우유라고 마신다. 그런 상태의 부모를 어떻게 집에 모시겠는가.

이런 환자들은 자기의 이런 불결한 행동에 대해 절대로 인정하지 않는다. 자기는 그런 일을 한 적이 없다고 뚝 잡아뗀다. 그런 행동을 하면 안 된다는 것을 알기 때문이다. 날마다 이부자리에다 대·소변을 보는 어느 할머니 환자는 "나는 똥을 한 번도 싼 적이 없다"고 뚝 잡아뗀면서 선생님은 그 문제로 걱정할 것이 하나도 없다고 불쾌하게 생각하였다.

치매환자 중에는 아무 쓸데 없는 비위생적인 물건 등을 모아놓는 수집벽을 보이는 사람도 있다. 모아놓는 물건을 보면 쓸모 없는 것들이 대부분이다. 신문지, 다른 사람의 양말, 남이 버린 종이, 사회복지

프로그램에서 사용했던 물품, 몰래 감춰둔 기저귀와 약 봉지, 심지어 는 밑을 닦고 버린 화장지까지 쓰레기통에서 꺼내와 병상 주위에 쌓 아 놓는다.

■ 배회

배회란 어떤 곳을 어슬렁거리며 이리저리 돌아다니는 것을 말한다. 맹목적으로 여기저기를 헤매는 것처럼 보인다. 치매환자의 배회는 치료 가 되지 않는 대표적 증상 중 하나다. 전체 환자 가운데 53퍼센트에게 서 나타나는 흔한 증상이다.

배회증상 때문에 실종된 치매환자를 찾는 벽보를 보았거나 방송을 들었을 것이다. 치매환자가 배회를 하는 것이 아무 이유가 없는 것처럼 보인다. 하지만 본인으로서는 목적이 있어 하는 행동이다. 단지 그 이 유를 표현할 능력이 없어 우리가 알 수 없을 뿐이다.

인지능력이 정상인 사람도 때로는 냉장고에 물건을 꺼내러 갔다가 왜 내가 그 앞에 서 있는지 순간적으로 잊어버릴 때가 있다. 그처럼 치 매환자의 배회 증상도 목적이 있지만 그것을 순식간에 잊어버리기 때 문에 생각이 나지 않아 표현할 수 없을 뿐이다. 오래 전에 퇴직을 했는 데 그 기억이 사라져 회사에 출근한다고밖에 나가려 하거나 차를 운전 하려고 하는 것도 배회 증상을 일으키는 원인의 하나다.

옛날에 살던 집이 생각나서 밖으로 나가 배회를 하는 경우도 있다. 그러다 조금 지나면 그 생각을 잊어버린다. 그러므로 치매환자의 배회 를 이유 없는 행위로 알고 무조건 막기보다는 주의를 딴 데로 돌릴 수 있도록 노력해야 한다. 예를 들면, "오늘은 날씨가 추우니까 내일 가요"라고 달래든지 아니면 "막차가 끊겼으니 내일 함께 가요"라고 관심을 다른 데로 돌리게 한다. 아니면 함께 나가서 집 주변을 한 바퀴 도는 것도 하나의 방법이다.

환경이 바뀌어서 긴장했거나 어떤 일에 실패해서 흥분하거나 불안을 느낄 때도 배회 증상이 나타난다. 치매환자는 환경에 작은 변화만 일어나도 낯선 곳이라고 여겨 배회 증상을 보이기도 한다. 배회 증상이 나타나면 그 문제에서 관심을 벗어나 다른 것에 신경 쓰도록 유도하면 증상을 가라앉힐 수 있다.

정신병적 증상

정신병적 증상에는 환각, 망상, 특정 유형의 폭력, 조증, 자기 병에 대한 인식결여 등이 있다.

■ 환각 증상

환각이란 어떤 자극 없이도 나타나는 지각 증상을 말한다. 쉽게 얘기하면, 헛것이 보이거나 헛소리가 들리는 것 등이 환각 증상이다.

85세 된 어느 여자환자는 "천장에 쥐가 보인다"고 회진 때마다 천장을 가리켰다. 어느 환자는 국수에 벌레가 들어 있다고 나온 음식을 먹으려 하지 않는다. 어느 환자는 아무도 보이지 않는 창을 가리키며 "창 밖에 이상한 사람이 서 있다"라고 말한다. 아무도 없는 병실 문 쪽을 바라보며 "꼬마가 문 안으로 들어온다"고 말하기도 한다. "어린아이가 밖에서 꾀를 벗고 울고 있다"고 한다.

하느님이 목욕을 하라는 지시가 있어야만 목욕을 하는 할머니도 있었다. 여자목사 출신의 환자는 어느 날 회진 중에 "서랍에 천국에서 온 편지가 가득하다"며 읽어 보라고 하였다.

어느 환자는 한밤 침대 밑에 쥐가 있다고 놀라 응급벨을 누른다, 밖에서 울음소리가 들린다고 호소하는 경우도 있다. 이처럼 환각 작용은 주로 환청과 환시로 나타난다. 치매에 걸려 환각 증상이 있는 어머니를 모시고 사는 사람의 시봉기를 읽어보자.

어머니에게는 딸인 제가 두 사람 존재한다는 환각이 있다. 어머니에게는 일하러 나간 한 명의 제가 있습니다. 또 한 명의 저에게 집요하게 전화를 걸어댑니다. 바로 눈앞에서 전화를 받아도 저라고는 생각하지 않으므로 무섭게 화를 냅니다. 번호가 같은 휴대전화가 또 있다고 생각하는 겁니다. 그리고 일하러 나간 제가 돌아올 거라며 한밤중이 되어도 줄곧 기다리고 계십니다. 여동생에게 전화를 걸어 연락이 있었는지 묻습니다. 곁에 있는 사람이 바로 그 딸이라고 해도 여기 있는 사람은 다른 사람이라고 우기며 화를 냅니다. 화장실에 잠깐 갔다 돌아오니 저를 인식하기도 했습니다. "연락도 없이 어디에 있었던 거야" 하고 화를 내시는 것입니다. 밤이 되면 "정원에 남자가 숨어서 내 목숨을 노리고 있다"고 합니다. (이시토비 89)

■ 망상

망상은 문화적 배경에 반하여 이성적으로 설득되거나 고쳐지지 않는 잘못된 믿음을 말한다. 그 잘못된 믿음에 확실한 증거를 들이대도 자기가 믿는 그것이 옳다고 생각한다. 이것이 바로 망상이다. 잘못된 추론을 교정하는 뇌의 믿음 교정중추가 손상되었기 때문이다. 현실에 대한 왜곡과 이것을 교정하는 믿음 교정중추의 손상이 동시에 나타날 때 망상 증상이 나타나게 된다.

망상에는 도둑망상, 유기망상, 부정망상, 피해망상 등이 있다. 망상 증상은 알츠하이머 치매환자의 50퍼센트에서 발생한다.

치매환자의 망상 증상은 현실과 동떨어진 내용이기 때문에 금방 상대방이 알아차릴 수 있다. 그 내용은 정교하지도 구체적이지도 않다. 또한 주제가 일정하지 않고 자주 바뀐다.

망상은 망상성 착오delusional misidentification 증상으로 나타날 수도 있다. 망상성 착오란 인식장애로 인한 잘못된 믿음이나 생각을 갖는 것을 말한다.

■ 도둑망상

치매환자에게서 가장 많이 나타나는 망상은 도둑망상이다. 초기 치매에서 주로 나타난다. 여성에게서 더 흔하게 발생한다. 그 양상은 특정한 물건을 도둑맞았다고 생각하거나, 특정한 사람을 지목하여 그 사람을 도둑이라고 단정하는 경우가 많다.

어느 할머니는 며느리에게 지갑이 없어졌다며 "네 년이 훔쳐갔지? 빨리 지갑을 내어놓으라구."라고 소란을 피운다. 그러다가 갑자기 파출소에 찾아가 도난신고를 하는 어처구니 없는 일을 벌이기도 한다.

치매환자는 돈이나 물건을 둔 곳이 기억나지 않아서 그것을 찾지 못하면 도둑을 맞았다고 의심하는 경우가 대부분이다. 치매환자는 물건이나 돈을 어느 곳에 보관해 두었는데, 그 사실 자체를 잊어버린다. 그래서 찾는 물건이 나타나지 않으면 바로 도둑을 맞았다고 생각하는 것이다.

시어머니의 경우, 주로 며느리를 도둑이라고 의심한다. 그런데 아무런 이유 없이 며느리를 도둑이라고 생각하는 것이 아니다. 고부 간 갈등의 산물이다. '며느리는 전부터 나에게 안 좋은 감정을 가지고 있었고, 내가 시키는 일에 항상 반항을 하였다'고 생각하기 때문에 며느리를 도둑으로 의심하게 된다.

이와는 다른 경우이지만 어느 할머니는 자기 가게에 날마다 도둑이 들어온다고 생각하여 파출소에 전화해서 자기 가게가 문이 잘 잠겨 있는지 확인을 받아야 잠이 들었다고 한다.

음식이나 물건을 다른 사람에게 주고 나서 그것을 도둑맞았다고 생각하는 환자도 있다. 81세의 어느 할머니는 신발 두 켤레를 잃어버렸다고 병동 여기저기를 돌아다니면서 싱크대도 열어보고, 쓰레기통 뚜껑을 열어보는 것은 물론이고, 다른 환자의 서랍을 열어 물건을 다 끄집어낸다. 자기 짐을 있는 대로 다 풀어 쏟아놓고 찾는다.

병원에 입원하기 전 집에 있을 때 어느 할머니에게 있었던 일이다. 그 할머니는 도둑 맞지 않으려면 물건을 잘 숨겨야 한다고 장판을 다

뜯어놓았다. 때로는 잃어버린 물건을 찾는다고 방바닥 장판을 다 찢어서 들춰놓았다고 한다.

또 다른 85세 여자환자는 주로 먹을 것을 도둑맞았다고 특정인을 의심하였다. 그 환자는 빵과 베지밀과 과자를 도둑맞았다는 것이다. 간병인이 도둑이라고 생각하여 간병인을 다른 사람으로 바꿔달라고 요구하였다. 회진 때마다 "저 사람을 언제 쫓아낼 거냐"고 담당의에게 하소연하였다.

이처럼 특정인을 범인으로 생각하는 도둑망상도 있다. 어느 와상환자는 간병인에게 내 신발이 안 없어졌는지 잘 보라고 수시로 확인하기도 하였다.

이런 정도의 증상을 나타내는 도둑망상은 양반이다. 환자에 따라서는 도둑이라고 의심이 가는 사람에게 달려들어 훔쳐간 물건을 내놓으라고 목을 조르고 할퀴고 때리는 증상을 보이는 경우도 드물지만 있다. 이런 증상들도 일정 기간이 지나면 서서히 사라진다. 그러면서 한 단계 더 나빠지는 쪽으로 진행한다. 이 모두 환상 속의 도둑과 싸우는 도둑망상 환자들이다.

■ 피해망상

어머니를 입원시키기 위해 찾아온 딸의 이야기다. 어느 날 외국여행 중에 선물로 산 꿀을 친정에 가져왔다. "어머니, 꿀 여기 뒀으니 잘 드세요" 하고 씽크대 밑에다 두었다고 한다. 어머니는 그 꿀을 자기를 죽이려는 독극물이라고 생각하였다. "이년아, 날 죽이려고 가져왔냐? 절

173

대로 먹지 않는다"라고 욕설을 퍼부었다고 한다. 또 참기름을 사다드렸더니 그것을 오줌물이라고 생각하여 딸에게 "네 년이 내게 오줌으로 반찬을 만들어주려고 작정했구나"라고 억지를 부렸다.

어느 환자는 딸이 집을 안 찾아오니 "딸이 왜 집에 한 번도 안 오는 거야? 네가 방해하는 게 틀림없어"라며 며느리에게 욕설을 퍼붓더라는 것이다.

인지기능 저하로 치매환자는 식사시간에 가족들이 주고받는 대화 내용을 잘 알아듣지 못하게 된다. 그러다 보면 자연히 대화에 중심으로 끼어들지 못한다. 모처럼 대화에 참여하여 실수를 지적당하거나 비웃음을 당하게 되면 가족들이 자신을 무시한다는 생각에 서운한 감정이 앞서게 된다. 이런 일이 자주 있다 보면 피해망상으로 진행하게 된다.

어느 환자는 간병인이 시장市長을 찾아가거나 때로는 경찰서에 찾아가서 자기를 모함하고 곤경에 빠뜨린다고 생각한다. 딸이 사람들을 매수해서 자기를 곤란하게 만들고, 자기를 팔아먹으려 한다고 생각하는 피해망상 환자도 있다.

시간 개념이나 계산능력이 없어지고 약속을 자주 잊어버릴 때도 자책감을 감추기 위해서 그에 대한 방어작용으로 피해망상적인 생각을 갖게 되는 경우도 있다. 피해망상 중에는 가족들에게 버림받았다는 유기遺棄망상 증상을 보이는 환자도 있다.

■ 부정망상

부정망상은 배우자가 바람을 피운다고 생각하는 망상이다. 초기 치매에서 나타난다. 부정망상 환자는 증거가 아무리 확실해도 배우자가 결백하다는 것을 절대로 믿지 않는다. 배우자의 불륜을 의심하여 미행까지 하는 경우도 있다.

배우자가 바람을 피우려고 외출을 한다고 생각하여 문 밖을 나가지 못하게 한다. 전화벨 소리만 울려도 자기 배우자와 바람을 피우는 상대에게서 걸려온 전화라고 생각하여 경계를 늦추지 않는다. 불륜을 의심하는 부인의 등살에 못 이겨 집에서 쫓겨난 남편이 집 근처에 방을 얻어놓고 사는 경우도 있었다.

예쁜 여자만 보면 남편의 첩이라고 생각하여 의심의 눈초리를 거두지 않는 할머니도 있다. 일반적으로 배우자가 바람을 피운다고 생각하는 부정망상은 남성에게서 더 많이 나타나는 증상이다.

정서적 증상

■ 무감동

무감동은 가장 흔한 이상행동 심리증상으로 알츠하이머병의 72퍼센트에서 나타난다. 무감동이란 인지장애, 정서적 장애, 의식의 이상 등으로 일상생활, 혹은 어떤 대상에 대한 관심이 없는 증상이다. 근심을 하고, 동기부여가 없고, 목표한 것을 성취하려는 의지가 없어진다. 동기를 상실하고 목표 지향적 행동의 감소를 보인다. 피로감이나 의욕 저하로 매사를 귀찮아 한다. 누워 있거나 잠만 자려 하고 아무것도 하지 않으려 한다. 말수가 줄어들고, 옷차림새에도 신경을 쓰지 않고, 취미도 없어진다. 즐겁거나 슬픈 일에도 무표정한 얼굴을 짓는다. 감동을 받지 않기 때문이다. 우울한 감정을 함께 나타낸다.

■ 성격의 변화

"예전의 아버지가 아니십니다. 하시는 언행이 이상해졌습니다. 그래서 모시고 왔습니다." 부모를 모시고 진료를 받으러 온 초기 치매환자의 자녀 이야기다. 평생 온유했던 분이 어느 날 갑자기 차마 입으로 담기도 민망한 육두문자로 욕설을 하더라는 것이다.

초기 단계의 치매환자는 감정이 불안정해서 쉽게 흥분하는 경향이 있다. 불안한 마음에 신경이 예민해지고 가족 곁을 떠나지 않으려 한다. 배우자나 자식 등의 식구와 조금만 떨어져 있어도 불안하여 수시로 전화를 걸어 집에 빨리 들어오라고 볶아댄다.

대수롭지 않은 일에 불같이 화를 내며 소리를 지르고 거친 말을 하고 물건을 집어던지고 때려부순다. 건강을 생각하여 술을 많이 드시지 말라는 자식의 충고에 버럭 화를 낸다. 평소에 애지중지하던 물건을 갑자기 무관심하게 대한다. 또한 대수롭지 않은 일에 눈물을 자주 흘려 주위사람들을 어리둥절하게 만든다.

어느 할머니는 이유도 없이 동네사람들을 미워해서 자녀들이 보건소에 모시고 가서 치매 진단을 받고 병원에 입원시켰다.

성격 변화가 오면 수면장애로 밤과 낮을 구분하지 못하여 낮에 잠을 늘어지게 자고, 밤이 되면 잠을 자지 않고 온 식구를 깨워놓기도 한다.

한밤중에 밖으로 나가려 한다. 늦은 밤이 되도록 불을 켜놓고 잠을 자지 않고 소리를 지른다. 아침 일찍 학교에 가야 할 손자를 잠 못 자게 하고 온 집안을 지옥으로 만든다. 치매환자의 성격 변화는 가정파괴를 두려워하지 않는다.

■ 탈억제dysinhibition

우리는 일상생활을 한다. 그러면서 하고 싶은 말과 행동을 마음대로 하지 않고 억제하며 산다. 억제inhibition란 본능적으로 하고 싶은 욕구를 억누르고 자신의 행동을 관찰하면서 자동화된 반응과 충동을 조절하는 기능이다. 치매에 걸리면 이러한 기능에 장애가 온다. 탈억제disinhibition란 위험에 대한 평가나 도덕적인 판단을 고려하지 않은 채 욕망에 따른 충동을 행동으로 나타내는 것이다.

탈억제 증상을 가진 부모를 모시고 온 자녀들이 "아버지의 성격이 마치 참을성 없는 어린아이와 똑같아졌어요"라고 얘기한다. 예를 들어보자.

어느 때 어느 곳에서나 충동에 따라 하고 싶은 대로 행동하려고 한다. 이러한 행동이 통제되면 과도하게 화를 낸다. 음식이 앞에 놓여 있으면 참지 못하고 손으로 집어먹는다. 이성이 앞에 나타나면 옷을 벗기거나 만지려 한다. 탈억제 증상이 심해지면 주변 사람들을 당황하게 만들어 사회생활에서 많은 갈등을 일으킨다. 그러다가 외톨이가 되고, 나중에는 가정생활까지 파탄을 맞게 한다.

탈억제 증상은 전두엽과 관계가 있는데 그 중에서도 안와전두엽이 감정이나 욕망을 억제하는 기능을 가졌다고 알려져 있다. 알츠하이머병이 있으면 이러한 부위에 손상이 와서 억제력을 상실하게 된다. 탈억제 증상이 나타나면 약물을 투여해야 되고, 경우에 따라서는 어쩔 수 없이 신체보호대를 착용시켜야 한다. 치매환자가 병원에 입원하는 대부분의 원인은 기억력 감퇴나 인지기능 장애보다 이상행동 때문인데, 그 중에서도 탈억제가 가장 많은 원인을 차지한다.

■ 치매환자의 감정상태

초기의 치매환자는 감정이 불안정해 쉽게 흥분하는 경향이 있다. 가족이 무심코 한 말에 감정이 격해져 불같이 화를 내고, 공격적인 행동을 취하기도 한다. 대부분의 경우, 현실 속에서 생기는 스트레스에 대한 반응이고 불안이 나타난다. 불안은 치매에서 생기는 가장 흔한 신경 증상이다. 불안 증상은 뇌의 변연계라는 구조적 이상과 밀접한 관계가 있다. 그런데 치매환자는 초기부터 변연계 손상이 나타나는 경우가 흔하게 발생한다.

지남력 장애로 길을 잃고 자기가 어디에 있는지 모르거나, 주위에 낯선 사람들이 있으면 불안해진다. 익숙하지 않은 환경에 처하면 어떻게 대처할지 몰라 당황하게 된다. 이런 상황에 처하게 되면 '내가 바보가 된 기분이다' 혹은 '내가 붕괴되어가는 것 같다'는 생각에 휩싸인다.

치매환자는 상대방에게 저지른 자신의 실수는 인식하지 못할지라도, 그들이 자기에게 불쾌한 표정을 짓거나, 멸시하는 듯한 눈초리를 보이거나, 바보 취급을 당하면 당혹감과 불안감을 느낀다. 그리고 그때 느꼈던 불쾌한 감정을 잊어버리지 않는다. 그뿐만 아니라, 심리적 충격으로 깊은 마음의 상처를 받게 된다. 치매가 진행되었다 하더라도 감정기능과 자아 존중감은 손상을 입지 않고 비교적 말기까지 간직하고 있다. (카토 43)

그러므로 치매를 앓고 있는 노인을 대할 때 가장 주의해야 할 사항은 그들이 아무리 이치에 닿지 않는 말과 행동을 하더라도 그들의 행동을 막거나 화를 내면 안 된다는 점이다. 그들은 자존감이 무너지면 증상이 더욱 악화된다.

다시 말하면, 치매에 걸렸다 하더라도 슬픔이나 외로움, 싫고 좋음이나, 기쁨과 즐거움을 느끼는 감정까지 사라진 것은 아니다. 사람이라면 누구나 자존감이 있다. 치매환자도 마찬가지다. 칭찬하는 말이 무엇보다 치매를 앓는 노인을 기쁘게 한다. 거꾸로 무시하거나 깔보는 듯한 언행은 그 분들의 마음에 큰 상처를 입힐 수 있다. 그러면 상황은 더 악화된다. 치매환자에게 필요한 것은 계속적으로 정서적 지지와 격려를 해주는 것이다.

치매환자는 감정이 단순하여 좋고 싫음을 직선적으로 표출한다. 또한 억제 능력의 저하로 흥분을 잘하고, 어떤 사실이든 곧 잊어버리지만 그때 느꼈던 나쁜 감정은 사라지지 않고 오래 남는다. 치매는 이성적인 판단은 없어지고 제어할 수 없는 감정만 남아 있는 병이다. 물론 말기가 되면 그런 감정마저도 사라진다. 치매는 자기가 치매에 걸렸다는 사실을 전혀 자각하지 못하기 때문에 병원에 입원하고 있어도 왜 자기가 병원에 와 있는지를 전혀 알아차리지 못하는 병이다.

치매는 인생의 역주행

인간은 수정란이 태반에 착상하여 10개월 동안 어머니 뱃속에서 태아로 성장하다가 태어난다. 그 후, 연속적인 발육과정을 거치고 성장이 멈추게 되면 점점 몸이 노쇠의 길을 걷는다. 그러다가 신체의 기능이 고갈되면 생을 마치게 된다. 그런데 치매에 걸리면 이런 성장과정을 역주행하게 된다. 정신적 육체적으로 점점 퇴보하는 과정이 그렇다는 말이다. 달리 말하면, 치매는 인간이 태어나서 걸어왔던 길을 되돌아가는 과정이다. 단지 차이가 있다면 어머니 뱃속에 들어가지 않고 치매에 걸리지 않은 사람과 마찬가지로 태어나기 이전의 상태인 죽음이라는 종착역이 같다는 점이다.

베르나르 베르베르의 『웃음』이란 장편소설은 다음과 같이 인생의 발육과 퇴화 과정을 익살스럽게 표현하고 있다.

2세 때는 똥오줌을 가리는 게 자랑거리이고,

3세 때는 이가 나는 게 자랑거리이다.

12세 때는 친구들이 있다는 게 자랑거리이고,

18세 때는 자동차를 운전할 수 있다는 게 자랑거리이며,

20세 때는 섹스를 할 수 있다는 게 자랑거리이다.

35세 때는 돈이 많은 게 자랑거리이고,

50세 때는 돈이 많은 게 자랑거리이다.

그 다음 60세로 이어진다.

60세 때는 섹스를 할 수 있다는 게 자랑거리이고,

70세 때는 자동차를 운전할 수 있다는 게 자랑거리이다.

75세 때는 친구들이 있다는 게 자랑거리이고,

80세 때는 이가 남아 있는 게 자랑거리이며,

85세 때는 똥·오줌을 가리는 게 자랑거리이다.

(베르베르 1권 131쪽)

　　중년이 되면 누구나 기억력 감퇴가 있듯이 초기 치매도 중년에 시작되는 기억력 장애를 출발점으로 한다. 치매가 진행되어 중기가 되면 행동장애가 나타난다. 이런 행동장애는 천방지축으로 행동하는 사춘기의 반항과정에 해당한다고 할 수 있다. 인간의 정상적인 발달 과정에서 청·장년기까지는 인지기능이 정상적으로 유지되지만 치매의 경우에는 기능이 쇠퇴하면서 점점 더 어린아이의 행동과 흡사해진다. 언행은 어린아이처럼 되어간다. 치매가 오래되어 중증이 되면 돌 이전의 갓난아이처럼 말을 할 수도 없고, 걸을 수조차 없게 된다.

　　갓 태어난 아기가 어머니의 젖을 빨아 삼킬 수 있듯이 치매의 마지막 단계는 오직 미음이나 물을 겨우 삼킬 수 있는 연하기능을 유지하다가 그 기능마저 없어지면 생을 마감하게 된다. 몸무게가 35킬로그램도 되지 않는 치매환자가 대부분이다. 치매의 마지막 단계가 되면 자세도 어머니 자궁 속에 있던 태아의 모양을 닮아간다. 온몸을 웅크리고 팔·다리 관절이 바짝 달라붙어서 태아와 유사한 자세로 변한다. 단지 어머니 뱃속으로 다시 들어갈 수 없을 뿐이다.

이 땅에 인간으로 태어났다가 다시 자연으로 돌아가는 과정을 치매는 잘 보여주고 있다. 치매환자는 자연에서 왔다가 자연으로 돌아가는 인생의 여정을 보여주는 우리의 스승이다. 그런 과정을 실제 예를 통해 살펴보기로 하자. (진료지침서 330쪽)

상대적으로 젊은 50, 60대부터 시작되는 약년성若年性, juvenile 치매는 삼킴기능에 특히 문제가 발생하는 경우가 많다. 진행속도도 빠르고 측두엽에 많은 손상을 주기 때문에 언어장애가 현저히 나타난다. (크리스 249)

알츠하이머 치매는 기억력 감퇴 후, 언어능력의 저하, 계산능력의 저하, 방향감각의 소실 순서로 시·공간 능력이 저하된다. 그리고 성격과 감정의 변화, 지적기능의 저하, 운동력의 저하 등의 증상을 보인다. (김철수 85)

초기 증상

치매의 초기는 가족이나 동료들이 환자의 언행에 문제가 있다고 느끼기 시작하는 시기이다. 대표적인 증상은 기억력 감퇴이다. 기억력이 감퇴하면 치매의 시작이 아닌가를 걱정한다. 그렇다고 해서 치매에 걸리면 어쩌나 하고 너무 걱정할 필요는 없다.

중년기 이후부터는 뇌세포가 파괴되기 시작한다. 그러므로 기억력 감퇴는 노화과정에서 누구나 겪는 증상이다. 치매에서 나타나는 건망증의 특징은 앞에서 언급한 대로 일반적인 건망증과는 차이가 있다.

치매 초기에는 최근에 벌어졌던 일은 기억하지 못하지만, 오래된 일은 잊어버리지 않는다. 우리가 일반적으로 말하는 건망증은 체험의 일부에 대한 기억장애다. 그러나 치매에서 나타나는 기억장애는 체험한 일 자체를 통째로 기억하지 못한다.

예를 들면, 건망증에서는 약속한 사실을 순간적으로 깜빡하여 약속을 어길 수 있지만, 약속했다는 사실 자체를 잊어버리지는 않는다. 그러나 치매환자의 경우에는 약속했다는 그 사실 자체를 잊어버려 약속이 기억에 남아 있지 않다. 물건을 보관해둔 사실을 기억하지 못하고 도둑맞았다고 의심하는 일이 흔히 발생한다. 조금 전의 기억과 중간의 기억이 사라져서 과거의 기억과 현실이 때로 혼동을 일으키기도 한다. (카토 54)

치매에 걸리면 언어능력 저하가 오는데, 초기에는 자신이 의도하는 이야기를 적절히 표현하지 못하고 장황하게 설명을 많이하며, 여기서 더 진행하면 횡설수설하고 어순이 맞지 않는 말을 하게 된다.

능숙하게 처리했던 업무도 서툴러지게 된다. 예를 들면, 지금까지 잘 해 오던 자금관리에 어려움을 겪거나, 작업지시를 제대로 못 따르거나, 운전도 제대로 하지 못하게 된다. 물건을 사러가서도 시장 보기가 힘들고, 요리를 하고 나서 가스 불 끄는 것을 잊어버리는 등 집안일을 제대로 처리하지 못하게 된다. 최근에 일어난 일들을 자주 잊어버리거나, 방금 전에 했던 말이나 질문을 되풀이하는 일이 자주 발생한다.

글씨를 잘 쓰지 못하고, 간단한 계산도 못 하게 된다. 공간에 대한 시각적 감각이 소실돼 늘 다니던 길도 헤맨다. 간단한 퍼즐을 맞추거나 도형을 따라 그리는 것도 못 한다. 옷을 입거나 목욕, 머리를 빗을 때도 다른 사람의 도움을 받아야 한다.

병이 진행될수록 전두엽 장애가 심해져 성격과 감정의 변화가 나타나고, 기복도 심해진다. 판단력, 이해력, 기획력 같은 종합적 사고도 떨어진다. 언행이 좀더 공격적으로 변하거나 의존적인 경향이 심해져 무기력한 증상들도 나타난다. (김철수 88)

아침과 점심에 커피를 마셨는데 저녁이 되면 그 사실을 다 잊어버린다. 가스레인지 불을 1시간 후에 꺼달라고 부탁했는데, 그 사실 자체를 기억하지 못한다. 아예 그런 부탁을 받은 적이 없다고 말한다. 옷을 다 갠 후 그것을 옷장에다 넣어두려고 옷장 앞에 다가가서는 무슨 일 때문에 거기에 왔는지를 모르고 멍하니 서 있게 된다. 그리고 물건을 납품받고도 그 사실을 잊어버린 어느 사장의 기억력 장애 이야기다.

사업을 하는 어느 사장은 분명히 물품을 지난 주에 납품받았다. 그 사실을 잊어버린 사장은 물건이 들어오지 않았다고 두 번이나 납품을 재촉하는 전화를 하였다. 그 후, 확인차 담당자에게 알아보니 분명히 물건은 납품되어 있었다. 자초지종을 보고받은 사장은 "난 그런 전화를 한 적 없어. 바보 같은 소리는 그만해"라며 불쾌한 표정을 짓더니 마침 마구 화를 냈다.

기억력 장애가 온 어느 가정주부가 오늘 저녁 반찬은 생선구이를 하려고 시장에 갔다. 막상 시장에 도착하자 무슨 반찬을 준비해야 할지 몰라 주저하다 그냥 빈손으로 돌아온다. 냉장고에 넣어둔 반찬거리를 잊어버리고 시장에 갈 때마다 같은 반찬거리를 사들인다. 음식을 하면서 간을 조금 전에 보고도 그 기억이 금방 사라져 소금을 수시로 더 집어넣는다. 이런 증상도 초기 치매의 기억력장애로 나타나는 현상이다.

중기의 증상

치매가 중기에 접어들면 기억력 감퇴는 물론이고 판단력과 사고력이 저하되어 일상생활에 다른 사람의 도움이 필요하게 된다. 시공간 감각을 상실하여 자신이 있는 장소를 알지 못한다. 또 비누나 방향제, 휴지 등 먹어서 안 될 물건을 먹는다. 물건을 놓아둔 장소를 잊어버리고 도둑을 맞았다고 생각한다. 요실금 증상이 비교적 이른 단계에서 나타나고 변실금 증상을 보이면서 변을 만지거나 벽에 바른다. (카토 32)

자기 집에 있으면서도 집으로 돌아가겠다고 말한다. 밤중에 잠에서 깨어 대문 밖으로 나가려는 경우가 잦아진다. 아랫마을에 내려갔다가

집을 못 찾아 아는 사람이 모시고 오는 일이 생긴다. 대변을 본 후 뒤처리를 하지 않는다.(이동현 113)

한밤중에 일어나서는 볼륨을 크게 올린 후 텔레비전을 보거나, 거실 탁자를 두드리면서 괴성을 지르는 행동을 한다. 평소에 익숙했던 문장들이 잘 이해되지 않고 질문의 핵심도 알아듣지 못한다. (크리스틴 53)

수없이 다니던 길이지만 갈래 길이 나오면 우회전을 해야 될지, 좌회전을 해야 될지 헷갈려 한다. 출근길을 가끔 잃어버린다. (크리스틴 59)

텔레비전을 보면서도 내가 지금 무엇을 보고 있는지 헷갈릴 때가 많다. 텔레비전에 나오는 사람들의 이야기가 너무 빠르거나, 발음이 분명하지 않거나, 음악이 이야기와 동시에 진행되면 음악도 이야기도 모두 잊어버린다. (크리스 107)

잘 다니던 길도 잃어버리고, 단순한 숫자 계산능력도 떨어진다. 능숙하게 사용하던 가전제품이나 기계를 작동시키지 못하게 된다. 점점 더 진행되면 이상행동과 심리증상이 나타나게 된다. 치매환자의 이상행동 증상은 약 1~2년 동안 지속되다가 그친다.

말기의 증상

치매 말기가 되면 아들이나 손자도 알아보지 못한다. 더 심해지면 한솥밥을 먹으며 살고 있는 식구의 얼굴도 알아보지 못하게 된다. 20년 넘게 같이 산 며느리에게 "간호사님도 힘드시겠어요. 집은 어디시죠? 가족은 있어요?"라고 한다.

치매 말기가 되면 독립적인 생활이 불가능해진다. 왜냐 하면 식사,

옷 입기, 세수, 대·소변 가리기에 전적으로 도움이 필요하기 때문이다. 대부분의 기억을 상실하여 최후에는 자신의 이름이나 고향과 나이도 모르게 된다.

치매가 마지막 단계에 이르면 정신활동뿐 아니라 신체활동을 제어하는 기본적인 뇌세포마저 손상을 입게 되어 뇌는 더 이상 신체에 명령을 내릴 수 없는 상태가 된다. 인간의 뇌는 나이가 들수록 줄어든다. 이런 현상은 영장류를 포함한 모든 동물 중에서 사람에게만 있는 유일한 현상이라고 한다. 사람은 나이가 들면서 뇌가 점점 위축되어 80세에는 평균적으로 원래 무게의 125퍼센트가 줄어드는 것으로 밝혀졌다. (월퍼트 72)

신체장애는 비교적 후기에 나타난다. 보행장애를 보이다가 고도의 인지장애와 요실금과 변실금 증상을 보인다. 더 진행되면 말도 제대로 하지 못하고 알아들을 수 없는 소리만 내게 된다. 혼자서 수저질도 할 수 없는 상태가 된다. 식사시간이 되면 이러한 어르신들에게 수저로 일일이 밥을 떠넣어드려야 한다.

근육이 굳어져 걸음도 제대로 걸을 수 없어 와상상태가 된다. 병상을 벗어나지 못하고 움직이지 않다 보면 몸을 뒤척일 수조차 없어 체위변경을 시켜줘야 한다. 또한 삼킴능력이 떨어져 사래가 잘 들리고 음식을 먹을 수 없는 상태에 이르게 되면 몸에 비축된 영양소가 소모된다. 말기의 치매환자는 모든 기능이 고갈되어 합병증이나 감염증으로 인해 사망하는 경우가 대부분이다. (카토 34)

■ 판단력 장애가 주는 불행과 행복

판단력 장애는 인지기능 장애 증상 중 하나다. 상황에 따른 적절한 판단력이 결여되어 있다. 어느 환자는 비가 거세게 내려 정원이 물바다가 되었는데, 배수관이 터져서 그렇게 되었다고 착각하여 놀랐다고 한다.

어느 환자는 며느리를 어머니라고 착각하여 졸졸 따라다니기도 하였다. 다른 환자를 자기 어머니라고 믿고 날마다 시중을 들겠다는 치매 환자도 있다. 휴지가 물에 젖어 못 쓰게 되었다고 물티슈를 줄줄이 꺼내서 버리는 환자도 있다. 어느 80세 된 남자환자는 다른 여자를 자기 부인으로 착각하여 자꾸 그 환자가 있는 병실로 들어가서 말을 걸고, 만지려 하여 상대 할머니를 놀라게 하였다. 말기가 되면 기억력 장애와 판단력 장애가 더 심해진다. 어느 교수님의 기억력 상실로 인한 애달픈 이야기를 하나 더 들어보자.

박 교수는 북한에 두고 온 처자가 있었으나 분단으로 애석하게도 생이별이 되고 말았다.

북한에 두고 온 부인에 대한 사랑이 극진했던 모양이다. 그러나 삶의 일상이란 어쩔 수 없는 일, 남한에서 훌륭한 여인을 만나 재혼을 하였고 행복하게 살았다. 박 교수는 인품이 매우 훌륭한 분이었고 대학자였다. 그런데 말년에 알츠하이머병에 걸렸다. 반백 년을 같이 산 부인을 깡그리 잊어버리고 옛 부인에 대한 그리움만 이야기하고, 시중 드는 부인에게 옛 부인이 문간에 와 있으니 빨리 나가 보라고 호통만 친다.

평생을 박 교수만 믿고 살아온 부인은 말년에 남편 시중을 극진히 들면서도 야속한 세월을 보내야만 했다. (김용옥 21)

치매가 진행되면 여름철에 겨울옷을 입는 등 계절이나 상황에 맞게 옷을 가려서 입지 못한다. 또 옷을 입는 순서를 모른다. 윗도리 소매를 바짓가랑이로 알고 발을 집어넣는다. 판단력 장애 때문에 벌어지는 일이다. 그렇다고 판단력 장애가 항상 사람을 불행하게 하는 것은 아니다. 어느 할머니의 이야기를 들어보자.

어느 여자환자는 새로 지은 요양원에 첫 환자로 입소를 하게 되었다. 아무도 없는 집에 처음으로 들어가 혼자 살게 되니 그 요양원을 자기 아들이 어머니를 위해서 지어준 집이라고 믿게 되었다. 요양원장도 그렇다고 할머니에게 말하였다.

자기가 요양원의 주인이라고 생각한 할머니는 수시로 돌아다니면서 전기불이 켜져 있으면 불을 끄고, 수도꼭지가 덜 잠겨 물이 나오면 꼭꼭 잠갔다. 온 방을 다니면서 다른 환자들에게 물과 전기를 절약하도록 주의를 주기도 하였다. 마당과 복도청소도 게을리하지 않았다. 그렇게 움직이다 보니 건강상태도 더 좋아졌다. 물론 요양원 당국에서도 할머니를 소중히 여기며 친절하게 대해주었다. 그녀는 항상 기쁜 마음으로 요양원의 주인 행세를 하면서 삶을 마칠 때까지 행복한 나날을 보냈다. 행복한 판단력 장애였다.

■ 치매환자의 삼킴(연하)능력장애

치매 말기가 되면 삼킴능력이 저하된다. 그래서 음식을 먹다 사래가 자주 들리고, 잘못되면 숨구멍이 막혀 질식사도 할 수 있다. 이럴 때 콧줄을 꼽아서 음식물을 공급하여 영양상태를 개선시켜주면 건강을 되찾을 수 있는 경우도 있다. 그 뒤에는 다시 입으로 음식을 먹을 수 있게 된다. 그러나 치매가 심해지면 이런 호전을 기대하기가 힘들다.

치매환자는 중추신경 기능이 저하되어 있으므로 먹을 때 기관氣管 입구의 뚜껑후두개이 잘 닫히지 않아 음식물이 숨구멍기관으로 들어가기 쉽다. 그러면 음식물로 기관이 막혀 질식사를 하거나 폐렴이 발병할 수 있다. 요양병원에서는 흔히 이를 예방하기 위해 관을 통해서 음식물을 공급해준다.

그 방법으로는 콧줄비위관을 삽입하여 영양을 공급하거나, 이것이 힘들 경우에는 위에 내시경을 집어넣어 조작하고, 바깥 쪽에서는 수술기구를 사용하여 통로를 만들어 관을 위에 연결시켜 유동식을 공급하는 경피적 내시경 위루관PEG tube, percutaneous endoscopic tube으로 영양공급을 시킬 수 있는 방법이 있다. 관을 경유하여 영양을 공급하는 이러한 방법을 경관영양법経管営養法이라 한다.

치매로 부모님이 삼킴능력이 저하되어 영양분을 받아들이지 못하게 되면, 가족들은 생명연장 조치를 취하지 않아서 굶겨 죽였다는 죄책감을 갖게 될 수 있다. 이런 경우 영양을 공급하기 위한 수단으로 경관영양법을 선택한다. 또 질식이나 폐렴을 예방하기 위해 이러한 조치들을 하는 경우도 있다.

그러나 폐렴을 방지하기 위해 선택한 경관영양법이 오히려 폐렴을 일으킬 수 있다는 연구결과가 있다. 콧줄을 통해서, 혹은 위루술을 통해서 음식물을 집어넣으면 음식물이 몸의 위치에 따라서 쉽게 식도를 역류하여 목구멍까지 올라올 수 있다고 한다. 그 이유는 정상인이라면 식도와 위가 접합하는 부위에 역류를 방지하는 기능이 있지만 노인들에게는 그 기능이 저하되어 있어 위에 들어간 음식물이 식도로 역류하기 때문이다.

경관영양을 받고 있는 노인들에게 폐렴을 일으키기 쉬운 조건을 만들어주는 또 하나의 요인이 있다. 그것은 입을 통해 음식을 먹는 경우에 비해 침의 양이 줄어든다. 그러므로 입안이 마른다. 또 침에 의한 멸균작용이 줄어들어 잡균이 번식하기 쉽다. 그래서 기도의 감염을 유발한다는 것이다. 그러므로 삼킴기능이 약화된 환자에게 이러한 경관영양법이 능사만은 아니다. (이시토비 34)

치매의 치료

치매는 일단 발병하면 완치가 불가능한 경우가 대부분이다. 그러나 너무 절망적으로 생각해서는 안 된다. 고혈압이나 당뇨가 완치불가의 병이지만 관리를 잘하면 질병의 피해를 벗어날 수 있는 것처럼 치매도 관리가 가능한 병이다. 생활습관을 개선하고 운동을 꾸준히 하면서 약물의 도움을 받으면 질병의 진행을 늦추고 증상을 호전시킬 수 있다.

약물치료를 시작하면 인지기능 감퇴나 문제행동 같은 증상을 호전시키거나 경감시킬 수 있다. 장기적으로는 진행속도를 낮춰주고 합병증의 발생도 예방하여 삶의 질을 높일 수 있다. 발병 초기부터 약물치료를 시작한 사람은 그렇지 않은 사람에 비해 5년 후 요양원에 입소하게 될 확률이 25퍼센트 수준으로 줄어든다.

치매환자에서 가장 중요한 약물치료는 아세틸콜린의 농도를 높여주는 약물이다. 아세틸콜린은 기억력을 비롯한 인지기능을 담당하는 핵심이 되는 신경전달물질이다.

이러한 약물에는 아세틸콜린을 직접 높여주는 약물과 아세틸콜린 분해효소 억제제가 있다. 이상행동과 심리증상이 나타나면 그 증상에 따라 효과를 보이는 약물을 투여한다.

생활요법을 통해서도 증상의 개선이 가능하다. 충분히 햇볕을 쬐고, 잠자는 시간을 규칙적으로 유지하는 것이 치매치료에 도움이 된다. 운동은 인지기능 향상과 관계가 있다. 운동은 뇌를 자극한다. 현재는 의학의 발달로 15~20년 이상의 생존이 가능하다. 치매환자가 사망하는 원인으로는 폐렴, 요로감염증, 패혈증, 질식 등이 있다.

치매의 예방법

치매의 예방법을 말하기 전에 중국의 고사를 먼저 들어보기로 하자.

중국 한나라 시대의 화타華佗/華陀, ? ~ 208?는 못 고치는 병이 없다고 소문이 난 명의였다.

어느 날 임금이 화타에게 물었다.

"그대의 두 형도 의사라고 하던데 이 세상에서 누구의 의술이 제일 뛰어난가?"

화타가 대답했다.

"큰 형님이 제일 뛰어납니다. 큰 형님은 사람의 얼굴빛만 보고도 앞으로 그 사람에게 어떤 병이 발생할지를 압니다. 그리고 그 원인을 제거하여 병을 앓지 않게 합니다. 그런데 정작 고통을 받지 않고 병이 나은 사람들에게선 인정을 받지 못하고 있습니다."

그 말을 듣고 있던 위나라 임금이 놀라워하며 물었다.

"그럼 두 번째로 뛰어난 사람은 누구인가?"

화타가 대답하였다.

"그 다음은 둘째 형님입니다. 둘째 형님은 가벼운 증세로 찾아온 사람들이 더 이상 악화되지 않고 바로 낫게 합니다. 그러나 사람들은 자신의 작은 병이 큰 병을 막아주었다고 알지 못합니다. 때문에 명의라고 인정하지 않습니다."

"임금은 화타에게 묻습니다. "그대는 어떤 의사인가?" 저는 환자의 병이 커진 상태가 되어서야 비로소 병을 알고 치료를 합니다. 그렇게 되면 비싼 약을 먹이거나 수술을 해야 합니다. 이런 사람들은 제가 자신의 큰 병을 고쳐준 명의라고 생각합니다."

어느 질병이나 다 그렇지만 치매도 걸리기 전에 이의 예방을 위해서 노력을 해야 한다. 현대의학은 화타의 큰 형님처럼 질병의 예방을 위하여 예방접종법을 비롯하여 각 질병의 예방법을 자세히 연구하여 발표하고 있다. 치매는 일단 발병하면 완치가 힘든 병이니 예방법을 가볍게 여기지 말아야 한다.

인간의 수명이 길어지면서 부수적인 현상으로 노인성질환이 현저하게 증가하고 있다. 그 대표적인 질환이 치매이다. 치매는 다양한 원인에 의한 뇌기능 이상으로 생기는 병이므로 그 예방법 또한 다양할 수밖에 없다.

그래서 국내외 전문가들은 이해하기 쉬운 홍보수단으로 재미있는 용어를 만들어 전파하고 있다. 그것이 바로 여섯 가지의 인지건강수칙 파스칼PASCAL이다. 운동Physical activity, 금연Anti-smoking, 사회활동Social activity, 두뇌활동Cognitive activity, 절주Alcohol-in moderation, 뇌 건강식사 Lean body mass and healthy diet의 영문 첫 글자를 따서 파스칼PASCAL이라고 말한다.

아주대학교 건강증진사업지원단에서는 파스칼을 진인사대천명盡人事

待天命이라는 우리말로 쉽게 이해하도록 바꾸어놓았다. 각 머리글자는 다음 사항을 권장하고 있다. 진-땀나게 운동하고, 인-정사정 없이 담배 끊고, 사-회활동을 활발히 하고, 대-뇌 활동을 많이하고, 천- 박하게 술을 마시지 말고, 명-을 연장하는 식사로 몸관리를 잘하는 것이 치매를 예방할 수 있는 길이라고 한다. 그 내용을 각각 살펴보기로 하자.

진땀나게 운동하고

치매 예방에 가장 효과적인 운동은 걷기다. 최근 미국에서 지난 1년간 정상노인 120명을 대상으로 한 번에 30분씩 일주일에 3회를 걷게 한 결과, 기억을 담당하는 해마가 2퍼센트 커진다는 결과가 나왔다. 유산소운동을 하는 노인은 나이를 먹으면서 나타나는 뇌의 피질 감소가 덜한 것으로 드러났다. (김철수 153)

운동의 강도는 땀이 날 정도로 1주에 3회 이상 하는 것이 좋다. 건강의 여건상 땀나게 운동할 수 없다면 꾸준히 3킬로미터 이상을 걷는 것이 좋다. 운동을 꾸준히 하다 보면 뇌의 혈류량이 증가하여 해마 부분이 커지고 뇌혈관이 자라나서 뇌에 생긴 노폐물을 걸러준다고 한다. 운동은 뇌 전체를 자극할 뿐 아니라, 측두엽의 해마를 튼튼하게 만들어 기억력을 향상시키고 전두엽 기능을 강화시켜준다고 한다. (김철수 159) 규칙적인 운동을 하면 알츠하이머병에 걸릴 확률을 3분의 1로 줄일 수 있다는 연구결과도 있다.

인정사정 없이 담배 끊고

금연은 꼭 실천해야 한다. 흡연을 하면 피가 응고되어 생긴 피떡이 뇌의 혈액순환을 막아 치매를 일으킨다. '살 만큼 살았는데 얼마나 더 살겠고 담배를 끊어'라고 생각하지 말고 지금 당장이라도 금연은 시작해야 한다.

수명 연장이 아니라, 삶의 질을 위해서 더욱 그렇다. 치매에 걸려 천덕꾸러기가 되면 너무 비참한 노년이 된다. 금연 후 6년이 지나면 인지장애 확률이 40퍼센트 감소한다고 한다. 매일 담배를 한 갑씩 40년 이상을 피운 사람들은 알츠하이머병에 걸릴 확률이 안 피운 사람에 비해 3배나 증가한다.

사회활동 활발히 하고

집에서 은둔생활을 하지 말고 많은 사람을 두루두루 만나야 한다. 다른 사람들과 함께 영화나 여행 등의 여가생활을 즐기면 치매 위험도가 40퍼센트 감소한다.

그 외의 여러 가지 활동, 예를 들면, 아이를 돌보거나 친목단체 활동, 정원 가꾸기, 뜨개질 등의 활동을 두 가지 이상 하면 치매 위험확률이 60퍼센트, 3가지 이상 하면 80퍼센트가 감소한다고 한다.

대뇌활동 많이하고

두뇌활동으로는 독서, 바둑, 오락게임을 하거나 컴퓨터, 악기, 외국어 등을 배우는 것이다. 화투나 카드놀이를 하는 것도 이에 속한다. 뇌

손상을 피하는 것도 치매의 예방에 중요하다.

의식을 잃을 정도의 뇌손상을 경험한 사람은 그렇지 않은 경우에 비해 치매위험이 1.18배 높아진다. 머리를 보호하기 위해 운동할 때에는 보호 장구를 반드시 착용하고, 머리를 부딪쳤을 땐 바로 검사를 받는 것이 좋다.

천박하게 술 마시지 말고

음주 습관도 중요하다. 과음과 폭음은 인지 장애의 확률을 1.7배 높인다고 한다. 적당량으로는 한번에 1~2잔, 1주에 3회 이하의 음주를 권하고 있다.

명을 연장하는 식사

마지막으로 몸무게를 줄이고 뇌건강을 위한 식사를 하는 것이 중요하다. 이를 위해서는 채소와 과일 견과류 등의 식물성 식품과 생선 섭취를 권장하고 있다.

치매환자를 위한 사회복지서비스

치매를 조기에 발견하여 적극적으로 치료·관리할 경우, 건강한 상태를 보다 오래 유지하여 삶의 질을 높일 수 있고, 가족들은 돌봄에 대한 부담이 줄어든다. 치매의 조기발견을 위한 사회복지서비스로는 보건소에서 무료로 시행하는 치매선별검사대상: 만 60세 이상 누구나가 있다. 돈 계산이 힘들어지거나, 추상적인 사고능력에 문제가 생기거나, 자발성의 감소, 직업이나 일상생활에 영향을 줄 정도의 최근 기억력 상실 등의 증상이 나타나면 치매안심센터에 찾아가 검사를 받도록 하자.

■ 조기발견

60세 이상의 사람이면 무료로 1단계 선별검사를 받을 수 있다.

인지저하가 있어 치매가 의심되면 2단계 진단검사신경인지검사, 전문의 진료 등를 받을 수 있다.

3단계 감별검사로는 혈액검사, 뇌영상 촬영 등이 있다.

■ 치매진단을 받으면

치매치료 관리비와 조호助護물품을 받을 수 있다. (기준 중위소득 120퍼센트 이하인 경우)

월 3만원 이내의 치매 약제비와 돌봄에 필요한 조호물품을 제공한다.

실종예방사업으로 경찰서와 연계한 지문 사전 등록서비스 '엄지척' 사업이 있다.

배회 습관이 있는 어르신에게 제공되는 인식표를 옷에 부착해드린다.

■ 치매교육

치매예방관리를 위한 치매예방교실 및 인지강화교실

치매환자쉼터에서 운영하는 인지재활프로그램

치매가족교실

치매환자 가족의 치매와 돌봄에 대한 이해를 높이고, 상호교류를 통한 심리적 부담 경감과 사회적 고립 방지를 위해 정기적인 교육과 모임지원

골다공증이란

노년기에 정신을 황폐화시키는 대표적인 질병이 치매라면, 육체를 고통으로 몰아넣는 대표적인 질병은 골다공증이다. 노인들은 살짝 넘어지기만 해도 뼈가 쉽게 부러진다. 골다공증 때문이다.

골다공증은 뼈의 양이 감소하고 미세 구조 이상으로 뼈가 약해진 상태이다. 골다공증도 고혈압이나 당뇨병처럼 초기에는 아무런 증상이 나타나지 않는다. 그러다 뼈가 점점 더 약해지면서 갑자기 골절을 일으킨다. 그래서 골다공증을 '침묵의 병silent disease'이라고 부른다. 나이가 들수록 골다공증이 심해지기 때문에 평균 수명이 늘어나는 만큼 골절 발생 빈도도 늘어날 수밖에 없다.

골절은 대부분 넘어져서 발생한다. 넘어지는 데는 세 가지 중요한 원인이 있다. 균형감각의 쇠퇴, (약물복용으로 인한) 어지럼증 그리고 근육의 약화 때문이다. 이런 위험요인을 갖지 않은 노인이 1년 사이에 낙상할 확률은 12퍼센트다. 반면에 이런 요인을 모두 갖추고 있다면 낙상확률은 거의 100퍼센트에 가깝다. (아톨 70)

65세 이상의 노인 중 절반은 매년 한 번 이상 넘어진다. 그 횟수는 나이가 들수록 증가한다. 인지장애가 있거나 치매에 걸린다면 낙상 위험은 더욱 증가하게 된다. 낙상으로 인하여 골절이 발생하는 부위는 주로 고관절, 척추, 손목이다.

골절은 노년생활에서 삶의 질을 떨어뜨리고 수명을 단축시키는 흔한 원인 중 하나다. 나이가 들어 골다공증이 심해지면 사소한 충격에도 뼈가 쉽게 부러진다. 걷다가 발을 헛디디거나 미끄러져 넘어지기만 해도, 심지어는 살짝 부딪치기만 해도 골절이 발생한다.

눈 내리는 겨울날이 젊은이들에게는 뽀드득거리는 눈을 밟고 돌아다니면서 군밤을 사먹고 찻집에서 차를 마시며 낭만을 즐기는 날이 되지만, 나이 든 노인에게는 지옥의 문턱이 될 수도 있다. 골다공증이 심한 사람이 눈길에 미끄러지면 대부분 골절을 일으키기 때문이다.

필자가 정형외과를 개원하고 있던 당시 눈 오는 어느 날이었다. 하루에만 6명이 손목 골절로 찾아와 뼈를 맞춰줬던 기억이 생생하다. 팔의 골절은 걸어다닐 수 있어 그래도 다행이다.

다리, 특히 고관절에 골절이 발생하면 통증은 물론이고 앉을 수도 없다. 꼼짝없이 누워 있어야 되고 대·소변을 받아내야 된다. 그렇게 되면 심폐기능이 약해지고 근위축이 오는 것은 물론이고, 정신까지 흐려져 헛소리를 하게 되고, 사람도 알아보지 못하게 될 수 있다. 환자 본인은 물론이고 병을 수발하는 사람도 지옥으로 몰고 간다.

그런 일을 예방하기 위해서는 골다공증의 치료에 대한 의료보험 규정을 완화시켜 골 감소증 시기부터 약물치료를 가능하게 하는 것이 국민건강증진과 건강보험료 절감을 위해서 현명한 대책이 아닌가 생각한다.

골다공증의 위험인자

골다공증의 위험인자에는 선천적인 요인과 후천적인 요인이 있다. 선천적인 요인에는 인종백인과 아시아인에서 많이 발생, 나이, 폐경, 유전적 성향, 골절의 병력, 작은 체구 등이다. 우리로서는 피할 수 없는 사항들이다. 후천적인 요소로는 흡연, 과음, 운동부족, 저체중, 또는 당뇨병이나 류마티스성 관절염 등의 질병과 약제의 부작용 등이 있다.

골다공증의 원인은 유전적 성향이나 노령, 폐경 등등의 자연적 현상으로 오는 1차성이 대부분을 차지한다. 그밖에 다른 질병이나 약물로 인하여 발생하는 2차성 골다공증도 있다. 2차성 골다공증의 원인으로는 부갑상선 기능항진증, 비타민 D 결핍증, 당뇨병 등의 내분비계 질환과 류마티스성 관절염을 비롯한 결합조직질환이 있다. 위장관질환으로 위절제술을 받아서 흡수장애가 오는 경우, 1차성 담관성 간경화증, 만성폐쇄성 황달의 경우가 있다. 골수질환과 악성종양이 있는 경우도 2차성 골다공증이 발생할 수 있다.

골다공증을 예방하기 위해서는 약물복용에도 주의를 기울여야 하는데 부신피질호르몬제스테로이드, 갑상선 호르몬제, 면역억제제, 항경련제, 항우울제 등을 복용할 때는 골다공증 발생 가능성을 염두에 두어야 한다.

이 중 골다공증 발생의 고위험 요소로는 첫째, 심한 저체중, 둘째, 비외상성 골절의 과거력이나 가족력이 있는 경우, 셋째, 외과적 수술로 인한 폐경 또는 40세 이전에 자연 폐경이 발생한 경우 등이다.

골다공증 진단

대한골대사학회에서는 골다공증 진단이 필요한 경우를 다음의 여섯 가지로 정리하고 있다.

첫째, 65세 이상의 여성과 70세 이상의 남성

둘째, 고위험 요소가 1개 이상 있는 65세 미만의 폐경 후 여성

셋째, 폐경기 전의 나이에 비정상적으로 1년 이상 월경이 없는 여성

넷째, 다치지 않았는데 골절비외상성 골절이 된 사람

다섯째, 골다공증을 유발할 수 있는 질환이 있거나 약물을 복용 중인 경우

여섯째, 기타 골다공증 검사가 반드시 필요한 경우

골다공증의 예방

골다공증은 나이가 들어서 나타나는 현상이다. 그렇다고 하지만 골다공증은 예방이 가능한 병이다. 골다공증을 예방하기 위해서는 지속적인 신체의 관리가 필요하다. 적당한 운동을 꾸준히 해야 한다. 또 짠음식을 삼가고, 과도한 음주나 흡연을 피하는 것이 좋다. 햇볕을 하루에 15분 이상은 쬐어야 한다.

뼈를 튼튼하게 유지하기 위해서는 비타민 D의 역할이 필수적이다. 우리 몸에 필요한 비타민 D는 파장 290-315nm의 자외선에 의해 피부에서 생성되거나, 음식을 통해서 얻을 수 있다. 그러나 비타민 D가 다량 함유된 식품은 흔하지 않기 때문에 음식을 통한 섭취는 매우 제한적이다. 햇볕을 쬐는 것이 가장 좋다는 이야기다.

칼시트리올은 활성형 비타민 D로 장에서 칼슘흡수를 촉진시켜서 뼈의 형성에 적합한 환경을 만든다. 비타민 D가 부족하면 칼슘 흡수가 감소하여 뼈의 형성에 필요한 칼슘이 부족해진다.

우리나라에서 비타민 D 결핍은 최근 5년간 급격하게 증가했으며 전인구의 93퍼센트가 결핍증인 것으로 밝혀졌다. 특히 50세 이상의 여성에서 더 심각한 상태라는 연구결과가 있다.

대한골대사학회는 50세 이상의 성인이 골다공증 관리를 위해 하루에 복용해야 하는 비타민 D의 양을 800IU로 권장하고 있다. 또 칼슘의 섭취량은 1일 800~1000mg를 권장하고 있다. 비타민 D 결핍증[혈중 25(OH)D⟨30mg/ml]은 높은 부갑상선호르몬PTH 분비와 높은 골 교체율로 골다공증을 유발할 뿐 아니라 근력을 약화시켜 낙상발생이 자주 일어나게 만든다.

비타민 D는 뼈 건강에 중요한 역할을 한다. 그밖에도 비타민 D는 우리 건강에 수많은 역할을 담당하고 있다. 최근의 연구에 의하면, 비타민 D의 역할 중에서 골형성 작용은 빙산의 일각이라는 것이 밝혀졌다. 비타민 D가 부족하면 골다공증은 물론이고 구루병, 근육경련 등 근골격계 질병을 일으킬 수 있다. 심혈관계질환, 암, 자가면역질환 등에도 영향을 미친다고 한다.

비타민 D의 역할은 육체 건강에만 국한되지 않는다. 정신건강에도 중요한 역할을 담당한다. 비타민 D는 쾌감과 행복감을 주는 신경전달물질인 도파민과 세로토닌의 분비에도 관여한다. 이 때문에 햇볕을 쬐면 기분이 밝아지고 날씨가 궂은 날에는 우울증이 발생할 수 있다. 특히 겨울엔 햇볕을 통한 비타민 D 합성이 어려워짐에 따라 계절성 우울증이 흔히 나타나므로 비타민 D 보충에 더욱 주의가 필요하다. 비타민 D의 부족은 전 생애에 걸쳐서 질병의 위험을 증가시킨다.

비타민 D가 암을 예방한다는 사실은 널리 알려져 있다. 그런데 이 중요한 영양소를 일상식품에서 얻는 것이 쉽지 않다. 가공 처리된 식품에도 비타민 D가 그다지 많이 들어있지 않다고 한다. 비타민 D를 얻기 위해서는 조금 더 부지런해져야 한다. 맑은 날밖에 나가 햇볕을 쬐면 필요한 만큼의 비타민 D를 어렵지 않게 얻을 수 있다.

비타민 D의 효능에 대한 자세한 보고

- 칼슘과 인의 흡수를 촉진, 조직 중의 인산을 칼슘과 결합시켜 뼈에 침착시킨다.
- 혈액 중의 칼슘 축적을 조정하는 부갑상선의 기능을 원만하게 해주고, 갑상선의 기능도 건전하게 해준다.
- 구루병, 골다공증과 골연화증을 치료. 치아건강에 필수적: 충치, 골절의 예방
- 생식기능을 나타낸다.
- 면역증강작용: 결핵의 예방 및 치료를 촉진
- 유전자 조절기능: 해당세포의 핵에 들어가 RNA합성을 활성화 시킨다.
- 건선에 유효하다. 피부세포에는 비타민 D 수용체receptor가 존재한다.
- 세포 분열을 촉진한다.
- 암 예방에 효과가 있다. (결장암 및 유방암 예방)
  칼시트리올은 백혈병, 유방암, 흑색종melanoma, 림프암, 대장암의 성장을 억제한다.
- 비타민 A와 함께 감기를 억제한다.
- 식이 중 비타민 D가 부족하면 위산 부족이 된다.
- 비타민 D 5만 단위+칼슘1g을 투여하여 근시가 개선되었다.
- 5만 단위의 비타민 D를 7주간 투여하여 알러지성 결막염이 개선되었다.

- A와 D를 동시에 투여한 그룹에서 80퍼센트가 감기횟수가 감소, 또는 개선되었다.
- 혈압 조절에 관여 가능성(칼슘 대사를 통하여)
- 비타민 D의 공급이 충분하지 않으면 인체는 정상적으로 인슐린을 분비할 수 없으며, 당대사도 적절히 수행할 수 없다. (건강정보 2012.05.25. 14:26)
- 근력을 강화시켜서 낙상을 예방할 수 있다.
- 치매의 예방에 도움이 된다.

수술을 해약한 어느 할머니

칠십대 후반의 할머니가 무릎관절이 아프다고 진찰실로 찾아왔다. 3개월 후에 인공관절 수술을 받기로 대학병원에 예약을 해놓았지만 아파서 견딜 수 없다고 한다. 무릎 사진을 찍어 보니 심한 퇴행성관절염 소견을 보였다.

"뼈가 심하게 닳았습니다. 기계를 오래 사용하면 닳듯이 사람의 몸도 그렇게 됩니다. 수술을 받으시더라도 그 전에 꼭 해야 할 일이 있어요"라고 나는 말했다. 할머니는 귀를 기울이며 "그것이 무엇인데요?"라고 물었다. "무릎근육 강화운동이 필요합니다. 그래야 쉽게 걸을 수 있고, 수술 후 경과도 좋아집니다"라고 말했다. 무릎근육 강화운동을 가르쳐 드렸다.

한두 달이 지난 어느 날 그 할머니가 보따리를 들고 진찰실로 찾아왔다. "원장님 고맙습니다. 원장님이 하라는 대로 운동을 했더니 안 아파져 수술을 해약했습니다. 너무 고마워서 참깨를 가지고 왔습니다"라고 말하며 보따리를 내밀었다. 그 뒤로 할머니는 때때로 보따리에 잡곡을 들고 오거나 과일을 들고 진찰실을 찾아왔다. 그때마다 무릎 상태가 너무 좋아졌다고 고맙다는 말을 빼놓지 않았다.

그 후, 1년이 넘게 찾아오시던 할머니의 발길이 뚝 끊어졌다. 들리는 소식에 따르면, 얼마 전에 교통사고로 돌아가셨다는 것이다. 그 말을 듣자 사고를 낸 운전자가 원망스러웠다. 의사의 말을 잘 따르던 좋은 할머니였는데 서운함이 오래 남았다.

이처럼 근력강화운동은 노인들에서 필수적인 운동이다. 통증을 줄여주고 활동력을 증가시켜 삶의 질을 향상시킨다. 삶을 마감하기 전에 침상에서 지내는 기간을 줄여준다. 노년에 의료비 지출을 줄여주는 것도 근력강화운동이 가져다주는 혜택이다. 근력강화를 위해서는 운동뿐 아니라 비타민 D의 역할도 중요하다.

건강한 노후를 위해 마스크를 벗자

노년이 되면 이런저런 이유로 건강보조식품을 비롯하여 혈압약 등의 여러 가지 약을 달아놓고 먹게 된다. 그 중에는 뼈를 튼튼하게 한다는 칼슘제도 포함된다. 좀 과장되게 표현하자면, 하루에 한 주먹 넘는 약이나 건강보조식품을 복용한다. 그것만으로도 배가 부를 지경인 것이 요즘 한국 노인들의 현실이다.

그런데 그렇게 건강을 염려하는 한국인들이 건강악화보다는 피부노화를 더 염려한다는 사실이다. 한국에서는 햇볕에 그을린 까무잡잡한 피부가 건강을 상징하는 색깔이 아니라, 팍팍한 삶을 살아가는 서민의 피부색으로 알려졌다. 한국인이 햇볕을 멀리하는 이유다. 그래서 건강을 위해 걷기를 한다면서 마스크를 끼고 선글라스를 착용하고 긴팔옷을 입고, 그것도 모자라 자외선 차단제를 피부가 노출되는 곳마다 빈틈없이 바른다. 마치 햇볕이 부모를 죽인 원수로 여겨 한사코 피하려 한다. 그런 문화의 영향으로, 최근 질병관리본부 통계에 따르면, 한국인의 비타민 D 결핍률은 매우 높아서 성인 남성의 91.3퍼센트와 여성의 95.9퍼센트가 비타민 D 결핍증에 걸려 있다고 한다. (아크로팬, 2017.8.14.)

어느 날 미모의 여인이 부잣집 대문을 두드렸다. 주인이 문을 열어보니 꿈 속에서도 볼 수 없었던 절세미인 공덕천이 그곳에 서 있었다. 자기는 재물과 행운을 늘려주는 여자인데, 하룻밤만 잠을 재워달라는 것이었다. 주인은 뛸 듯이 기뻐하며 그녀의 손을 잡고 집안으로 맞아들였다. 그런데 이게 웬일인가. 바로 뒤에 추악하게 생긴 여자가 바로 뒤따라 들어왔다. 이름이 흑암천이라는 불행을 가져다주는 여자였다. 주인은 기겁을 해서 그녀를 쫓아내려 했다. 그러자 흑암천은 "당신은 참 어리석군요. 앞서 맞이한 여자가 바로 나의 언니예요. 나는 항상 언니와 함께 있어야 해요"라고 말하는 것이었다. 언니에게 물어보아도 똑같이 대답 했다. 주인은 한참 생각하다가 둘 다 쫓아내버리고 말았다.

이처럼 이 세상에는 일방적으로 인간에게 좋은 것도 없고, 또 해로운 것도 없다. 손바닥과 손등을 따로 나눌 수 없듯이 자연의 해로움을 떼어내버리고 이로움만 독차지할 수는 없다. 햇볕도 마찬가지다. 인간을 탄생시킨 것은 자연이다. 자연은 어머니 품과 같은 존재다.

햇볕도 인간에게 흑암천의 역할을 한다. 햇볕 속에 있는 자외선에 과다하게 노출되면 피부건강에 좋지 않을 수 있다. 따라서 햇볕도 적당히 쬐어야 한다. 햇볕은 비타민 D의 형성에 꼭 필요하다. 그러나 피부와 관련된 문제는 대부분 햇빛 때문에 발생한다. 노화된 피부는 특히 자외선에 손상되기 쉽다.

미국신경학회 학술지 『신경학Neurology』에 따르면 비타민 D가 부족하면 알츠하이머 치매를 포함한 모든 형태의 치매에 걸릴 위험이 높다고 한다. 비타민 D가 조금 부족한 경우, 치매 위험이 50~60퍼센트, 많이 부족한 경우 120퍼센트까지 높아진다는 것이다. 나이가 어느 정도 있는 사람들은 치매 예방을 위해서라도 산책을 하면서 비타민 D를 보충하는 것이 필요하다.

노년의 내실을 위하여 우리가 두려워할 것은 얼굴에 생기는 잡티나 그을린 피부보다 골절예방과 건강한 삶이다. 노후의 삶의 질을 향상시키기 위하여 하늘에서 내려주는 보약을 거부하지 말고, 듬뿍 받아 활기찬 노후를 즐기도록 노력한다.

지금까지 요양병원을 피할 수 없게 만드는 두 가지 질병에 대하여 알아보았다. 이젠 노년의 실상을 알아보고, 어떠한 몸과 마음가짐으로 살아야 아름다운 노년을 보낼 수 있고, 요양병원 입원 생활을 품위있게 할 수 있는지 다음 제3부에서 생각해 보자.

03

품격 있는
노년을 위하여

후박(厚薄)이란 말이 있습니다. 후(厚)는 지나치지 않는 것이고, 박(薄)은 부족하지 않는 것입니다.

다시 말해 중도(中道)를 의미하는 말입니다. 자연에 사계절이 있듯이 인생에도 시기가 있습니다.

만물이 나고 자라고 열매를 맺듯이, 사람도 시기를 놓치지 않아야 노년을 아름답고 편안하게 지낼 수 있습니다.

사람이 나이 드는 것은 보편적인 자연현상입니다. 아름답게 나이 들려면 그것은 자신이 만들어야 합니다.

노년기에는 세상의 애착(愛着)·탐착(貪着)·원착(怨着)을 내려놓아야 합니다.

애착은 사랑하는 사람과의 이별을 견디지 못하는 것이고, 탐착은 재색명리(財色名利)에 대한 욕심이며,

원착은 미워하는 사람을 용서하지 못하는 것입니다. 이 세 가지를 버리지 않고서는

결코 아름답고 품격 있는 노년을 살아갈 수 없습니다. 《오늘, 행복학교》의 슬로건이 담긴 이야기입니다.

노년과 효 사상

우리나라의 효 사상

유교사상을 윤리의 근간으로 삼는 우리나라에서 모든 윤리는 효孝를 바탕으로 한다고 본다. 이를 근거로 삼았던 것은 "효는 모든 덕행의 근본이며, 또한 교화의 근원이다"라고 주장했던 공자사상에서 비롯된다. 공자는 또 『논어』의 「위정편爲政篇」에서 "부모 생전에는 예를 다하여 모시고, 돌아가시면 예로써 장사지내며, 제사지낼 때는 예를 어기지 않는다"라고 말하였다. (차용준 17)

효의 일반적인 의미는 자식이 부모를 곁에 모시면서 정성껏 잘 섬기는 것이다. 부모님이 겪는 고통을 덜어주고 마음을 편하게 해드리는 것이다. 그런데 효 사상이 당대의 규범으로 지배하던 조선시대에 그 정도의 일상적인 효는 모든 사람이 당연한 도리로 알고 지켰다. 남에게 칭송받을 정도의 효를 실천하기 위해서는 일찍이 없었던 일상에서 벗어난

효여야 했다. 그래서 효성이 지극하면 하늘이 감동하고, 이루어질 수 없는 일이 벌어진다고 했다.

이러한 사회적 상황에 영향을 받아 조선시대의 효는 현실에서 이루어질 수 없는 엽기적인 방법이나 설화적인 방식으로 진행되었다. 이러한 문화를 탄생시킬 수 있는 배경에는 우리의 언어적 표현도 한몫을 담당하였다고 볼 수 있다.

지성至誠이면 감천感天, 정신일도하사불성精神一到何事不成, 일체유심조一切唯心造라는 말들이 합세하여 전개된 현상이 아닌가 싶다. 이런 사상이 지배하는 사회에서는 효성이 지극하면 부모를 위해 못 할 일이 없고, 안 이루어질 일이 없다고 믿게 된다. 그런 사상에 힘입어 조선시대에는 '하늘이 감동하여 벌어진 효[出天之孝]'라 하여 별의별 희귀한 일이 시간과 장소를 가리지 않고 수시로 벌어졌다. 전국의 여기저기에 흩어져 있는 효자비에 기록된 효의 내용 몇 가지만 살펴보기로 하자.

충주시 동량면 대전리 쌍효각의 비석에 새겨진 효자 시희時熙와 시걸時杰 형제의 효행 내용이다. 270여 년 전에 있었던 일이다.

어머니의 병이 나으려면 잉어를 먹어야 한다는 의원의 말에 따라 시희 형제는 마을 근처의 연못에 가서 얼음을 깨고 잉어를 낚으려 하였다. 그러나 번번이 실패하였다. 형 시희가 아우 시걸에게 말했다. "시걸아! 아무리 애를 써도 잉어를 잡을 수가 없는 것은 우리 형제의 정성이 부족하기 때문인 것 같구나. 우리가 얼음 위에서 번갈아 가며 천지신명께 치성을 드려보자" 이렇게 해서 형제는 번갈아가며 여러 날 얼음 위에서 기도를 올렸다. 무릎을 꿇었던 자리에 얼음이 녹아 구멍이 뚫렸다. 치성을 계속 올렸지만 잉어는 잡히지 않았다. 두 형제는 자기들의 효심이 지극하지 못한 것을 한탄하며 얼음판 위에서 일어났다. 바로 이때였다. 별안간 푸드득하며 무릎으로 녹인 얼음 구멍에서 잉어 한 마리가 튀어오르는 것이 아닌가. 그 잉어를 고아드리니 그렇게도 차도가 없던 어머니의 병이 깨끗하게 나았다. 그 후에도 이들 형제는 어머니가 중병으로 실신을 하였을 때 손가락을 깨물어 피를 마시게 하여 소생케 한 적이 한두 번이 아니었다. (홍순응 193)

또 다른 3개의 효자비에 적힌 내용을 간추리면 다음과 같다.

어머니 목에 생긴 악성 종기를 치료하려면 약재와 청개구리를 환부에 붙여야 한다고 의원이 처방하였다. 그러나 한겨울이라 청개구리를 구할 수 없었다. 다른 약재를 만들려고 대추나무 아래서 약탕기를 화롯불에 달이고 있는데 대추나무 가지에서 청개구리가 약탕기 안으로 떨어지는 것이 아닌가. (홍순응 112)

부모님의 약을 구하러 계곡을 넘을 때 호랑이가 지켜주고 길을 인도하여 태워다주었다. 그래서 잔치집에서 얻어 온 부모에게 드릴 밥이 식지 않았다. 자기는 굶어가면서 어머니에게 밥을 드리려고 왕복 100여 리가 되는 길을 걸어다니는 효심에 호랑이가 감동하여 날마다 태워다 준

것이다. 어느 날 호랑이가 나타나지 않았고 깜박 잠이 든 순간 꿈에 나타나 함정에 빠진 호랑이가 울부짖는 것이 아닌가. (홍순응 214)

모순牟恂은 조선 세조 때 진주로 내려와 살았다. 일찍이 효행이 지극하였는데, 모친상을 당하여 상여가 강을 건너지 못하자 하늘에 통곡하니 흐르는 강물이 멈추었다. 마침내 강을 건너 장례를 치렀고, 이 때문에 호를 절강이라 하였다. 모순의 효행을 기리기 위하여 중종 때 효자 정문을 내리고 1632년(인조 10)에 정려비를 세웠다.

위에서 열거한 것처럼 조선시대에 벌어졌던 효의 행적은 마술 경연장에서나 벌어질 수 있는 기이한 사건들이다. 그런 일들이 하늘의 감동으로 이루어졌다는 것이다. 설화적이고 엽기적인 내용이다. 그런 일이 실제로 벌어졌다 치더라도 독창적이지 못한 짝퉁 효였다는 것이 아쉽다.

황당무계한 가상의 세계를 즐기는 중국 설화의 흉내내기 효도였다. 위의 비문에 적힌 효의 내용은 일찍이 중국에 전해 내려오던 효행과 별반 다르지 않은 것들이다. 그 내용을 보면 중국의 상고시대부터 송대까지 있었던 대표적 효행 24가지의 예를 기록한 원나라 곽거경郭居敬의 『이십사효』 내용과 크게 다를 바가 없다. 『이십사효』는 다음과 같은 내용을 담고 있다.

불우한 환경 속에서 부모에게 효성을 다하자 농사일에 코끼리와 새들이 나타나 힘든 일을 대신해주었다는 순舜 임금의 고사, 아들을 불러들이기 위하여 어머니가 손가락을 깨물자 나무하러 갔던 아들 증삼曾參이가 가슴에 통증을 느껴 달려왔다는 효감孝感의 고사, 백리나 되는 먼 길을 어버이를 위하여 쌀을 짊어지고 온 자로子路의 이야기, 사슴의 젖을 짜서 어버이를 봉양하려다가 사냥꾼에게 죽을 뻔한 담자郯子 이야기, 계모가 물고기를 먹고 싶다고 하여 한겨울에 얼음 위에 누워 물고기를 잡으려 하니 얼음이 저절로 벌어지더니 잉어가 튀어올라왔다는 왕상王祥의 고사, 병든 아버지의 병세를 확인하기 위해 변을 맛본 유검루庾黔婁의 고사, 죽순을 구하고자 겨울에 대밭에서 울었던 맹종孟宗의 고사 등이 그 내용이다. (이십사효, 임동석 역주)

조선시대의 효 사상 전개

효 사상은 동서고금을 막론하고 어느 사회에나 존재하였다. 그러나 실천 강도에서는 문화권에 따라 차이가 있었다. 특히 유교문화권인 동양에서는 효가 더욱 강도 높게 강조되었다. 동양의 효는 부모가 살아계셨을 때로만 끝나지 않고, 돌아가신 이후까지도 이어진다. 그래서 돌아가신 다음에도 경건한 마음으로 제사를 지내고, 자손을 낳아 제사를 끊이지 않도록 하는 것도 효도 중의 하나라고 생각하였다. (차용준 18)

효문화는 노인을 존중하고, 의무적으로 부양한다. 또한 노인의 사회적 지위를 확고하게 보존하기 위하여 어떤 희생도 감수하였다. 그 이면을 들여다보면 노인의 부양에 대한 책임을 국가가 떠맡는 것이 아니라,

그 책임을 자식들에게 떠넘기는 제도였다. 국가의 직무유기를 효 사상이 대신한 것이다. 이러한 정책이 확산되고 성공을 거두기 위해서는 보상이 필요했다. 그래서 조선시대에 효행을 인정받게 되면 당사자는 그 대가로 개인적인 포상을 받는 것은 물론이고, 사회적으로도 명예가 올라가고 신분상승의 혜택까지 받을 수 있었다.

이처럼 효를 통해서 얻을 수 있는 수확이 많다 보니 효의 실천은 경쟁적 양상으로 전개되기 시작하였다. 효자로 인정받기 위해서는 남보다 뛰어난 효행의 실천이 필요했다. 일상적인 밋밋한 방법을 뛰어넘어야 했다. 그래서 효행은 엽기적인 양상으로 전개될 수밖에 없었다.

조선에서 효를 실천해야 하는 이유를 요약하면 다음 4가지다. 첫째, 부모의 은혜는 한없이 넓고 크다. 둘째, 부모의 은혜는 반드시 갚아야 한다. 셋째, 효성에는 하늘이 감응한다. 넷째, 부모에게 효도하면 복을 받는다.(차용준 47)

이런 내용을 잘 뜯어보면 종교와 국가권력의 결탁이다. 국가가 노약자의 부양책임을 회피하기 위해 그럴 듯한 유교의 가설을 도입한 것이다. 이러한 결탁이 있기 전 고려시대까지의 효 관념은 『효경』이나 『논어』 등을 이론적 배경으로 하는 실천적 수준이었다. 효 관념이 정치적 사회적 규범으로 자리잡게 된 것은 조선조에서 주자학을 도입하여 제도화하면서부터였다.(차용준 59)

효 사상이 모든 윤리의 근간이라 생각했던 조선시대에 효자로 인정받으려면 무엇보다 깊은 효심을 나타낼 수 있는 희귀한 행위를 보여야 했다. 정성스럽게 부모를 모시는 것만으로는 모자랐다. 뭔가 특종기사거리가 필요했다. 그래서 몸을 해치며 행해진 것이 단지斷指와 상분嘗糞과 할고割股다.

단지는 손가락을 잘라 숨이 넘어가는 어버이의 목에 피를 흘려 넣는 행위이고, 상분은 부모의 병세를 헤아리기 위해 대변을 손가락으로 찍어 맛보는 것이며, 할고는 제 넓적다리 살을 베어내 병든 어버이에게 먹이는 자해행위다. 효자가 되려면 적어도 이 세 가지 중 하나는 실천해야 했다. 효자가 탄생되면 문중은 증인을 내세워 효자의 사적을 기록으로 만들어 알리고, 관에서는 이를 위로 상신하고 국가는 이를 심사하여 효자비를 내렸다.

효자비가 세워지면 그 집안은 신분이 상승되어 그 고을에서 대접받게 되고 부역이 면제되었다. 효자가 배출되면 그 고을의 관장官長은 훌륭한 관리로 고과성적이 올라가고 국가는 교화의 치적이 달성된 것을 널리 홍보할 수 있었다. 효자가 태어나는 일은 그 집안은 물론이고 관이나 나라 세 군데 어느 쪽도 손해 볼 일이 없고 모두에게 이익을 가져다주는 아름다운 사건이었다. (정민 388)

이처럼 조선시대에는 효 사상이 윤리의 출발점으로서 모든 윤리를 지배하였다. 세월이 흐르면서 점점 더 도에 지나치게 형식화되어가는 효 문화 현상은 그대로 두고 볼 수 없는 지경에 이르게 되었다. 이에 대하여 다산 정약용은 침묵하지 않았다. 상품화된 가식적 효 문화를 다산 정약용은 다음과 같이 신랄하게 비판하였다.

사람의 기호는 같지 않건만 어째서 효자의 부모들은 한결같이 엄동

설한에 꿩과 잉어, 노루와 자라, 또는 눈 속의 죽순만을 즐겨 찾는다는 말인가? 또 호승胡僧; 호국의 승려, 외국의 승려이나 우객羽客-날개가 있는 신선도 아니면서 반드시 용이 내려오고 범이 그 앞에 엎드린 뒤에야 바야흐로 효자라고 말할 수 있단 말인가? 이는 그 부모를 빙자하여 명예를 훔치고 부역을 피하면서 간사한 말로 꾸며 임금을 속이는 자니까 살피지 않을 수 없다.(효자론 5_150)

효를 팔아서 신분을 상승시키고 출세를 하려는 무리들을 꾸짖지 않더라도, 왜 인간끼리 벌이는 효도 윤리에 호랑이가 감동하고 잉어가 제 목숨을 바치려고 물 밖에서 튀어오르고, 한겨울에 죽순이 자라나는지 알 수 없는 일이다. 부모를 팔고 효를 팔아서 영달을 꾀하는 자들의 사기극이다. 마치 모든 생명체들이 인간의 효를 위해 존재하는 것처럼 착각하게 만드는 허무맹랑한 효 사상의 전개이다. 일종의 자연에 대한 모독이다.

이런 효 사상도 오래 가지 못한다. 19세기 말에 개화사상이 들어오면서 상황이 달라진다. 윤리적 가치가 가족윤리, 국가윤리, 사회윤리로 분화되어 효는 가족윤리의 으뜸 가는 덕목으로만 자리하게 된다.(차용준 61)

효도는 이제 변화하는 시대를 따르지 못하는 낡은 전통으로 여겨지고 있다. 효도를 받던 부모 세대에게나 효도를 실천하던 자식 세대에게도 이제 효도는 멍에요 부담일 뿐이다. 이제 부모의 노후는 자식의 몫이 아니라, 국가나 사회가 책임져야 하는 시대로 변화하고 있다. 그 대안으로 시행되고 있는 것이 사회복지제도이고, 그 중 하나가 요양병원 제도라 할 수 있다.

요양병원 입원과 효도

부모님이 인지능력 저하 혹은 기력을 상실하여 일상생활을 스스로 꾸려나갈 수 없거나 만성적인 질병으로 고통을 받을 경우 요양병원에 입원시켜드리는 것이 과연 효도인가? 이에 대한 답은 관점에 따라 사람마다 다를 것이다. 부모가 요양병원에 입원하는 것은 효 사상과 충돌을 빚기도 하고, 때로는 잘 맞물려가기도 한다. 효에 대한 개념의 차이 때문일 것이다.

부모가 연로하여 거동이 힘들면 자식들이 곁에 모시고 정서적 지지를 보내면서 생활을 편하게 해드리는 것은 물론 바람직한 일이다. 그러한 일이 닥치게 되면 자식이 직장을 그만두고 부모를 집에서 모시는 경우도 물론 많이 있다.

그러나 그러한 형편이 갖춰지지 않았다면 어쩔 수 없이 부모를 요양병원에 입원시켜드려야 한다. 형편이 되어 집에서 부모를 직접 모신다 하더라도 부모의 대·소변을 받아내고 목욕을 시켜드리고 음식물을 먹여드리는 것이 쉬운 일이 아니다. 그런 시중을 들면서 이럴 바에는 부모님이 빨리 돌아가시기를 마음 속으로 바란다면 그것은 효도가 아니고 오히려 불효가 된다. 간병지옥이 된다. 그러느니 차라리 요양기관에 모시는 것만 못 하다.

물론 어머니가 자식을 간병하는 것은 당연하게 여기면서 자식이 어머니를 돌보는 것을 유별나게 생각하는 것은 이해하기 어렵다. 그러나 관점을 달리해서 보자. 부모는 인생의 황혼기에 접어들어 이제 더 나아질 가능성이 없다. 소생의 희망이 보이지 않는데도 직장을 접고 부모님을 모시는 것이 꼭 효도를 하는 것은 아니다. 그러니 시설에 맡기자고 생각하는 것도 이해 못 할 바가 아니다. 부모와 함께 살고 싶은 자식은 많지만 이런저런 이유로 실행에 옮기기는 쉽지 않다.

맞벌이를 해야 하고 핵가족이 대세인 요즘의 가정에서 부모의 병수발을 하는 것은 결코 쉽지 않은 일이다. 현실적으로 집에서 개인 간병인을 둔다는 것은 경제적으로도 감당하기에 벅찬 사람이 많다. 이런저런 사정을 따지다 보면 요양병원 입원이 최상의 선택이라고 말할 수 있다. 이젠 요양병원에 입원시켜드리는 것에 대해 효도를 다하지 못했다는 죄책감을 가질 것까지는 없다고 본다.

긴병에 효자 없다

'긴병에 효자 없다'는 말처럼 간병의 어려움을 잘 표현한 말은 없는 것 같다. 아무리 효성이 지극한 자식이라도 오랫동안 간병을 하다 보면 지치게 된다. 중년의 자식이 부모를 간병하여도 그러할진데, 60~70대의 자녀가 80~90대의 부모를 모시거나, 고령의 나이에 배우자를 간병하는 노노 간병이 장기화되면 언젠가는 체력의 한계를 넘어서게 된다.

본인이 바로 보살핌을 받아야 될 처지인데 더 건강하지 못한 배우자의 병 수발을 들거나 부모를 돌보는 일은 일종의 간병지옥이다. 그런 면에서 보면 요양병원은 간병지옥을 탈출하게 해주는 행복한 공간이다. 그러나 경제적인 여건이 안 되어서 요양병원에도 입원할 형편이 안 되는 사람도 많다. 그들에 비하면 노후를 요양시설에서 보낼 수 있는 것만 해도 다행스런 일이다.

신문 보도에 의하면, 최근 우리나라에서도 노인이 노인을 간병하는 노노 간병의 고통을 이기지 못하고 끝내 동반자살하거나 배우자를 살해하는 비극이 끊이지 않는다. 65세 이상의 인구가 5명 중 1명을 차지하는 고령사회의 비극이다. 고령에 접어들면 질병과 체력 저하로 자기 몸뚱이 하나도 추스르기 힘든 건강상태가 된다.

그런데 여기서 한 가지 주목할 것은 노인 부부끼리만 외롭게 사는 노인가구 비율이 가파르게 증가하고 있다는 점이다. 자녀와 별거하는 노인가구의 비율이 1990년에 27퍼센트이었던 것이 2016년 말에는 68퍼센트 정도로 급증했다고 한다. 갈수록 노인의 신세가 처량해지고 있다는 이야기다.

간병비를 포함한 의료비는 노년 생활에 감당하기 힘든 경제적 어려움으로 몰아넣는다. 간병인의 보살핌이 필요한 노환에 걸리면 모아둔 자산이 순식간에 바닥나서 본인은 물론 자녀까지도 빈곤의 함정에 빠지게 만든다.

노년에 겪는 일들

인간의 수명

생명체의 수명에는 유전적인 특성이 분명히 있다. 나무는 수천 년을 살 수 있는데, 동물은 그렇게 오래 살지 못하는 것도 유전적인 요인 때문이다. 동물 중에서도 하루밖에 살지 못하는 곤충이 있는가 하면 수백 년을 사는 짐승도 있다. 인간이 소나 개보다 오래 사는 것도 유전적인 차이에 원인이 있다.

그와 같이 우리는 장수하는 집안에 태어나면 더 오래 살 수 있다고 믿는다. 우리는 운명을 재천이라고 믿거나, 전생의 업에 따라 혹은 부모에게 물려받은 유전형질에 따라 수명이 결정된다고 흔히 생각한다. 장수 혈통이 따로 있다는 것을 의심하지 않고 믿는다. 그러나 실제로는 그렇지 않다는 것이다.

10만 년에 달하는 인류의 역사 중 인간의 평균 수명은 최근 수백 년을 제외하면 30세 이하였다. 불과 100년 전만 해도 인간의 평균 수명은 41세였다. 유전적으로 그렇게 정해졌다면 인간의 수명이 오늘날처럼 늘어날 수 없을 것이다. 인생칠십고래희人生七十古來稀는 이미 옛말이 되었고, 요즈음은 인간이 90년을 사는 것은 드문 일이 아니다.

이것만 보아도 운명은 재천도 아니고 유전적인 것도 아니라는 것을 알 수 있다. 수명을 결정하는 데 있어 유전인자는 놀라울 정도로 작은 영향을 미친다는 것이 연구결과로 밝혀졌다. 최근의 연구에 의하면, 어떤 사람이 얼마나 오래 살지를 결정하는 요인 중 유전자가 차지하는 비중은 30퍼센트에 불과하다고 한다. 나머지 70퍼센트는 후천적인 습관에 달려 있다는 것이다. 일례를 들면, 동일한 유전자를 지닌 일란성 쌍둥이마저도 수명이 보통 15년 정도의 차이가 난다고 한다. (아톨 60)

또 쌍둥이 자매와 장수 가족의 유전자를 연구한 결과 유전자가 수명에 미치는 영향은 3분의 1 정도였다고 한다. 유전자가 환경의 영향을 받기 때문이다. (월퍼트 159) 하버드대학의 연구 결과에 의하면, 적당한 운동은 인간의 수명을 1~2년 정도 연장시킨다고 한다. (월퍼트 163) 유전적인 요인과 운동보다는 주로 먹는 음식의 종류와 마시는 공기의 질이 수명에 더 많은 영향을 미친다고 한다.

자동차도 기름을 잘 쳐주고 녹이 슬지 않게 페인트를 칠해주고 고장난 작은 부품을 잘 교체하는 등의 관리를 잘 하면 수십 년을 넘게 사용할 수 있다. 인간의 수명도 마찬가지다. 건강관리를 잘 하면 노쇠현상을 늦출 수 있다. 운명은 재천이 아니라 각자의 생활태도에 달려 있다. 지난날들이 쏜살같이 지나갔다고 한탄할 시간을 아껴서 지금부터라도 할 수 있는 만큼 노력해 보자.

자동차에 기름을 넣지 않으면 달릴 수가 없듯이 우리는 먹지 않으면 살 수 없다. 엔진 오일이 떨어지면 기름을 보충하듯이 우리 몸에 부족한 부분은 보충해줘야 한다. 신체기능 저하로 호르몬의 생산이 잘 되지 않으면 약으로 보충하고, 신경전달물질이 감소하여 뇌기능에 이상이 생기면 부족한 부분을 약으로 채워주면 된다. 늙으면 다 그런 것이라고 방치하면 안 된다. 정비공장에 찾아가 자동차를 손보듯이 내 몸에도 관심을 가져야 한다.

한국인의 건강수명

2,200여 년 전 중국의 진시황(B.C. 259~210)이 불로초를 구해오라고 서복서불에게 동남동녀 수천 명을 딸려 동방의 우리나라 제주도로 보냈다. 그렇게 무병장수를 원하던 진시황도 채 50살을 넘기지 못하였다. 무병장수와 고통 없는 죽음은 동서고금을 막론하고 인간의 공통적인 소망이다. 그래서 생긴 말이 '9988234'다. 99세까지 88하게 살다가 이틀이나 사흘만 앓고 죽기를 바란다는 것이다.

병으로 고통받으며 오래 살지 말고 건강하게 오래 살다 고통 없는 죽음을 맞이하는 건강수명을 늘리자는 것이다. 투병기간이 긴 장수는 생물학적인 수명의 연장일 뿐 육신의 고통을 가져다주고 경제적 어려움을 초래하여 삶의 질을 떨어뜨린다.

건강수명이란 실제 수명에서 질병이나 부상으로 인하여 활동하지 못한 기간을 뺀 기간으로 건강하게 활동하며 산 기간을 말한다. 기대수명은 단순히 생존 연수에 대한 기대치를 말한다. 2015년 세계보건기구의 발표에 의하면 한국인의 기대수명은 82.3세, 건강수명은 73.2세로 나타났다. 한국인의 기대수명은 여성의 경우 85.5세로 세계 3위였다. 남성은 78.8세로 세계 20위였다. (시니어 오늘, 2016. 05. 23)

이러한 통계처럼 한국인들은 약 9년 동안 투병생활을 하다 죽음을 맞이하게 된다. 기대수명 상위 국가들의 건강수명도 기대수명보다 평균 9~10년이 낮아 우리와 별 차이가 없었다. 그런데 문제는 한국인의 건강에 대한 마음가짐이다.

특히 한국은 주관적으로 인지하고 있는 건강상태 평가항목에서 OECD 국가 중 최하위를 기록했다. 2014년 우리나라 15세 이상 인구 중 본인의 건강상태가 '양호하다'고 생각하는 비율은 32.5퍼센트로, OECD 회원국의 평균인 69.6퍼센트에 비해 현저히 낮은 수준이었다. (http://www.hkn24.com/news/articleView. html?idxno=161383)

실제로 지병이 있어서 건강수명이 짧은 사람도 있다. 그와 달리 몸이 좀 불편하여 검사를 받지만 특별한 이상이 발견되지 않는 건강한 노인이 허다하다. 그런데 문제는 아무런 병이 없으면서도 사소한 신체 문제가 발생할 때마다 질병에 걸렸다고 생각하는 '병원 의존형' 인간이 많다는 점이다. 이를 새로운 사회학 용어로 '메디컬리제이션medicalization'이라고 일컫는다. '모든 신체증상을 치료 대상이라 생각하며 환자로 살아가는 것이 바로 메디컬리제이션이다. 이런 사람은 건강수명이 짧은 사람에 속한다.

실제로 국민건강보험공단의 자료를 보면, 2016년 전국에서 사망한 65세 이상의 노인 가운데 생전에 요양병원 또는 요양원에 입원한 적이 있는 사람은 총 11만 2천 420명이었으며, 이들의 입원 기록을 추적한 결과 사망 전 10년 동안 요양병원이나 요양원에서 지낸 기간은 총 614일로 약 20개월이었다. 이 가운데 요양병원에서 지낸 기간이 347일로 요양원에서 보낸 기간 267일보다 길었다. 또 조사대상자 11만 2천여 명 가운데 요양병원이나 요양원 재원 일수가 3000일 이상인 사람은 1천 464명으로, 이들은 사망 전 10년 대부분을 요양기관에서 보낸 것으로 나타났다. (한겨레, 2017, 05, 28)

이젠 요양병원이나 요양원이 노년의 가장 큰 의지처가 되어가고 있다. 싫든 좋든 요양병원을 멀리할 수 없는 현실이 우리 곁에 바짝 다가왔다. 온 국민이 요양기관의 제도 개선에 모두 관심을 가져야 하는 이유이다.

황혼이혼

황혼이라면 65세가 넘은 노년기를 말한다. 그런 통념과는 달리 황혼이혼이란 결혼생활을 시작한 지 20년 이후에 벌어지는 이혼을 말한다. 즉 20대에 결혼을 한 사람이라면 40대에 이혼을 해도 황혼이혼이다. 이런 경우는 장년이혼이라는 표현이 더 적합할 것 같다.

하여튼 통계청의 '2016년 혼인·이혼 통계'에 따르면 혼인 지속기간 20년 이상의 이혼이 전체 이혼자의 30.4퍼센트로 가장 많았다. 이 가운데 혼인 지속기간 20~24년이 12퍼센트, 25~29년 사이가 8.3퍼센트, 30년 이상이 10.1퍼센트다.

특히 혼인기간이 30년 이상 된 사람의 황혼이혼 건수가 10년 전보다 2배 이상 증가했다고 한다. 이들은 그 동안 가정과 자식을 위해 명예와 재산축적만을 생각하면서 달려온 엄마와 아빠였던 사람들이다. 가정을 꾸린 기간이 30년이 넘어서면 부모로서 자식에 대한 책임은 벗어나게 된다.

이제는 부모로서의 역할보다는 부부로서의 역할이 더 소중한 시기로 접어든다. 또한 가정의 속박을 벗어나 자신의 정체성을 확인하고 싶은 시기다. 이에 맞춰 지난날에 젖어 있던 타성에서 벗어나 새로운 삶을 위한 사고思考의 전환이 있어야 한다. 그러지 못하면 사고事故가 발생한다. 황혼이혼이라는 사고다.

이젠 세월이 흘러 문화가 변하였고, 법도 바뀌었다. 이젠 한국의 남자들도 여자들도 다 바뀌어야 한다. 자기가 원하지 않는 방향으로 세상이 변한 것을 한탄하면서 현실을 거역하는 것은 일종의 역주행이다. 문화에 대한 역주행이다. 그러면 모든 책임을 다 뒤집어써야 한다. 한꺼번에 적응할 수 없다면 하나하나씩 바꾸어 나가야 한다.

지금은 지붕이 뚫려 비가 새는데, 책상머리에 앉아서 책만 읽는 선비가 존경받던 조선시대가 아니다. 가족을 위해 직장생활을 열심히 한다는 핑계로 밤 열두 시 넘어 집에 들어와 큰소리 치던 시대도 지나갔다. 자식하고 제대로 놀아주지 못하고, 가족들과 나들이 한 번 못 나가는 바쁜 아버지가 공감을 얻을 수 없는 시대다.

그만큼 남녀평등이 이루어졌고, 남자의 어깨는 더 무거워졌다. 늙어서 초라해지지 않으려면 황혼이혼은 안 된다. 이혼을 하면 재산분할이 뒤따른다. 돈 잃고 사람 잃는다. 그리고 행복도 잃는다. 부부 갈등은 대화로서 풀어나가야지 결코 황혼이혼으로 풀 일이 아니다. 결혼은 판단력 부족에서 하고, 이혼은 인내력 부족에서 한다. 재혼은 기억력 부족에서 한다는 농담 같은 말이 의미 있는 진단으로 다가오는 시대다.

황혼이혼의 대안은 없나

이혼은 부부관계를 혼인 이전의 상태로 돌려놓는다. 결혼의 결과물로 자녀가 남게 되지만…… 법적으로 부부가 되었다가 다시 남남의 관계로 돌아간 상태가 이혼이다. 그러나 말이 쉬워 이혼이지 거기까지 진행되는 과정은 피를 말리는 고통이 따르고, 그에 따라 처리해야 할 일이 너무 많이 발생한다. 그에 대한 대안으로 졸혼卒婚이 등장했다. 일본에서 시작된 졸혼이 우리나라에서도 흔히 벌어진다.

졸혼은 부부라는 법적관계를 끝내는 것이 아니라, 동거형태의 부부생활을 끝내는 것이다. 서로의 인생관을 존중하는 차원에서 각자 떨어져 살기로 합의한 것일 뿐 법적인 부부의 연은 계속해서 유지한다. 부부의 합의에 따라 서로 다른 곳에 생활공간을 마련하여 각자의 삶을 독립적으로 운영하는 것이 졸혼이다. 이에 비해 별거는 이혼 여부를 결정하기 위해 숙성기간으로 갖는 일시적 형태의 독립생활이다. 아직은 법적으로 부부관계다. 마치 이혼한 듯 따로 사는 것이 별거이지만 꼭 이혼으로 이어지는 것은 아니다.

또 다른 결혼 형태로 '해혼解婚'이라는 것이 있다. 부부 간의 성적인 관계를 청산하고 오누이처럼 살아가는 것이다. 해혼을 선언하고 실천에 옮긴 사람은 함석헌의 스승인 다석 유영모 선생이다. 정욕이 인간의 정신세계를 어지럽힌다고 생각한 다석은 51세에 해혼을 선언하였다고 한다. 그는 그 후, 91세의 나이로 이 세상을 하직할 때까지 구도를 위해 성생활을 청산하고 아내와 오누이처럼 지내는 해혼을 실천했다고 한다.

일찍이 인도에는 혼인 관계를 해제하는 '해혼解婚' 문화가 있었다. 인도의 브라만 계급은 혼인을 하고 자식들을 낳아 모두 출가시킨 후 해혼을 합의하는 일이 흔했다고 한다. 구도의 길을 가기 위해서였다. 간디도 37세 때부터 해혼을 했다고 한다. 다석이 해혼을 선언한 것도 마찬가지 이유였다고 한다. 졸혼과 해혼이 싫다면 지금까지의 부부생활을 확 뒤집어 사는 화혼和婚을 택해 보자.

화혼이란 화합하면서 살아가는 부부생활이다. 지금까지 벌어졌던 갈등을 다 풀고 상대방과 역할을 바꿔서 살면서 그 동안에 있었던 서로의 어려움을 이해해주고 상대가 하는 일에 간섭하지 않고 삶의 태도를 180도 뒤집어 살아가는 삶이다. 화합을 위한 삶이다. 180도 전환된 부부생활을 서로 약속하고 실천에 옮기는 대화의 삶이다. 격려의 삶이다. 그 동안 있었던 과오를 서로가 서로에게 사죄하면서 서로를 안쓰럽게 생각해주는 삶이다. 서로 화혼을 약속하며 아름다운 노년을 시작해 보자. 그렇게까지는 못 할 것 같다고 지레 겁먹지 말자.

사별

회자정리會者定離다. 하늘 같은 부모나 목숨만큼 소중한 사람과도 헤어질 날이 온다. 아무리 금슬이 좋은 부부라도 언젠가는 헤어져야 한다. 부부가 이혼을 하지 않는 한 헤어지는 방법은 죽음밖에 없다. 부부 생활이란 애증을 함께하는 삶이다. 그런 배우자와 사별하면서 나타나는 절망과 비탄, 그것은 병리적 현상이 아니다. 사별에서 겪는 슬픔과 감정적 변화들은 충격적인 사건에 대한 정상적 반응이다. 사별을 겪는 경우, 슬픔의 지속기간은 대략 6주에서 2년이 걸린다. 이처럼 사람에 따라 애도기간에 차이가 심하지만 시간이 지나면서 대개는 사별 이전의 마음 상태로 회복하게 된다.(진영선 174)

우울과 불안증상은 사별로 인하여 겪게 되는 일반적인 현상이다. 이때 맥박상승, 수면장애, 식욕감퇴, 육체적 피로, 호흡곤란 등이 나타날 수 있다. 사별이 신체에 미치는 영향은 크게 두 가지로 나타난다. 첫째, 신경계에 영향을 주어 나타나는 무기력과 피로감이다. 둘째, 스트레스를 유발하여 면역체계에 미치는 영향이다. 스트레스는 T-임파구의 활동을 감소시켜 감기나 알레르기 등을 잘 걸리게 하고 면역계의 이상이 나타나 다른 질환이 발생하게 되거나 기존 질병을 갑자기 악화시킬 수

도 있다. 실제로 배우자와 사별한 54세 이상의 남성에서 사별 후 첫 6
개월 안에 사망할 확률이 40퍼센트에 이른다고 한다. (진영선 177)

또한 사별한 사람 가운데 복합적 슬픔complicated grief 증후군이 있는
사람은 슬픔이 누그러지지 않고, 치유되지 않으며, 새 출발을 할 수 없
는 상태로 남게 된다. 사랑하는 이를 잃은 사람들 중에 10~15퍼센트에
서 이런 경향이 나타난다고 한다.

좋은 죽음

좋은 죽음을 맞이하기 위해 가장 먼저 갖춰야 할 마음가짐은 죽음
에 대한 두려움을 없애는 일이다. 그러기 위해서는 죽음 이후에 전개될
내세관이 확실하게 정립되어야 한다. 종교적으로든 철학적으로든 말이
다. 인생관이 아닌 사후관이다.

이 세상에 생겨난 것은 모두 때가 되면 사라지기 마련이다. 그것이
바로 제행무상諸行無常의 원리다. 그 원리에 저항하는 것은 너무도 어리
석은 일이다. 붙어봤자 백전백패의 싸움일 뿐이다. 죽음은 아무리 싫어
도 언젠가는 맞이해야 할 자연스러운 이 세상의 질서다.

이 세상에 태어난 것은 내 의지와 관계 없었던 일이지만 죽음을 맞
이하는 태도는 나의 의식세계와 깊은 관계가 있다. 죽음은 재산과 명
예, 사랑과 증오 등 모든 것을 다 털어내고 홀가분한 마음으로 떠나는
여행이 되어야 한다. 어차피 떠나야 할 이 세상, 편안한 마음으로 의젓

하게 죽음을 맞이해야 한다. 노년은 그러한 준비를 위한 인생 마무리 작업을 하는 시기다.

현실적인 면에서 좋은 죽음으로 여겨지는 삶의 종결 요건들은 다양하다. 예를 들면, 노환으로 사망하는 것, 집에서 임종을 맞는 것, 임종시 가족과 함께하는 것, 임종기간이 1개월 미만인 경우가 좋은 죽음에 해당한다고 본다. 그리고 배우자와 비슷한 시기에 죽음을 함께하는 것, 남에게 폐를 끼치지 않고 숨을 거두는 죽음, 명을 다하는 죽음 등이라고 말한다. (진영선 182) 그러나 이런 것들도 다 부질 없는 생각이다.

이런 것들은 살아 있는 사람이 정해놓은 인위적 기준이다. 가족을 비롯한 주변사람으로부터 소외당하지 않고, 소중한 인간으로 인정받고 싶은 마음이 나이가 들수록 더 강해진다. 또한 주변에서 흔히 벌어지는 죽음을 남의 일로만 생각하고 싶어한다. 죽음을 두려워하는 것은 인간의 본성이다.

그러나 알고 보면 죽음은 삶의 상속물이다. 그래서 죽음과 삶이 결투를 벌이면 항상 죽음이 승리한다. 실로 삶은 죽음의 상대가 되지 않는다. 그러니 죽음을 겸허하게 받아들여야 한다. 화장품과 성형수술로 만든 흔적을 가려놓아도 죽음은 피하여 가지 않는다.

바다가 온 강물을 다 받아들이듯이 죽음은 온갖 삶을 다 받아들인다. 아무리 깨끗한 물일지라도 바다에 들어가면 온갖 물과 한몸이 된다. 청정과 혼탁은 인생의 강에서나 따지던 오염도일 뿐이다. 죽음의 바다를 두려워 말아야 한다. 저항하지 말고 죽음을 수용해야 한다. 의젓하고 품위있게 죽음을 맞이해야 한다. 그게 바로 좋은 죽음이다.

노인의 자살

2014년 통계청 자료에 따르면, 한국인은 10만 명당 28.7명이 자살한다고 한다. 이 수치는 하루에 40명 가까운 사람이 스스로 목숨을 끊는다는 말이다. 한국의 자살률은 2003년 이후로 경제협력개발기구OECD 회원국 중 단연 압도적 1위다.

OECD 평균이 12명인데, 한국은 그 수치의 세 배가 넘는다. 자살률이 높다고 알려진 나라 헝가리(19.4명)와 일본(18.7명), 슬로베니아(18.6명), 벨기에(17.4명) 등도 한국과 비교하면 턱없이 못 미친다.

특히 주목할 점은 우리나라 노인의 자살률이다. 2015년 기준 인구 10만 명당 58.6명으로 전체 인구 자살률 26.5명의 2배라는 점이다. 효 사상이 남아 있는 한국사회와 전혀 어울리지 않는 수치다. 노인들의 삶이 그만큼 팍팍하다는 증거이다. 무려 OECD 평균의 3배나 된다. 그나마 2011년 79.7명과 비교하면 크게 감소한 수치다.

왜 유독 한국의 노인만 이렇게 자살률이 높을까? 이러한 사실은 한국의 노인이 처한 사회적 위상을 짐작할 수 있게 한다. 물질적으로는 경제적 어려움이 있고, 정신적으로는 소외감 때문이다. 소비와 향락에는 지출을 아끼지 않지만 노인의 딱한 처지에는 눈길을 주지 않는 사회가 우리나라다. 개만큼도 대접을 못 받으니 살맛이 안 날 만도 하다.

우리나라의 1인당 국민소득이 3만 달러 시대에 접어들었다. 3만 달러는 경제적인 풍요를 나타내는 수치지만 그에 비례해서 노인의 주머니 사정이 넉넉해진 것 같지는 않다. 오히려 그 반대다. 자살률이 높은 것을 보면 그렇다.

노인 자살률이 눈에 띄게 높다는 것은 노인들 삶의 수준이 더 힘들어졌다는 것을 알려준다. 국민소득이 모든 연령층에 골고루 혜택을 주지 않는다는 반증이기도 하다. 노인 빈곤율은 더 심각해졌다는 이야기다. 불평등한 경제성장은 우리를 우울하게 만든다.

2017년 12월 17일 통계청이 발표한 한국의 사회 동향에 따르면, 노인 두 명 중 한 명이 빈곤층으로 OECD 가입국가 중 빈곤율 1위라고 한다. 한국의 65세 이상 노인의 상대적 빈곤율은 49.6퍼센트로 OECD 평균보다 4배 가량 높게 조사됐다.

OECD 평균 노인의 상대적 빈곤율은 12.6퍼센트에 불과하다. 상대적 빈곤율이란 국가 전체 중위소득의 절반 이하 소득을 가진 인구 비중을 의미한다. 한국의 노인은 절반 가량이 중위권 소득의 절반에도 미치지 못한다는 얘기다. (브릿지 경제) 무슨 이유가 되었든 너무 절망적인 수치다. 노인들을 이렇게 방치하면서 OECD 가입국가라는 것이 무슨 의미가 있는지 모를 일이다.

자살은 극단적인 절망감으로 삶을 중단하는 행위다. 자살의 원인은 크게 두 가지가 있다. 하나는 현실에서 벌어지는 육체적 혹은 정신적 고통 때문이다. 현실의 고통보다는 죽음이 편할 것이라는 생각으로 자살을 선택한다. 또 하나는 자살을 통해서 자기 의도대로 이루지 못한 일을 호소하려 하거나 자신에게 고통을 준 대상에게 복수하려는 경우다.

그런데 노인 자살의 특징은 주변을 뜻대로 조정하려는 의도나 복수

심 때문에 자살하는 경우가 드물며, 치명적인 자살 방법을 선택하기 때문에 한번의 자살 시도가 죽음으로 이어지는 경우가 많다는 점이다. 그밖의 자살 방법으로 만성적 자살도 있는데, 이는 아사餓死나 질병의 치료를 거부하는 방법이다. 의도적으로 자신을 돌보지 않아 서서히 죽음에 이르게 하는 방식이다. (진영선 120)

노인의 자살 이유는 경제적 자립과 정서적 자립의 실패 때문이다. 노인이 겪는 외로움은 가족구조의 변화와 관계가 깊다. 노인들을 섬기고 대우해주었던 공동체는 파괴된 지 이미 오래 전이다. 예전의 노인들은 자식들의 경제적 보조와 정신적 보살핌 속에 여생을 보냈다. 그러나 요즘은 상황이 전혀 달라졌다. 자녀와 동거하는 비율이 갈수록 줄어들어 하루 종일 대화를 나눌 상대 한 명 만나기가 힘든 노인이 넘쳐난다. 대화를 나눌 상대가 없어 입에 거미줄이 처질 정도다.

가족공동체가 견고했던 농경문화에서는 나이가 들어도 자녀들과 끈끈한 정서적 교류가 있었고, 또 할 수 있는 역할이 많았다. 짐승을 거두고, 새를 쫓고, 집을 보고, 풀을 뽑고, 가볍게 할 수 있는 노년의 일이 많았다. 이제는 노인이 일할 영역이 갈수록 줄어들고 있다.

혈연만을 소중히 여기고 자식들에게 모든 유산을 다 물려주고 여생을 통째로 그들에게 맡기고 살던 시대는 이미 지나갔다. 이제는 내가 스스로 살아갈 경제적 몫을 챙겨놓고 이웃이나 친구들과 잘 어울리며, 취미생활과 사회활동과 봉사활동을 통해서 정서적인 자립을 해야 한다.

독거노인과 고독사

보건복지부 자료에 의하면, 2018년 우리나라 65세 이상 홀몸독거노인 인구는 총 1백 40만 5천 85명으로 2014년 1백 15만 2천 673명에 비해 21.9퍼센트 증가한 것으로 나타났다. 2018년 현재 홀몸노인 중 가장 많은 연령대는 75세~79세로 34만 5천 524명이었다. 또한, 90세 이상 초고령 홀몸노인 또한 4만 2천 127명에 달했다.

독거홀몸노인이란 배우자나 친족 등과 함께 거주하지 않고, 홀로 살아가는 65세 이상의 노인을 의미한다. 특히 공공요양소가 아닌 일반가정에서 자녀나 손자녀 등과 함께 동거하지 않는 1인 가구의 노인이다. 홀로 사는 노인이 늘어나다 보면 아무도 지켜보는 사람 없이 숨을 거두고 방치되다 뒤늦게 발견되는 죽음도 자연히 늘어날 수밖에 없다.

홀로 사는 노인들이 고독사를 맞이하는 이유는 사고가 발생하거나 건강이 나빠져도 누군가에게 도움을 요청할 사람이 없기 때문이다. 챙겨줄 배우자나 자식이 없는 무연고 노인들은 물론이고, 자식이 있더라도 직접 모시지 않으면 고독사는 발생 가능하다. 경제적 여력이나 사회적 교류는 또 다른 문제다.

조사결과에 의하면, 부모와 떨어져 살면서 1주 1회도 전화를 하지 않는 자녀가 27퍼센트라고 한다. 이런 노인들의 건강에 급한 일이 생기면 속수무책이다. 고독사가 발생하지 않는 것이 더 이상스럽다 할 것이다. 올해 배우자나 자녀 없이 살아가는 홀몸노인 인구가 1백 40만 명을 넘어선 가운데, 노인 고독사 또한 연간 70여 명씩 계속 증가해 최근 5년간 3천 331명에 이르렀다. 통상 고독사란 혼자 살던 사람이 자신의 생활 공간에서 사망한 뒤 한동안사망 후 3일 이후에 방치되다 발견된 죽음을 일컫는다.

이에 대비하여 보건복지부는 지난 2008년부터 홀몸노인과 중증장애인의 생활 안전을 위해 화재나 가스 누출을 감지할 수 있는 첨단 센서와 응급호출기 등을 설치하는 응급안전 알림서비스를 시행해 왔다. 그럼에도 불구하고 고독사는 계속 증가하고 있다. 안전의 사각지대를 벗어나지 못하는 홀몸 노인들이다.

이런 노인의 외로움도 알고 보면 국가정책의 부재가 가져다준 폐해이다. 산업문명의 영향으로 대가족이 해체되고, 효 사상이 퇴색되고, 노인이 사회의 소외계층으로 전락한 결과다. 그렇다면 거기에 맞는 국가정책이 수립되어야 할 것이다.

2017년 우리나라 65세 이상 노인 빈곤율은 45.7퍼센트를 기록하며 OECD 가입국 중 1위를 기록하였다. 같은 해 독일, 프랑스, 이탈리아 같은 유럽 주요국가들의 노인 빈곤율이 한 자리 수를 유지한 가운데, 2위를 차지한 라트비아26.5퍼센트와도 크게 차이가 나는 수치다. 지난 해 OECD 가입국 노인 빈곤율은 12.5퍼센트를 기록했다.

약자를 보호하지 못하는 것은 사회적 재앙이다. 이것을 깨닫지 못한다면 아무리 경제가 발전하더라도 그것은 '빛 좋은 개살구'에 지나지 않는다.

노년에 나타나는 현상들

주름, 기미, 검버섯은 우리가 가장 흔히 볼 수 있는 피부노화 현상이다. 주름이 생기는 원인은 수분 소실, 콜라겐의 파괴, 자외선에 의한 피부의 손상 때문이다.

그 중에서도 피부 노화의 70퍼센트 이상은 햇빛 노출로 생긴 광노화가 원인이다. 햇빛에 노출되면 그 부위에 색소침착이 일어나서 자리 잡는 것이 바로 검버섯이나 기미다.

조사결과에 의하면, 75세 이상이 된 노년층 10명 중에서 겨우 1명만이 노화에 따른 질병에 걸리지 않는다고 한다. 노화는 노년에 찾아오는 초대받지 않은 손님이다.

생각하는 속도와 시공간 인지능력은 20대부터 떨어지기 시작한다. 인간의 정신능력은 22세가 되었을 때 가장 뛰어나며, 5년이 지나면서 점차 약화되기 시작한다. 기억력은 보통 40세 전후부터 급속도로 감퇴한다. 하지만 그 동안 축적된 지식을 응용하는 능력은 60세까지 발달한다고 한다. (월퍼트 58)

신장은 50대까지 거의 변하지 않다가 50대 중반과 70대 사이에 남자는 약 3센티미터, 여자의 경우엔 약 5센티미터 가량이 줄어든다. 물렁뼈가 닳고 약해진 뼈가 몸무게를 견디지 못하여 찌그러들기 때문이다. (진영선 13) 철봉에 매달려서 관절과 근육을 늘어나게 하면 이런 현상을 줄일 수 있다.

노년이 되면 신경전달 물질체계에 변화가 온다. 대표적인 신경전달 물질로는 아세틸콜린, 도파민, 세로토닌이 있다. 이 중 아세틸콜린은 기억, 학습, 그리고 각성과 관련된 물질이다. 노화로 콜린성 신경전달 물질체계에 손상이 오면 기억상실 등이 발생한다. 도파민은 전전두피질 prefrontal cortex의 기능에 영향을 미치는 물질로, 집행기능과 운동통제와 계획에 관여한다.

나이가 들수록 전전두나 측두 피질의 도파민 결핍이 심해진다. 세로토닌은 정서, 각성 등과 밀접한 관련이 있는 신경전달 물질이다. 노년기에 정서 변화가 자주 나타나고, 수면시간이 줄어들게 되는 이유가 바로 세로토닌이 감소하기 때문이다. (진영선 15)

노년에 이르면 젖당을 분해하는 효소인 락타아제의 분비가 감소한다. 그로 인해 우유나 유제품을 섭취했을 때 많은 노인들에서 복통이나 설사 등의 증상이 나타날 수 있다. (진영선 19)

나이가 들면 부신피질adrenal cortex에서 생산되는 알도스테론의 분비량도 줄어든다. 알도스테론은 체내의 나트륨이온과 수분의 보존, 칼륨이온의 배출을 촉진하여 전해질의 균형을 조절하는 호르몬이다. 노년이 되면 이 호르몬이 감소하여 갑자기 자세를 바꾸면 어지럼증이 생기고 혈압이 떨어질 수 있다. (진영선 22)

노화에 따라 분비량이 줄어드는 대표적인 호르몬이 인슐린이다. 50세 이후부터는 세포들이 인슐린 작용에 민감하게 반응하지 못하기 때문에, 10년마다 평균 혈당이 6~14mg/dl씩 증가한다. 따라서 혈당 수준을 적절하게 유지하기 위해서는 젊을 때보다 인슐린의 분비량이 증가해야 한다. (진영선 23)

나이가 들면 미각에도 변화가 온다. 60세가 되면 혀에 있는 미뢰가 위축되어 단맛, 쓴맛, 신맛, 짠맛에 대한 민감성이 떨어진다. 그 중에서도 단맛, 짠맛에 대한 감각이 더 심하게 저하된다. 나이가 들수록 더 짜고 단 음식을 찾는 이유이다. (진영선 24) 게다가 침 분비도 감소하므로 입안이 건조해지고 미각기능과 소화능력이 떨어진다.

저녁 시간은 부신피질 호르몬과 갑상선 자극호르몬의 분비량이 증가하므로 운동의 효율이 높아 노인들이 운동하기에 적합한 시간이다. 또한 저녁 시간은 하루 중 혈압이 가장 낮은 시간대이므로 고혈압 노인이 운동하기에도 좋은 때이다. 저녁에 운동을 하면 수면을 돕는 호르몬의 분비가 촉진되어 노년기에 겪기 쉬운 수면장애 해결에 도움이 된다. (진영선 28)

노화의 예방

노화란 나이가 들면서 신체 각 기관의 기능 저하로 전반적인 활력이 떨어지고 생리적 기능이 저하되는 퇴화과정을 말한다. 노화가 진행되면 세포의 단백질 합성 능력이 감소하고, 면역 기능이 저하되고, 근육량의 감소 현상 등이 나타난다. 또한 체내의 지방 성분은 증가하고 골다공증으로 골 밀도가 감소하여 뼈가 약해진다.

노화와 관련된 환경인자 중에서 식품의 선택은 중요하다. 노화 예방을 위해서는 육식을 자제해야 한다. 채식 위주의 식단은 퇴행성 질환이나 만성질환을 예방하는 데 효과적이라는 많은 연구결과가 나왔다. 영양 섭취 조절도 중요하다. 단순한 생명체에서 영장류에 이르기까지 일관적으로 노화를 늦추는 환경인자는 칼로리의 제한뿐이라고 한다. (월퍼트 97)

섬유질이 많은 식품은 장수를 위한 최고의 무기 중 하나다. 섬유질 식품은 배가 고프다고 알려주는 식욕호르몬 그렐린ghrelin을 조절하는 데 도움을 준다. (에이멘 119) 섬유질이 많은 식사를 하면 첫째로, 그렐린 수치에 균형이 생긴다. 끊임없는 배고픔이 사라지며, 고칼로리 식품에 대한 욕구가 줄어들어 조기사망을 막아준다. 둘째로, 섬유질을 많이 섭취하면 포만감 지속시간을 오래 유지시켜준다. 셋째로, 섬유질은 음식물이 혈액에 흡수되는 속도를 늦춰주어 당뇨병에 걸릴 위험을 줄여준다. 이외에도 섬유질이 많은 식품은 콜레스테롤 수치를 감소시키고, 소화관 운동을 촉진하며, 고혈압을 완화시키고, 암 발생률을 감소시켜준다. 성인이 하루에 섭취해야 할 섬유질 양은 25~35그램이다.

당분은 가급적 적게 섭취하는 것이 좋다. 당분은 몸의 염증을 증가시키고, 뇌세포를 일정하지 않게 활성화하며, 롤러코스터처럼 급작스럽게 혈당을 올린다. 당분의 중독성은 코카인보다 더 강할 수 있다고 한다.(에이멘 122) 이러한 중독성 때문에 처음에 당분을 적당히 먹는다 하여도 나중에는 점점 더 많이 먹고 싶은 유혹에 빠진다.

노화를 예방하기 위해서는 운동도 꾸준히 해야 한다. 운동은 노화는 물론이고 암이나 만성질환을 예방하는 데 도움이 된다. 특히 알츠하이머병 등의 퇴행성질환 예방에 효과가 있다.

빨리 걷는 사람이 더 오래 산다는 연구 결과가 많다. 근력이 약할수록 인지력 감퇴가 심해지고 알츠하이머병에 걸릴 위험이 높아진다. 운동을 하면 혈액순환을 좋게하여 새로운 뇌세포가 많이 생긴다. 운동을 하면 뇌력腦力이 강화되는 이유가 거기에 있다.

나이와 관계없이 운동을 하면 기억력, 사고력, 계산능력 등이 향상된다. 운동을 한 학생은 학년을 불문하고 성적이 좋아지는 것으로 나타났다. 운동을 하면 젊은 사람은 기억력이 개선되고, 나이 든 사람은 전두엽 기능이 향상된다. 10대에 운동을 많이한 사람은 노년기에도 인지력 감퇴가 가장 적게 나타난다고 한다. 육체와 정신이 서로 영향을 미친다는 얘기다.

운동은 엔돌핀 분비를 증가시키므로 행복 알약을 먹는 것과 흡사하다. 운동은 노르에피네프린, 도파민, 세로토닌 등의 기분이 좋아지는 신경전달 물질이 활성화되도록 자극한다. 그래서 운동을 하면 우울증이나 불안감이 줄어든다.

남자가 여자보다 평균수명이 짧은 이유도 움직이길 싫어하는 남자의 습성 때문이 아닌가 싶다. 남자들 가운데는 집에만 들어오면 꼼짝하지 않고 편히 지내려는 사람이 있다. 이런 사람은 바로 옆에 있는 물건도 남이 갖다주길 바라고, 온갖 가사를 등한시하고 움직이지 않으려 한다. 밥하고, 빨래하고, 청소하는 의식주에 대한 집안일에 적극적으로 참여해야 한다. 그러면 집에서 넋놓고 앉아 있을 일도 없고, 집에서 천덕꾸러기가 될 일도 없어진다. 그렇게 되면 건강한 노후가 보장되고, 스스로 자아존중감이 높아지는 노년을 만들 수 있다.

노화현상—산소의 두 얼굴

산소가 없으면 우리는 한순간도 버틸 수 없다. 그런 산소가 다른 한편으로는 노화와 죽음의 원인을 제공한다. 쇠가 산소를 만나면 녹이 나는 것처럼 때로는 산소가 우리의 세포를 녹슬게 한다. 활성 산소에 대한 이야기다.

에너지를 생산하기 위한 산화과정에 사용된 산소가 불안정한 상태의 활성산소로 바뀌게 된다. 활성산소reactive oxygen species는 세포에 손상을 입히는 모든 종류의 변형된 산소를 말한다. 과산화수소hydrogen peroxide: H2O2, 초과산화 이온superoxide ion: O2 −, 수산화 라디칼hydroxyl radical: ·OH이 대표적인 활성산소들이다.

이들 활성산소는 사람 몸 속에서 산화작용을 일으킨다. 이렇게 되면 세포막, DNA, 그 외의 모든 세포구조가 손상되고, 그 정도에 따라 세포가 기능을 잃거나 변질된다. 이와 함께 몸 속의 여러 아미노산을 산화시켜 단백질의 기능 저하도 가져온다. 그리고 핵산을 손상시켜 핵산염기의 변형과 유리, 결합의 절단, 당의 산화분해 등을 일으켜 돌연변이나 암의 원인이 된다. 또한 생리적 기능이 저하되어 각종 질병과 노화의 원인이 되기도 한다.

활성산소는 체내세포들의 대사과정에서 생성될 뿐만 아니라, 스트레스, 오존, 산화질소, 자외선, 과음과 흡연 등에 의해서도 많은 양이 생성된다. 이때 발생한 활성 산소는 체내를 돌아다니면서 세포의 구조를 무너뜨리면서 세포 안에 있는 다른 기관들도 공격한다.

활성산소의 작용으로 우리 몸이 면역력을 잃게 되면 당뇨병이나 암 같은 질병에 걸리기 쉽다. 활성산소가 유전자를 파괴하게 되면 재생능력이 떨어져 관절염이나 백내장 등의 퇴행성질환을 일으킬 수 있고, 노화나 동맥경화 등을 일으킬 수 있다. 장수하는 포유류는 대부분 활성산소로부터 받는 스트레스를 거부하는 세포를 갖고 있다고 한다.

스트레스는 활성산소를 만드는 가장 큰 원인이다. 사람은 스트레스를 받으면 몸을 보호하기 위해서 아드레날린과 같은 호르몬을 분비하면서 긴장 상태에 들어간다. 이 과정에서 신체기관에 많은 혈액을 보내기 위해서 맥박과 혈압이 증가하고 호흡이 빨라진다. 이때 많은 에너지가 필요하기 때문에 많은 산소가 사용되면서 그 부산물로 활성산소가 생성된다.

그렇다고 해서 활성산소가 항상 우리 몸에 해로운 것은 아니다. 활성산소는 바이러스나 세균이 우리 몸에 침입하면 이런 병원균들에 달라붙어 병균의 활동을 마비시켜 우리 몸을 보호해준다. 이처럼 활성산소가 우리의 건강에 필요한 존재이지만 그 양이 지나치면 문제를 일으킨다.

인간의 신체는 활성산소의 생산양이 많아지면 '슈퍼옥사이드 디스뮤타제superoxide dismutase, SOD'라는 항산화효소를 분비하여 활성산소를 제거한다. 하지만 나이가 들어 면역체계가 약해지면 이 효소의 분비가 줄어들어 노화현상이 촉진된다.(월퍼트 90) 활성산소를 줄이기 위해서는 담배, 트랜스지방, 과도한 태양광 노출, 탄 고기, 농약, 지나친 운동, 갑상선 항진증, 염증을 피해야 한다.

항산화물질로는 비타민 C, 엽록소, 베타카로틴 등이 있으며, 세포의 생성을 돕는 비타민 A, 피부의 노화를 막는 비타민 E도 노화방지에 도움이 된다. 유기농으로 재배한 브로콜리, 블루베리, 당근, 녹차 등은 노화를 예방하는 성분을 풍부하게 함유하고 있다. 미국 국립암연구소에서는 노화방지와 항암효과에 효과가 있는 뛰어난 4대 식품으로 마늘, 토마토, 적포도주, 녹차를 선정하였다.(진영선 29)

노년에 과도한 운동이 왜 나쁜가?

운동을 하려면 에너지가 필요하고, 에너지를 생산하기 위해서는 산소가 필요하다. 그때 발생하는 부산물이 활성산소다. 활성산소는 우리가 일상생활을 하는 과정에서도 발생한다. 산소의 소비량에 따라 활성산소의 발생량도 증가한다. 결국 과다한 운동은 산소를 많이 소모하게 되고, 그에 비례하여 활성산소를 많이 발생시키게 된다.

젊을 때에는 활성산소가 조금만 발생하여도 활성산소를 분해하는 항산화 효소를 포함한 항산화 방어체계가 잘 작동하므로 큰 문제가 되지 않는다. 그러나 나이가 들어가면서 상황이 달라진다. 장년층이 되면 항산화 효소가 적게 생산되고 여러 생리기능이 떨어져 활성산소가 청년기보다 발생하기 쉽고, 항산화 방어체계의 활동도 약해져서 활성산소의 해를 받기 쉬운 상태가 된다.

격한 운동을 하면 활성산소가 많이 생산된다. 그러나 노년기가 되면 활성산소를 분해하는 항산화 효소의 분비량은 그에 따르지 못한다. 그러므로 중년기 이후부터는 격렬한 운동을 피하고 자신의 체력에 맞는 적절한 운동을 꾸준히 해야 한다. 개인의 능력에 맞는 운동을 규칙적으로 장기간 시행하면 항산화 효소의 분비가 촉진된다고 한다.

활성산소는 세포에서의 신호 전달체계를 망가뜨리거나 면역력을 저하시켜 당뇨병, 동맥 경화, 암 등을 유발하며 세포의 재생을 막기 때문에 노화를 촉진시킨다. 이런 이유로 과도한 운동이 노년의 건강을 악화시킬 수 있다. 나이 든 사람의 피부에서 나타나는 검버섯도 활성산소가 작용하여 생기는 것이다. 과유불급過猶不及은 영원한 진리다.

노년을 바로 보자

오늘 하루를 어떻게 지낼 것인가는 오로지 나에게 달려 있다. 날마다 우리는 다시 태어난다. 노년의 하루도 다를 것이 없다. 노년을 어떤 관점으로 어떻게 보낼 것인가에 따라 노년의 삶이 아름다울 수도 있고, 추하게 보일 수도 있다.

노년의 인간에는 두 가지 유형이 있다. 과거형과 현재형 인간으로 나눌 수 있다. 과거 속에 사는 사람은 지난 일을 떠올리며 현재를 살아가는 힘을 얻는다. 그들에게 미래는 관심의 대상이 아니다. 미래에 대한 생각을 하면 죽음이 기다리는 것 같아 차라리 과거에 머무는 편이 낫다고 생각한다. 이런 부류의 사람은 툭하면 젊었을 때 벌어졌던 이야기를 하고, 요즘 사람들은 틀렸다는 생각을 앞세운다.

이들은 아무런 일이 없는 날이면 지루하다고 노년의 삶에 대해 불평

한다. 이들은 누군가 찾아와서 자기를 챙겨주기를 바라는 사람들이다. 무슨 사건이 터지기를 기다리는 사람이다. 이런 사람들에게는 하루 스물네 시간이 길고 지루하다.

과거에 있었던 일은 그대로 받아들여야 한다. 과거에 무슨 일이 있었든 그 역사를 통해 지금의 내가 있다는 것을 잊어서는 안 된다. 지금 자신의 모습을 있는 그대로 인정해야 한다. 과거는 바꿀 수 없지만 과거에 대한 생각은 바꿀 수 있다. 과거에 대한 생각이 바뀌면 과거도 다른 모습으로 우리에게 다가온다.(안젤름 138)

현재형의 인간은 오늘의 삶에 가치를 두고 현실에 집중하면서 산다. 이들은 오늘 하루를 최대한 잘 보내는 데 관심을 가진다. 그래서 날마다 지루할 틈이 없다. 하루하루가 순식간에 지나가고 편안하고 즐겁다. 현재의 삶을 어떻게 이해하고 어떻게 사느냐에 초점을 맞춘다. 삶에 환멸을 느끼는 사람에게 시간은 부담스러운 짐일 뿐이다. 그는 불편한 시간이 어서 빨리 지나가기를 바란다. 감사하며 사는 사람은 현재의 시간 속에 살며 그 시간을 즐길 줄 안다. 감사하는 마음과 성찰하는 마음으로 시간을 대할 수 있다.(안젤름 28)

맥아더 장군은 1945년에 "사람은 일정한 햇수를 살았다고 해서 늙는 것이 아니라 이상을 포기하기 때문에 늙는다. 해가 가면 얼굴에 주름이 생기지만 이상을 포기하면 영혼이 늙는다"고 말했다.(안젤름 34)

키케로는 쾌락을 즐길 수 없어 삶다운 삶이 아니라고 노년을 불평하는 노인들에게 말하였다. 욕망의 사슬에서 풀려 나오는 것을 더 바람직한 일로 생각해야 한다. 그러한 불평은 각자의 성품에 책임이 있는 것

이지 노년이라는 특정한 인생의 시기에 있는 것이 아니라고 하였다. (키케로 27)

키케로는 노년이 불행해 보이는 이유에 대하여 네 가지를 말한다. 첫째는 일을 할 수 없게 하고, 둘째는 몸을 더욱 약하게 하고, 셋째는 거의 모든 쾌락을 앗아가고, 넷째는 죽음으로부터 멀지 않기 때문이다. 키케로는 "인간에게 육체의 쾌락보다 더 치명적인 질병은 없다. 만족할 줄 모르는 욕망은 인간을 맹목적으로, 그리고 제어할 틈도 주지 않고, 육체적 쾌락의 노예가 되도록 부추긴다. 쾌락을 좇는 욕망이 악이나 나쁜 행위를 충동질한다"라고 한 아르키타스의 주장에 동의한다고 하였다. (키케로 65) 키케로는 노인의 경우, 죽는 것만큼 자연에 순응하는 것이 또 어디 있겠느냐고 반문한다.

노년의 단계

노년기라고 해서 다 똑같은 노년이 아니다. 노년기에도 여러 단계가 있다. 첫 번째 시기는 퇴직과 함께 시작되는 초로의 단계다. 이 시기에는 대부분의 사람들이 건강에 별 문제가 없고, 이전의 일과 직장에서 벗어나 자신이 참여할 새로운 일이나 취미활동을 선택하여 출발하려고 한다.

두 번째 단계는 체력이 쇠퇴하여 더 이상 몸이 따라주지 않는 시기다. 새로이 시작한 노년의 활동으로부터도 물러나야 한다. 이젠 물질적 필요성을 줄여야 하는 단계다. 노년에 이르면 주위에 있는 물건들 가운데 90퍼센트는 없이도 살아갈 수 있다. 그런 물질적인 것들을 정리하는 시기다. 순수한 영혼을 위해 내면의 고요 속으로 한 발짝 들어서야 할 때다.

세 번째 단계는 병이 나면 그 병을 받아들이고, 죽을 때까지 견뎌내는 시기다. 지금까지의 삶을 정리하고 모든 미련과 아쉬움을 버려야 할 시기다. 정신적인 것들마저도 모두 정리하는 시기다. 물론 이 단계도 사람에 따라 시점이 다르게 진행된다.(안젤름 59)

노년의 외로움이 자기 자신을 처량하게 만들 수 있다. 그 이유는 바깥 대상을 통해서 자기 자신을 확인하려 하기 때문이다. 이제 노년이 되면 자신의 내면을 들여다보면서 자기 자신을 확인해야 한다. 그것이 바로 외로움을 극복하는 길이다. 이런 노력이 있어야 노년에 나타나는 상실의 고통을 극복할 수 있다. 상실의 고통도 집착이라는 번뇌가 가져다준 원하지 않는 선물이다.

후회 없는 삶을 찾는 유일한 길은 진실한 모습으로 사는 것이다. 나를 포장하지 말자. 높은 곳에 두지 말자. 죽음을 비껴갈 수 없듯이 노화도 피해 갈 수 없는 현상이다. 노년이 되면 노화에 대한 수긍과 이해가 앞서야 한다. 단지 사람 따라 노화가 주로 나타나는 부위가 서로 다르고, 시기의 늦고 빠름에 차이가 있을 뿐이다.

옛날 어떤 사람이 왕의 법을 범했기 때문에 그 집의 재산과 갖가지 재물을 모두 관청에 빼앗기게 되었다.

왕은 그 사람에게 명령하였다.

"네 집의 살림 장부를 모두 관청으로 보내라."

그는 복덕의 명부를 모두 관청에 보냈다.

왕이 그에게 물었다.

"나는 너에게 살림 장부를 보내라고 명령하였는데, 너는 왜 복덕의 명부를 보냈느냐?"

그는 대답하였다.

"죽은 뒤의 재산 장부는 바로 이 장부입니다. 살아 있는 동안의 재산 장부는 대왕의 생각대로 적으십시오."

왕은 이 말을 듣고 마음이 열리고 뜻이 트여서 장부를 적는 것을 그만두었다.

그러므로 "그 복은 아무도 빼앗기 어렵다"라고 말씀하였다. (출요경 12권 신품)

노년에 갖춰야 할 것들

노년에 우리를 괴롭히는 4가지 고통이 있다. 빈고貧苦, 고독고孤獨苦, 무위고無爲苦, 병고病苦이다. 물론 맞는 말이다. 경제적으로 가난하거나, 함께 어울릴 사람이 없어 외롭거나, 본인에게 적당한 일을 찾지 못하여 시간이 남아 하품만 하고 지낸다거나, 몸이 아프다면 참으로 고통스러운 일이다. 이러한 것들을 해결하기 위해서는 필요한 것들이 너무도 많다.

그러나 이런 것들은 원한다고 하늘에서 갑자기 뚝 떨어지는 것은 아니다. 젊어서부터 준비가 되어 있어야 한다. 그렇다고 미처 준비를 못한 것만 탓하고 있을 수 없다.

이제부터라도 할 수 있는 것은 작은 일이라도 시작해 보자. 그저 노인들끼리만 만나 노년 타령이나 하면서 서로 헛발질하고 살아서는 안된다. 손자를 만나서 즐기고 젊은 사람들과 어울려 외롭지 않은 노년을 보내기 위해서 우리가 꼭 갖춰야 할 것들이 있다. 불치병으로 어떤 일도 할 수 없는 상태가 아니라면 조금만 신경을 써도 갖출 것이 있다. 나이를 탓하고 한탄만 한다면 인생을 더 초라하게 만들 뿐이다.

방학이나 휴가가 끝나갈 때 남은 하루 이틀이 소중하듯이 얼마 남지 않은 노년의 하루하루가 얼마나 소중한 지 알아야 한다. 노년의 아름다움을 위해 다음 것들을 실천해 보자.

다리 근력 강화운동

아들의 등에 업히거나 손자가 밀어주는 휠체어를 타고 나들이를 나가면 효도를 받는 것 같아 자랑스럽기도 하겠지만, 효도를 받지 않고 여기저기 내 발로 걷는 것만 못 하다. 그렇게 되기 위해서는 나름의 노력을 해야 한다.

어린아이가 수백 번을 넘어지면서 일어나는 연습을 포기하지 않아야 걸을 수 있듯이 나이가 들어서도 잘 걷기 위해서는 부단한 노력이 필요하다. 다리근육을 강화하는 운동을 해야 한다. 헬스클럽에 가서 러닝

머신을 돌리면서 뛰는 것도 다리운동이 되고, 날마다 한두 시간씩 산책을 하는 것도 다리 근육강화에 도움이 된다. 그런 방법이 아니고도 어디에서나 혼자 할 수 있는 효율성 높은 근육강화운동이 있다. 이 운동은 돈이 필요하지도 시간이 따로 필요하지도 않다.

무릎을 쭉 펴서 그 상태를 유지하기 위해 힘을 주는 운동이다. 무릎을 편 상태에서 10초 이상 힘을 주다가 쉬고, 다시 또 하면 된다. 이 운동은 설거지를 하면서도 이불 속에서 잠을 자면서도 책상에 앉아서 사무를 보면서도 할 수 있는 운동이다. 시간과 장소에 관계 없이 아무 때나 할 수 있는 운동이다. 이 운동은 분명 노년의 활력을 증가시켜준다. 다리의 건강은 정신의 건강까지 보장해준다. 근력강화운동을 하지 않으면 근육 감소증이 온다.

근육 감소증이란 만성질환, 영양부족, 운동량 부족 등으로 인해 근육의 양과 근력이나 근 기능이 감소하는 것을 말한다. 근육 감소증이 있으면 보행속도가 느려지고 골밀도 감소나 낙상, 골절 등이 발생할 위험이 증가한다. 정상인에 비해 근육 감소증이 있는 경우, 남성은 사망하거나 요양병원에 입원할 확률이 5.2배 높다고 한다. 여성은 2.2배 높았다. 근 감소증이 있는 노인은 장애 발생 확률이 2.15배 높은 것으로 나타났다. 근 감소증이 있는 사람은 요양병원에 입원하기 이전부터 이미 일상생활 능력이 떨어져 있고, 사망 가능성이 높은 것으로 나타났다.

청결한 몸 관리

향수를 뿌리지 않아도 어린아이의 몸에서는 냄새가 나지 않는다. 오히려 향기로운 냄새를 풍긴다. 똥이 묻은 기저귀를 차고 있어도 아이에게서 풍기는 냄새는 그리 고약하지 않다. 어린이는 모든 것을 새롭게 만들어 가는 과정에 있기 때문일 것이다. 그러나 노년이 되면 상황이 달라진다. 신진대사 기능이 약화되어 노폐물 생산이 많아지기 때문에 웬만큼 관리를 해서는 몸에서 냄새가 나 고개를 돌리게 만든다.

목욕을 자주해서 몸을 청결히 해야 한다. 피하에 노폐물이 축적되면 악취가 나게 된다. 그렇다고 몸에 너무 비누질을 자주하면 피부건조증으로 가려움증을 일으킬 수 있다.

더군다나 요실금이나 변실금으로 오줌이나 똥을 옷에 묻혀 악취를 풍기는 것은 절대 금물이다. 그러나 그것도 피하기 쉬운 일이 아니다. 노년이 되면 방광이나 항문의 괄약근 근력이 약해지기 때문에 실수하기 쉽다. 괄약근의 조임운동을 통해서 괄약근의 근력을 강화시키면 인생이 달라진다.

대·소변을 참을 때 힘을 주듯이 수시로 힘을 주어 괄약근을 튼튼하게 만들어야 한다. 노년에 여행을 떠나는 것이 두려운 이유 중의 하나가 대·소변 관리가 안 되어서다. 그런 사람은 어디에 가든지 가장 급한 일이 화장실을 찾아가는 일이다. 그런 일에서 벗어나기 위해 잊지 말고 수시로 괄약근 강화운동을 하자. 이 운동도 시간과 장소에 관계없이 아무 때나 할 수 있는 운동이다. 단지 자기 몸을 위한 성의가 문제 될 뿐이다. 괄약근을 강화시켜 여행을 아무 때나 떠날 수 있는 노년기를 만들어보자.

청력을 유지해야

늘어서 사람들에게 따돌림을 받지 않으려면 귀가 어두워서는 안 된다. 본인의 청력이 떨어져 잘 안 들리면 목소리가 커져서 주위사람의 눈살을 찌푸리게 만든다. 전철 안에서 큰소리로 말을 하거나 전화를 받지 말자. 음식점에서 큰소리로 대화를 하여 주위사람을 괴롭히지 말자. 그런 것들 하나하나가 노인혐오증을 유발한다.

귀가 어두워지면 말소리를 듣지 못하여 상대방을 답답하게 만든다. 대화 중 상대방의 얘기를 잘 알아듣지 못하고 어림짐작으로 엉뚱한 말로 대꾸한다. 그러면 남들의 웃음거리가 된다. 그러다 보면 물에 기름 돌 듯 좌중의 사람들과 함께 어울리지 못하게 된다.

노화 현상으로 난청이 오는 것은 어쩔 수 없는 일이지만, 보청기의 도움을 받아 청력을 되찾을 수 있다면 당연히 보청기를 사용해야 한다. 눈이 나빠지면 안경에 의지하고, 다리가 약하면 지팡이의 도움을 받는 것이 당연하듯 청력이 약해지면 보청기를 끼는 것도 주저할 일이 아니다. 그런데 보청기는 적응기간이 필요하다. 난청 초기부터 청력검사를 받아 보청기 사용에 익숙해져야 한다.

그런 과정을 겪지 않고 청력 저하가 심한 뒤에 보청기를 착용하면 보청기의 확대음에 적응하기기 힘들다. 그 동안 들리지 않던 소리가 갑자기 큰 소리로 다가오면 시끄러워서 견딜 수 없게 된다. 그렇게 되면 수백만 원의 값비싼 보청기가 아무런 역할을 못 하고 사물함 속에서 잠자는 무용지물이 되고 만다. 난청에 대한 대비뿐만이 아니다. 노년의 관리는 갑자기 할 수 있는 일이 아니다. 철저한 준비와 인내가 있어야 노후를 편안히 보낼 수 있다.

옳고 그름보다는 화합을

세상을 살다보면 자기 견해만이 옳다는 믿음에서 시시비비를 가린다고 많은 갈등이 일어난다. 그래서 부모와 자식 간에도, 친한 친구 간에도 서로 등을 돌리고 지내게 되고, 싸움이 일어난다. 끝내는 살인을 저지르기도 한다.

해박한 지식과 명쾌한 논리로써 남의 의견을 압도하려 하지 말아야 한다. 이것은 정치인이나 학자의 몫이다. 상대방의 코를 납작하게 만들어 내 마음이 통쾌해지는 것을 즐겨서는 안 된다. 그때가 바로 외로움의 공간이 넓어지는 순간이다.

젊었을 때를 되돌아 보면 자기 생각이 옳다고 주장하며 핏대를 세우던 일이 수도 없이 많았었다. 그 당시는 절대로 옳다고 믿었던 일이 지나고 나서 보면 그렇지 않은 경우가 수두룩하다. 옳고 그름은 시각의 차이일 뿐이다.

아무리 옳은 일이라 하더라도 다른 사람의 도움이 없다면 이룰 수 있는 일은 아무것도 없다. 자기 마음도 다스리지 못하면서 남의 마음을 내 마음대로 조종하려 들지 말아야 한다. 그런 일은 결코 이루어질 수 없다.

상대의 마음을 움직이는 힘은 정교한 논리와 냉철한 이성보다는 따뜻한 가슴이다. 포근한 가슴으로 상대를 감싸야 한다. 정의롭게 살아야 하지만 각자 정의에 대한 개념이 다를 수 있다는 것을 인정해야 한다.

서로에게 걸고 있는 기대를 버려야 평화와 행복과 사랑을 발견할 수 있다. 우리는 대개 가장 가까운 사람에게 사랑을 핑계 삼아 엄격한 조건을 내세운다. 사랑한다는 이유로 자기의 가치관을 강요한다. 그러나 실은 그런 조건들을 내세우지 않을 때 사랑은 생각지도 못한 곳에 숨어 있다 살며시 나에게 다가온다. (로스 42)

누군가가 나의 옆에 있어 준다는 것은 노년의 삶에서도, 그리고 죽음의 순간에서도 가장 중요한 일이라고 할 수 있다. 사랑은 바로 곁에 있어주는 것이고, 상대의 의견을 잘 들어주는 것이며, 돌봐주는 것이다. 사랑은 결코 시비 속에 숨어 있지 않다. 사랑은 저절로 찾아오지 않는다. 나보다는 상대를 존중해주고, 상대가 좀 실수를 하더라도 넉넉히 수용하는 따뜻함 속에 사랑은 숨어 있다.

기차는 철로 위에서 자유롭다. 기차한테 더 넓은 세상이 있으니 그곳을 나가서 달려 보라고 철로에서 밀어내는 것은 기차에게 진정한 자유를 주는 것이 아니다.

자기가 정해 놓은 삶의 기준만을 맞는 것으로 생각하여 모든 사람들에게 강요하기보다는 각자의 인생 기준을 인정해주는 넉넉한 마음으로 살아야 한다. 마흔에 미리 생각했던 일흔의 내가 실제로 일흔이 되어 보니 그때 생각했던 내가 아니더라는 것이다. 자신이 만든 규칙과 환상을 고집하면 진정으로 사랑하는 사람을 발견할 수 없다. 그가 자

신의 모습 그대로 살아가도록 격려할 때 화합이 찾아오고 사랑하는 사람이 다가오게 된다. (로스 77)

인생은 수행과정

자기 반성이 없는 이기적인 삶을 살다 보면 점점 더 자아의 동굴 속으로 빠져든다. 그러다 보면 고집불통이 되어 추한 노년이 된다. 나이는 숫자에 불과한 것인가? 그런 것도 따지지 말자. 그저 나이가 드는 것과 죽음이 찾아오는 것은 자연스러운 현상이다. 싫다고 거부할 수 있는 일이 아니다. 그것을 앞당기려 노력할 필요도 없다. 어느 누구에게나 반드시 찾아오는 늙음과 죽음, 너무 심각하게 받아들이지 말자. 올 것이 찾아왔다고 편안한 마음으로 받아들이자. 인생은 수행의 과정이 되어야 추한 노년이 안 된다.

수행은 자신의 잘못을 참회하고, 모든 사람을 용서하고, 포용하고, 이해하고, 사랑하는 것이다. 참사랑에는 자존심이 들어설 자리가 없다. 참사랑은 겸손함이다. 참사랑은 다른 사람, 그리고 대중과 하나가 되기 위해서 자신의 생각을 내려놓는 것이다. 자유를 찾고 내면의 고요함을 얻으려면 먼저 놓아버리는 연습을 해야 한다.

마음에 화가 들어 있을 때는 아무 말도 하지 않아야 한다. 자신의 내면에 화나 짜증이 조금이라도 남아 있는지 살펴봐야 한다. 남의 말을 들을 때는 비판이나 차별 없이 열린 마음으로 깊이 듣기를 실천한다. 사랑하는 법을 모른 채 사랑하는 것은 사랑하는 사람에게 상처만 주는 일이다. (틱낫한)

노년의 마무리

노년에 대한 단상斷想

우선 그림형제의 동화집에 나오는 「늙은 할아버지와 손자」라는 글을 시작으로 하여 노년에 대한 단상을 살펴보자

옛날, 눈은 침침해져 잘 보이지 않고, 귀는 들리지 않고, 다리는 후들거려 제대로 서 있을 수 없을 정도로 늙은 할아버지가 있었다. 식탁에 앉으면 숟가락질을 제대로 하지 못해 국물을 식탁에 엎질렀고, 입에서는 씹던 음식이 흘러나오기도 했다. 아들과 며느리는 그 꼴을 보기 싫어했다. 마침내 할아버지는 난로 뒤 구석진 곳에 앉아 지내야 했다. 아들 내외는 흙으로 만든 사발에다 먹을 것을 담아주었는데, 그것마저도 배불리 주지 않았다.

할아버지는 처량하게 식탁 쪽을 바라보며 눈시울을 적셨다. 한 번은 손이 떨려 사발을 붙들지 못하고 바닥으로 떨어뜨려 산산조각을 내고 말았다. 젊은 며느리가 핀잔을 주었지만 할아버지는 아무 말도 하지 않고 한숨만 쉬었다. 며느리는 몇 푼 주고 산 나무사발에만 음식을 담아주었다. 어느 날 그들이 앉아서 식사를 하고 있는데, 네 살배기 어린 손자가 땅에 앉아 작은 널빤지를 맞추고 있었다.

　"뭘 하고 있니?"

　아버지가 물었다.

　"작은 사발을 만들고 있어요."

　아이가 대답했다.

　"제가 커서 아버지 어머니께 음식을 담아드리려고요."

　남편과 아내는 잠시 서로 쳐다보다가 이윽고 눈물을 흘렸다. 그러고는 당장 할아버지를 식탁으로 모시고 왔다. 그때부터 할아버지는 늘 함께 식구와 밥을 먹게 되었다. 물론 음식을 조금 엎질러도 아들 내외는 아무 말도 하지 않았다. (그림. 431)

　누구에게나 찾아오는 노년, 저항할 기력마저 없는 처량한 노년의 모습을 잘 그렸다. 손자는 노년이 누구에게나 찾아온다는 사실을 어린 나이에 깨달았다. 아이는 부모의 미래를 보고 있었던 셈이다. 어쩔 수 없이 벌어지는 신체적 노쇠현상으로 사람을 차별하면 안 된다. 노약자는 보호의 대상이지 경멸의 대상이 아니다.

　진정으로 사랑한다는 것은 귀를 기울이고 보살피는 일이다. 그들이 소외감이 들지 않도록 대화의 장으로 끌어들여야 한다. 그러나 노인들 입에서 어떤 이야기가 나올지 생각하지 않는 가정이 많다. 그렇게 되면 노인들은 자신들이 이미 퇴물이 되었고, 가치 없게 보인다고 생각한다.

요즘은 건강한 노인들이 넘쳐나서 옛날 노인들에 비하여 훨씬 활기찬 생활을 한다. 그런데도 그 힘을 쏟아부을 수 있는 길을 막고 그 힘을 무력하게 만드는 사회다. 노년을 고독과 소외와 무력감에 떨어뜨리는 사회다. 노인 문제는 사회제도가 해결해야 할 문제다.

그렇다고 사회만 탓하면 스스로를 초라하게 만든다. 과거를 너무 미화시키고 그리워해서도 안 된다. 과거에 사로잡힌 노인은 새로운 미래를 창조해낼 수 있는 마음을 가질 수 없다. 낡은 원망뿐만이 아니라 오랫동안 자랑스럽게 잘 나가던 왕년의 시절에서 해방되어야 한다.

과거에 대한 생각을 고치고, 다시 한 번 새로운 인생을 가꾸어 보자. 어떤 인생을 새롭게 선택하는 것은 다른 많은 것들을 포기해야만 가능하다. '성공할 수 있을까'라고 의문을 앞세우는 것은 발전을 가로막는 최대의 걸림돌이다. (노년의 의미, 156)

오늘 단 하루도 행복하게 만들지 못하면서 왜 지난날의 모든 불행을 되씹으려 하는가. 남은 세월이 짧기에 더 가치가 있다. 아침마다 맞이하는 하루하루가 황금과도 바꿀 수 없는 선물이다. 사형수에게 남아 있는 하루는 일상인들의 십 년과도 바꿀 수 없이 소중한 시간이다. 노년의 남은 날들도 소중하기는 마찬가지다. 고려시대 우탁(1263~1343)의 탄노가嘆老歌를 보자.

한 손에 막대 잡고 또 한 손에 가시 쥐고

늙는 길 가시로 막고 오는 백발 막대로 치랴 터니

백발이 제 먼저 알고 지름길로 오더라

노인 차별주의

20세기 이후로 인권신장은 눈에 띄게 발전하였다. 이동학대나 성추행이 사회를 뒤흔드는 이슈가 되는 세상이다. 한 번의 성추행으로 인생이 송두리째 망가질 정도로 여권이 신장되었다. 그러나 아직도 노인들의 인권은 사각지대에 놓여 있다. 여전히 '노인 차별주의Ageism'적 관점은 사회적으로나 의학적으로나 일반스러운 현상이다.

노인 차별주의는 다음의 경우에 나타난다. 젊은이가 노인을 차별하는 경우, 당사자인 노인이 스스로 자신을 차별하는 경우, 노인 환자를 대하는 의사들의 노인 차별 등이다. 이러한 노인 차별주의의 원인을 살펴보자.

노인 차별주의의 가장 큰 원인은 '늙음과 죽음에 대한 두려움'이다. 무병장수를 최대의 소망으로 생각하는 인간에게 노화로 나타나는 육체적 정신적 쇠락은 죽음을 눈앞에 아른거리게 한다. 두려운 대상을 부정하고 싶고, 멀리하고 싶은 마음이 노인 차별주의를 수용하게 만든다.

노인 차별주의적 편견은 특히 보건의료인들에게서 흔히 볼 수 있다. 그들은 자신들이 경험하지 못한 노년의 고통을 노화현상으로 나타나는 증상이라고 단정하여 대수롭지 않게 여기는 경우가 많다. 노인 차별주의를 가진 의사는 노인들의 건강을 위한 예방적 치료나 육체적 혹은 정신적 문제들에 대해 소극적으로 대처하게 된다. 그런 의사들은 노인 환자의 진단이 어렵고 치료에 대한 반응이 기대에 미치지 않는다는 이유로 진료에 열성을 다하지 않는다.

결국 노인 차별주의는 차별하는 주인공이 언젠가는 차별당하는 대상자의 위치에 서게 된다는 점이다. 이런 편견은 나이가 들면서 저절로 자기 자신에 대한 편견으로 이어진다. 이런 사람은 나이 든 자신을 스스로 자학하게 된다. 마침내는 자신의 노후생활을 자존감 있고 품위를 갖춘 성공적인 삶으로 이끌지 못하고 초라한 죽음으로 인생을 마감하게 만든다.

노인들 자신이 노인 차별주의를 버리고 정상적 노화 과정에 대해 잘 이해해야 노년을 편안하게 보낼 수 있다. 노인 차별적 신념을 갖게 되면 의료적 도움도 제대로 받지 못하고 고생할 수도 있다. 예를 들면, 치료 가능한 요실금이나 기억력 장애, 청력 저하 등의 증상이 발생해도 이를 노화과정으로 여기며 의학적 도움을 받지 않고 고통 속을 헤매는 경우가 허다하다.

노년은 모든 젊은이의 다가올 미래다. 노년을 맛보지 못하고 일찍 세상을 하직하지 않는 한 그렇다. 오히려 노년은 젊은이들이 동경해야 할 미래다. 노년을 아름답게, 소중하게, 알뜰하게 보낼 준비를 하는 것은 우리 각자의 몫이다.

얼마 전 온 세상은 미투사건으로 떠들썩했다. 여성에게 성적 수치심을 갖게 하는 행동에 더 이상 참고 넘어갈 수 없었다. 아마 노인 차별 사건도 미투사건의 역사만큼 오래되었을 것이다. 노인들이 여성들에게서 벌어진 미투사건처럼 목소리를 높이지 않는 한 노인 차별주의가 사회적인 관심을 불러일으키기는 힘들 것 같다.

아직까지 노인 차별은 인종 차별이나 성 차별에 비해 사회문제로 크게 대두되지 못하고 있다. 노인 차별은 대부분 가정에서 일어나고 있는데, 피해 당사자의 자존심에 관계된 일이기 때문이다.

고령화 사회에 대한 편견

노년을 서글프게 만드는 것은 나이가 들었기 때문이 아니다. 고령자들을 유통기간이 지난 상품처럼 취급하는 사회제도와 문화이다. 생명에는 귀천도 없고 정해진 유통기간이 없다. 그런데 고령화 사회에 대한 긍정적 대책보다는 그 부작용만을 확대 해석하는 사회는 노인들이 설자리를 비좁게 만든다. 이 사회는 나이 든 사람을 젊은이들의 부양 대상자로만 여긴다. 부양 대상자라는 말은 젊은이에게 짐이 된다는 말과 다르지 않다.

고령사회가 되면 젊은 사람들의 경제적 부담이 늘어나 세상이 망할 것같이 호들갑을 떠는 사회에서 노인들이 인간으로서의 합당한 대우를 받기는 힘들다. 고령의 노인들이 사회에 기여할 수 있는 여건 조성은 게을리하면서 부양에 대한 부담만 강조하는 것이 현실이다. 자식들을 양육하는 데는 아무리 돈이 들어가도 아까운 줄 모르면서, 애완동물 기르는 데 돈을 펑펑 쓰면서도, 부모에게 들어가는 돈에는 인색한 현세대의 젊은이들이다.

이젠 인간의 수명이 길어져서 환갑잔치는 이미 없어진 지 오래다. 나이가 일흔이 되어도 나이가 많다고 명함을 내밀 수 있는 시대가 아니다. 인생칠십고래희人生七十古來稀라는 말을 거론하기가 무색한 시대다. 그만큼 고령자들의 건강이 증진되었기 때문이다.

이젠 노동력 부족을 염려하여 출산율 감소만을 걱정할 상황이 아니고, 노인들의 축적된 지식과 노련한 경험을 활용해야 할 정책을 추구해야 할 때다. 인구는 더 이상 늘어나면 안 된다. 생태적인 측면에서 그렇다. 현 상태의 인구가 유지되길 바라거나 더 증가하는 것을 고집한다면 우리의 후손들이 물려받을 터전을 열악하게 만들 수밖에 없다. 그들의 몫으로 남겨두어야 할 자원의 고갈은 물론이고, 환경 악화를 유발하는 것이 불을 보듯 뻔하지 않은가.

예전에 다출산 시대가 있었으면 언젠가는 고령사회를 겪어야 하는 것은 당연한 이치다. 고령화 사회를 막을 수 있는 방법은 딱 두 가지 방법밖에 없다. 하나는 인위적인 노인들의 수명 단축이다. 하지만 그것은 일단 가능한 일이 아니다. 또 하나는 계속적인 다출산이다. 그것도 지구의 형편상 지속될 수 있는 상황이 아니다. 결국 고령화 사회는 겪어야 할 필연이다.

일자리는 부족하고, 사람들은 넘쳐나서 싼 임금에 노동력을 착취당했던 사람들이 바로 요즘의 노인들이다. 이 나라의 경제력을 일으킨 주인공들이다. 그들은 칫솔과 치약이 없어 소금을 손가락에 묻혀 이를 닦고, 호박잎으로 밑을 닦았다. 끼니를 걸러 굶주린 배를 쓸어내렸다. 책보를 허리에 묶고, 고무신을 신고 학교를 다닌 세대들이다. 밤잠을 자지 않고, 일을 해서 이룩해 놓은 열매가 바로 오늘날 한국의 경제 성과다. 그들은 허리띠 졸라매며 열심히 살았다. 지금 축적되어 있는 부에는 노령세대의 피와 땀이 배어 있다. 그렇게 열심히 살다가 노년 을 맞이하니 이젠 노령화가 문제라며 또 푸대접을 받는다. 기가 찰 노 릇이다.

고령화로 경제활동 인구가 줄어들면 어떻게 하느냐고 야단법석이다. 경제발전과 혁신을 이끄는 것은 젊은이들만의 역할이 아니다. 풍부한 지식과 경험을 갖춘 노인들은 혁신을 실천하고, 혁신을 바탕으로 시장 성 높은 제품을 만들어냈다. 실제로 독일의 세계적 인증기관인 테크라 에서 '혁신활동과 역량'에 대한 연구 결과를 발표했다. 젊은 직원과 나 이 많은 직원 사이에 활발하게 정보교류를 하고, 소통하는 기업이 신 제품으로 연결시키는 비율이 훨씬 높았다고 한다.(월퍼트 171)

나이 든 사람도 참여하고 인정해줄 사회가 되어야 한다. '늙으면 다 그래'라고 하면서 노인들을 폄하하면 안 된다. 늙어서 생기는 건강문제 는 인생 계급장에 녹이 슨 것이다. 노인은 사회적 약자다. 자극적인 말 로 폄하하지 말아야 한다.

노인들의 사회적 위치

최근 100년 동안을 제외하면 인류의 역사에서 노인들은 존경과 복종의 대상이었고, 성스러운 의식을 주도하고, 권력을 휘두르는 사람이었다. 연륜이 쌓인 어른은 위엄의 상징이었다. 이처럼 나이 든 사람에 대한 존중이 두터웠기 때문에, 예전에는 대개 나이를 밝힐 때 나이를 줄이기보다는 몇 살씩 부풀려서 말했다.

특히 관혼상제의 복잡한 의식이 사회를 지배하던 시대에 나이 든 사람들의 경륜은 위엄과 존경의 대상이었다. 지금은 그런 의식이 모두 상업화되어 우리의 일상생활과 멀어졌다. 그에 대한 전문적 수행자가 따로 있기 때문이다. 그런 잔재가 고스란히 남아 있는 분야가 있다. 종교계다. 원로 성직자가 존경의 대상이 되는 이유도 복잡한 의식의 노련한 수행능력과 관계가 없지 않다.

삶에서 인생의 경륜이 묻어나오는 자연친화적 문화에서는 노인이 존경받았다. 그러나 지금은 상황이 다르다. 과학문명의 발달과 함께 이젠 누적된 지식의 활용보다는 새로운 지식에 적응을 요하는 시대다. 나날이 새롭게 발전하는 과학기술이 지배하는 산업문명시대를 적응하지 못하는 노인들은 뒤로 처질 수밖에 없다. 이제는 새로운 과학기술을 잽싸게 습득하고, 그에 대한 전문지식을 갖춘 젊은이들이 옛날 노인의 지위를 대신하게 되었다.

요즈음은 젊어 보인다면 좋아하고, 나이를 줄여서 말하는 시대다. 흰머리를 검게 염색하고, 주름살을 펴는 수술을 하여 젊어 보이려고 청바지를 입거나 빨간색 옷까지 입고 다닌다. 젊은이가 인정받는 세상이어서 자연스럽게 벌어지는 현상이다.

도시에서는 할 일이 없어 노인회관을 기웃거리는 노인들이 넘친다. 늙으면 병원에 갈 일이 많아 병원이 가까워야 한다고 이구동성으로 말한다. 자식들이 서울에 있으니 수도권으로 옮겨 살아야 한다고 말한다. 물론 맞는 말이다.

그러나 관점을 달리하여 한적한 시골에서 노년을 보내는 것도 한번쯤 생각해볼 일이다. 우리의 후손을 위해서 농어촌으로 돌아가 싱싱한 먹거리를 가꾸며 유유자적하게 살다가 자연으로 돌아가는 문화는 어떠할까?

집 있는 거지가 되지 말고, 집 없는 부자가 되자. 수도권에서 궁색하게 살지 말고, 시골에서 여유롭게 살아보자. 대도시에서 맨날 돈 걱정하며 가난하게 살지 말고, 자연을 즐기면서 넉넉한 마음으로 살아보는 것도 한번쯤 생각해볼 일이다.

예전에는 '인생칠십고래희人生七十古來稀'라 하였지만 이젠 70세 인생이 희귀 현상이 아니다. 나이 든 청년이 많은 백세시대다. 건강하고 힘이 넘치는 일흔 살 넘은 젊은이들이 넘쳐난다. 65세 이상의 노인인구 비율이 이제는 14퍼센트를 넘어섰다.

이와 같은 수명 연장의 주요 원인은 의학의 발달, 예방접종과 항생제 개발, 위생시설의 발전과 더불어 영양섭취의 개선에 있다. 현대문명의 혜택으로 백세시대가 열렸다고 희망찬 미래가 전개될 것처럼 말한다. 그러나 한편으로는 노령화 사회를 사회 병리적 현상으로 여겨 미래의 세상을 염려한다.

　마치 오래 사는 사람이 무슨 큰 죄를 지은 죄인이 된 것처럼 생각하게 만드는 사회다. 노인들을 부양해야 할 대상으로 여겨 사회의 짐이 되는 존재로 생각한다. 오늘날의 노인들은 자녀들이 편히 살 수 있도록 유산을 물려주었고, 현재의 경제성장을 이룬 주역들이다. 노인을 폄하하는 표현을 삼가는 것이 노인들에 대한 예의이다.

　장유유서와 충효사상이 윤리적 근간을 이루는 사회에서 노인 차별주의나 노인에 대한 편견은 전통문화를 가치 없는 것으로 만든다. 전통문화를 소중히 여겨 노인이 살맛나는 세상으로 만들어보자. 그나마 다행인 것은 전철에 노약자석이 있고, 무료 탑승이 가능한 교통제도를 펴고 있다. 그밖에도 국·공립공원이나 고궁 등이 입장료를 내지 않고 입장 가능하고, 영화 관람도 할인 혜택이 주어지고, 지자체마다 노인복지를 위한 프로그램이 잘 준비되어 있어 그나마 위로가 된다. 그러나 이보다 더 근본적인 문제는 노인의 생계문제 해결이다.

노년의 마음가짐

　"큰 것을 바라지 말라. 작은 것에서 고마움을 느껴라. 당신이 작은 것이라고 생각하는 것은 결코 작은 것이 아니다." 이 말은 인생의 시기에 관계 없이 행복을 찾기 위해서 필요한 마음가짐이다. 노년기의 사람들이 더욱더 새겨들어야 할 말이다.

자아 존중감을 유지하며 행복하게 살기를 원하지 않는 사람은 아무도 없다. 그러기 위해서는 집에서 홀로 지내는 시간도 행복해야 하고, 사회생활 속에서도 행복해야 한다. 사회적 관계망이 좋아서 누구에게나 환영받을 수 있는 사람이 되어야 한다. 오늘의 삶에 감사할 줄 알고, 남들에게 베풀며, 나눌 줄 아는 노인은 홀로 있어도 행복하고, 어딜 가나 환영받아 외롭지 않다.

그렇다면 무엇을 가지고 있어야 나눌 수 있을까? 건강, 경제적 능력, 일자리, 넉넉한 마음이라는 네 가지 조건이 필요하다. 이런 조건들이 갖추어지면 혼자 있을 때도 외롭지 않고 가정과 사회에서 환영받는 사람이 된다. 미리 갖추지 못했으면 지금부터라도 준비해야 한다. 남아 있는 인생 중에서 지금이 가장 이른 시간이다. 지금이 출발점이다. 지난 세월에 있었던 좋지 않은 기억을 되살릴 필요 없다. 돌이킬 수 없는 일 되씹으면 인생만 피곤해진다.

나뭇잎이 가을에 단풍으로 물들어 떨어지듯이 늙음과 죽음도 자연적인 현상이다. 자연의 순리에 순응하자. 거기에 맞서 싸워봤자 헛일이다. 한판도 건질 수 없다. 백전백패한다. 달걀로 바위를 치는 것보다 더 어리석은 일이다.

늙음은 물 흐르듯 자연스러운 현상이다. 늙음을 거역하지 말고, 늙었다고 위축되지 말고, 초라해지지 말자. 늙음을 겪지 않기 위한 방법은 딱 한 가지밖에 없다. 늙기 전에 젊어서 죽는 것이다. 젊어서 죽으면 인생을 정리할 겨를도 없다.

노년기는 그 동안 살아온 인생의 정리기간이다. 직장생활과 자녀 양육으로 바빠서 이전에 못하고 미루어놓았던 일을 남의 눈치 보지 않고 할 수 있는 황금 같은 시기다.

그러려면 육체적 건강과 정신적 건강, 사회적 건강(인간관계)이 갖춰져야 한다. 노년을 즐기자. 젊은이들이 할 수 있는 일이 있고, 노년에만 할 수 일이 따로 있다. 괜히 젊은이들과 경쟁하려 하지 말고 스스로를 즐길 수 있는 판을 벌여야 한다.

자기 자신의 경쟁력을 높여야 한다. 늙어서 열어야 될 것은 귀와 지갑이고, 닫아야 될 것은 눈과 입이라고 흔히 말한다. 노년의 행복한 삶을 위한 준비는 꾸준히 진행되어야 하지, 어느 순간에 갑자기 이루어질 수 없다.

자식이 노년을 위한 보증수표였던 시절은 오래 전에 지나가버렸다. 혈통주의가 인정받는 시대도 이젠 지나가버렸다. 자식들에게 유산을 더 물려주려고 수전노같이 지내는 삶을 청산하자. 궁상 떨지 말자. 자식이 자기의 분신이라는 생각도 망상이다. 젊은 자식이 부모로부터의 독립이 필요하듯이 늙은 부모도 자식으로부터 독립을 해야 한다. 경제적으로는 물론이고, 정신적으로도 마찬가지다.

늙어간다는 생각을 버리고 새로운 세계를 탐험하는 마음으로 살아간다면 그 어느 때보다도 오늘이 가장 소중한 최고의 날이다. 늙어가는 사람만큼 인생을 사랑하는 사람은 없다. 죽음을 눈앞에 둔 상황에서 보아야 삶의 소중함을 절실하게 깨닫는다. 그 깊은 의미를 사랑할 수 있기 때문이다.

우리는 서로 연결되어 있고, 삶을 아름답게 만드는 데 필요한 모든 조건을 이미 스스로 갖추고 있다. 사람들은 때때로 가질 수 없었던 지난 일 때문에 슬퍼한다. 그러나 그럴 필요가 없다.

아무도 당신이 겪은 것과 같은 방식으로, 당신이 겪은 특별한 역사와 사건들을 경험하지 못했다. 나의 삶이란 나에게만 잠깐 동안 맡겨진 선물이다. 그렇듯이 죽음도 일종의 선물이다. 죽음에 대한 준비가 필요한 시기다. 아이가 태어날 때 온갖 출산 준비를 하듯이 죽음을 위해서도 많은 준비를 해야 한다. 우리는 떠나는 순간에도 존중받을 권리가 있다.

다른 사람들이나 물건들, 또는 사건을 지배할 수 있다는 생각은 망상에 불과하다. 이것을 깨닫고 남을 지배하려는 마음을 버릴 때, 인간관계와 삶에서 더욱 강해질 수 있다. 감사할 줄 아는 사람은 강한 사람이다. 감사하는 마음에서 힘이 생긴다. 모든 여유로움은 우리가 가진 것에 감사하는 마음으로부터 나온다. (로스 116)

우리가 두려워하는 대부분의 것들은 실제로는 거의 일어나지 않는다. 우리가 두려워하는 것은 실제로 일어나는 일과 상관없는 것들이 대부분이다. 두려움은 망상의 산물이다. 형체가 없는 망상이다. 우리가 가진 사후에 대한 두려움은 죽음을 막아주는 것이 아니라 삶을 가로막는다. (로스 151) 우리가 만들어낸 두려움들은 과거나 미래 중 어느 하나와 관련되어 있다. 그러나 실제로 존재하는 유일한 순간은 지금 이 순간뿐이다. (로스 160)

불행했던 어린 시절을 바꿀 수는 없지만, 남은 인생은 멋지게 바꿀 수는 있다. (로스 221) 행복이라는 보물은 여기저기에 숨어 있다. 지금 이 순간에 살지 않으면 숨어 있는 행복을 발견할 수 없다. 그 보물을 찾기 위해서는 감사한 마음이 필요하다. 감사라는 확대경을 들이대면 조그만 일에도 크게 행복을 느낄 수 있다. 행복은 무슨 일이 일어나는가에 달린 것이 아니라, 일어난 일을 어떻게 해석하고, 인식하고, 그 전체를 어떤 마음의 상태로 받아들이는가에 따라 결정된다. (로스 242)

비교는 자기 파괴적 속성을 가지고 있다. 비교 대상이 남이 아니어도 그렇다. 우리가 현재를 과거나 미래와 비교하는 것도 마찬가지다. 사람들이 대부분 행복해지는 데 필요한 모든 것을 가지고 있으면서도 그다지 행복하지 않은 이유는 비교 때문이다. (로스 256)

노년의 긍정

나이는 계급장도 아니고 훈장도 아니다. 아무런 노력 없이 저절로 늘어난 세월의 흔적이다. 나이라는 숫자로 대접을 받으려 해서는 안 된다.

그 나이가 될 때까지 어떻게 살아왔으며, 지금 무엇을 축적해두었느냐가 중요한 것이다. 누구나 태어날 때 빈손으로 태어난다. 그 뒤 어떻게 노력하여 무엇을 가졌는가는 각자의 몫이다. 세월이 지난다고 저절로 갖춰지는 것은 아무것도 없다.

이 세상에 버릴 경험은 없다. 그 경험을 통해서 무엇을 얻었고, 그것을 살아가는 앞날에 밑거름으로 잘 이용하는 것이 중요하다. 생각하기조차 싫은 경험일지라도 나의 소중한 자산이다. 그래서 노인의 삶은 하나의 역사책이라고 말한다.

장년기를 거쳐 노년기에 이르게 되면 노화 현상으로 서서히 모든 신체기능이 떨어진다. 눈은 침침해져 작은 글씨는 읽을 수 없어 돋보기가 필요하게 되고, 바늘귀에 실을 꿸 수도 없게 된다. 귀는 어두워져 남의 말을 알아듣지 못해 사람들을 답답하게 만들고, 냄새도 잘 맡지 못하여 몸에서 냄새가 나도 알아차리지 못한다. 대·소변을 제대로 못 가려 옷에 지리고, 화장실을 수시로 들락거려야 한다. 대·소변의 실금 증상으로 장거리 여행을 나서기가 겁난다. 밤이면 잠이 안 와 부스럭대다가 옆사람의 잠을 깨워 핀잔을 듣고, 사소한 충격에도 견디지 못하고 부작용이 생긴다. 피부가 가려워서 여기저기 긁어대고, 몸은 성한 데가 없어 종합병원이 필요한 노년이다.

그렇다고 한탄만 하고 있으면 안 된다. 『보왕삼매론』에서 말하기를 '몸에 병이 없기를 바라지 말라. 몸에 병이 없으면 탐욕이 생기게 된다. 세상살이에 어려운 일이 없기를 바라지 말라. 세상살이에 어려움이 없으면 교만하고, 사치스러운 마음이 일어난다'라고 하였다. 모든 것을 다 수용할 수 있는 시기가 바로 우리가 맞이한 노년이다.

노년을 부정적인 시각으로 볼 일이 아니다. 인생의 결론을 내리는 시기다. 자신이 살아 있다는 것을 감사하게 여기며 노화를 자연스럽게 찾아온 소중한 선물로 받아들이는 것이 멋진 노년을 만드는 길이다. 노년은 젊어서 가정을 꾸리고 사느라 시간이 없었고, 경제력이 없어서 하지 못했던 일을 여유로운 마음으로 느긋하게 할 수 있는 황금의 시기다. 죽음에 대한 관점 정리가 필요한 시기가 바로 노년이다.

노년기 예찬

지난 세월 동안 온갖 영욕을 다 겪고 자연스럽게 맞이하는 노년이다. 그 동안의 삶을 소중히 여기고 나머지 삶을 아름답게 마무리해야 할 때가 다가온 것이다. 젊었던 시절을 한번 뒤돌아보자. 생각하고 싶지 않은 과거사가 수두룩하다. 물론 좋은 일도 때로는 있었다. 노년이 좋은 것은 그 이전에 할 수 없었던 일을 할 수 있기 때문이다. 그것도 욕심을 부리지 않고 마음 내키는 대로 하면 되는 시기다.

젊은 시절에 하였던 일은 대부분 사회와 시대적 조류가 원했던 일이다. 내가 원해서 했던 일은 얼마 되지 않는다. 어릴 때는 학교에 다니면서 무언가 배워야 했다. 내가 배우고 싶지 않더라도 학교에서 원하는 대로 따라가야 했다. 그냥 좋아서 다니는 것이 아니었다. 비교의 대상이 되어 하는 일마다 점수가 매겨지고 등급이 매겨졌다. 경쟁을 부추기는 교육이었다. 그래야 살아남을 수 있다고 가르친다.

학업을 마치고 어렵게 직장을 얻으면, 또 그곳에서 원하는 일이 따로 있다. 모든 초점을 거기에 맞춰서 생활해야 한다. 경제적인 수입도 신경 쓰이는 일이고, 진급에서도 뒤처지지 않아야 한다. 직장 동료와의 관계에도 신경 써야 하고, 가정생활에도 배우자와 자녀들의 입장을 배려해야 한다. 그것이 인생인 줄 알고 살아왔다.

이제 지나고 나서 보면 온통 스트레스받을 일밖에 없었던 것 같다. 그런 일에 관성이 붙어서 정년을 두려워한다. 오히려 홀가분하게 맞이해야 할 정년인데 말이다. 이제 정년을 맞이한 지도 한참 지난 나이다. 혹시 그 관성이 남아 있어서 젊은 시절에 하였던 일을 계속하고 싶다면 그것은 어리석은 욕심이다.

사회에서 그것을 용납하지 않는다. 그러니 나이에 맞춰서 취향에 맞는 일을 가져야 한다. 시간이 남아돌아 몸을 비틀며 사는 노년은 옆에서 보기에도 안쓰럽다. 시간이 남으면 그 시간을 즐기는 방법을 찾아라. 젊었을 때 해보지 않았던 새로운 일을 시작해 보자. 넉넉하고 느긋한 마음으로 나에게 주어진 시간을 모두 즐기자.

젊어서 욕심 부렸던 일들이 마음대로 이루어진 적이 얼마나 많았던가? 그걸 모른다면 노년은 초라해진다. 유유자적한 마음으로 어려운 일이 닥쳐도 태연자약하게 살아가자. 남의 단점을 다 감싸주고 이해하는 넉넉함으로 살아 보자.

세상일에 달관해야 죽을 때 편안히 눈 감을 수 있다. 싫든 좋든 지난날에 있었던 일은 모두 발생 가능한 일이었기 때문에 일어난 사건이다. 어차피 지나간 과거, 아쉬워할 것 없다. 과거에 얽매이면 남은 인생이 피곤해진다.

노년은 죽음을 아름답게 꾸미기 위한 준비기간이다. 확실하게 다가올 일을 앞에 두고 어찌 모른 척하고 살려는가? 운동선수가 한 번의 시합에 나가기 위해서 수많은 시간을 들여서 준비한다. 죽음보다 더 큰 사건은 없다. 한없는 연습이 필요하다. 앞으로 해야 할 연습은 조급함에 쫓기듯 남을 이기기 위한 연습이나, 무엇을 차지하기 위한 연습이 아니라 지금까지 추구했던 것들을 하나하나 내려놓는 연습이다. 유유자적함 속에서 넉넉한 미소를 짓는 집착을 다 버리는 연습이다.

당당한 노년

나이가 들었다고 모든 사람들이 다 활동능력이 떨어지는 것은 아니다. 열정의 정도에 따라 이루어내는 일에 차이를 보인다. 열정을 상실하면 무기력이라는 사고가 찾아든다. 열정을 잃지 않고 살면 사고가 끼어들 틈이 없다. 열정이 있는 사람은 노년에도 수많은 업적을 남겼다.

놀랍게도 세계 역사상 최대 업적의 35퍼센트는 60~70대에 의하여, 23퍼센트는 70~80세 노인에 의하여, 6퍼센트는 80대에 의하여 성취되었다고 한다. 괴테가 『파우스트』를 완성한 것은 여든이 넘어서였다. 미켈란젤로가 「로마의 성베드로 대성전의 돔」을 완성한 것도 70세였다. 베르디, 하이든, 헨델 등도 고희를 넘어서 불후의 명곡을 작곡하였다고 한다.

윈스턴 처칠은 80세의 나이에 수상을 지냈고, 갈릴레오는 72세에 『새로운 두 과학』이라는 책을 집필했다. 이탈리아의 현악기 장인인 안토니오 스트라디바리는 90세가 되었을 때 세상에서 가장 유명한 바이올린을 두 개나 제작했다고 한다. 음악가 베르디는 80대에 오페라 「팔르타

프」를 완성했다. (월퍼트 107)

영국 런던대학교 명예교수인 루이스 월퍼트의 『당신 참 좋아 보이네요You're Looking Very Well』라는 책에 의하면 연령이 높은 사람이 행복지수가 높다고 한다. 벨기에 연구팀의 조사에 의하면, 30대부터 행복의 정도가 점차 낮아지다가 40대가 되면 최저점을 찍는다. 그 이후에는 서서히 행복도가 올라가서 80대에 최고점에 도달한다는 것이다. 연구자들에 따르면 40대는 부모와 자식에 대한 책임감과 부담감이 심하기 때문에 행복한 감정을 느끼지 못한다고 한다. 그러다가 80대가 되면 모든 책임을 내려놓고 남은 삶을 살아갈 수 있기 때문에 만족도가 큰 것이라고 분석했다. (월퍼트 9)

이러한 결과는 오스트리아와 독일 과학자들의 연구에서도 마찬가지 결과가 나왔다고 한다. 또 다른 연구에서도 인생의 황혼기에 접어든 74세에서 삶의 행복도가 가장 높은 것으로 조사됐다. (http://blog.daum.net/elderseo/15855885)

죽음에 대한 두려움은 45~49세 때 가장 크고, 70~74세 때 가장 적다고 한다. 그런 이유는 노인들은 충분히 살았다는 생각하고 타인의 죽음을 통한 죽음에 대한 사회화 때문이다. 그러나 죽음에 대한 불안감은 개인적 차이가 심하고, 다양한 요인에 영향을 받는다. 죽음의 불안 정도에 영향을 미치는 요소는 자아 통합감, 종교활동, 성별, 교육수준, 월 소득 순으로 나타났다. (진영선 166)

나이가 들면 삶의 감동이 줄어든다고 흔히 말한다. 그런 말에 동조하지 말자. 작은 일에 감사하다 보면 감동할 일이 많이 생긴다. 노년은 남과 경쟁하는 시기가 아니다. 이젠 다 내려놓고 하루하루를 감사한 마음으로 당당하게 지내자. 아무리 늙었어도 할 수 있는 일이 있다. 하고 싶은 일은 지금이라도 주저하지 말고 시작하자. 그래서 아름다운 노년을 만들어보자. 당당한 노년보다 더 아름다운 예술작품은 없다. 그러다가 편안한 모습으로 껄껄껄 웃으면서 이 세상을 떠날 준비를 하자.

참고문헌

가혁·원장원, 『노인요양병원 진료지침서』(군자출판사, 2016)

골대사학회. 『제20차 골다공증연수강좌』(씨디엠더빅, 2017)

곽수정/임동석, 『이십사효』(동서문화사, 2012)

곽용태, 『우리부모님의 이상한 행동들』(브레인와이즈, 2017)

김기협, 『아흔개의 봄』(서해문집, 2011)

김열규, 『노년의 즐거움』(비아북, 2009)

김용옥, 『중용한글역주』(통나무, 2011)

김철수, 『장모님의 예쁜 치매』(공감, 2014)

김형석, 『백년을 살다보니』((주)알피스페이스, 2016)

네이버 지식백과

대한병원협회, 『건강보험요양급여비용』, (대한병원협회, 2015)

대한치매학회, 대한노인정신의학회, 『제3차 치매진료의사 전문화교육』(2011)

미래와 경영연구소, 『NEW 경제용어사전』 (미래와경영, 2006)

민용기, 골다공증 치료에서 비타민D의 역할

성균관대학교 의과대학 삼성서울병원 내분비-대사 내과

서사현, 『명품노인』 (토트, 2013)

손덕현 외 28인, 『요양병원 실무지침서』 (도서출판 이노솔루션, 2010)

어·사·연, 『노인에게 길을 묻다』 (궁리출판, 2009)

이가원, 허경진 옮김, 『연암 박지원 소설집』 (서해문집, 2007)

이동현, 『어머니 공부』 (필로소피, 2012)

오병훈, 『치매』 (도서출판 무지개사, 2002)

정민, 『다산선생 지식경영법』 390쪽

진영선, 『노년』 (경북대학교 출판부, 2014)

차용준, 『효사상과 조상숭배』 (신아출판사, 1999)

최선아, 『건강한 노후 생활을 위한 뇌졸중, 치매, 파킨슨병 바로 알기』 (메디안 북, 2017)

한국 가톨릭 호스피스협회, 『호스피스의 이해』 (현문사, 2005)

홍순응, 『조상의 얼과 정신을 찾아서』 (도서출판 열림교육, 2003)

브릿지경제

아크로팬

한겨레신문

후생신보

의료&복지뉴스, http://www.mediwelfare.com

www.stroke.or.kr

(http://blog.daum.net/elderseo/15855885)

(http://www.hkn24.com/news/articleView.

(http://www.hkn24.com/news/articleView.

html?idxno=161383)

그림 형제/김경연, 『그림 형제 민담집』, (현암사, 2012)

노구치 다카시/황소연, 『우울증인 사람이 더 강해질 수 있다』 (도서출판 전나무 숲, 2008)

다니엘 G. 에이멘/윤미나, 『뇌는 늙지 않는다.』 (한문화멀티미디어, 2016)

루이스 월퍼트/김민영, 『당신 참 좋아 보이네요』 (시공사, 2011)

Matthew B. Stern/이애영, 『파킨슨병과 파킨슨 증후군』 (군자출판사, 2000)

미카엘 S. 오쿤/이호원, 『파킨슨병환자의 더 행복한 인생을 위한 10가지 비밀』 (경북대출판부, 2013)

베르나르 베르베르/이세욱, 『웃음』 (열린책들, 2011)

사이쇼 히로시/황선종, 『굿바이, 우울증』 (더난 출판, 2010)

소노 아야코/오경순, 『중년 이후』 (도서출판리수, 2002)

안젤름 그륀/김진아, 『노년의 기술』 (오래 된 미래, 2010)

엘리자베스 퀴블러 로스·데이비드 케슬러/류시화, 『인생수업』 (도수출판 이레, 2008)

오오쿠니 미치코/황재영 옮김, 홍수미 『그림, 그림으로 보는 치매이야기』 (노인연구정보센터, 2014)

이시토비 고조/민경윤·노미영, 『우리는 어떻게 죽음을 맞이해야 하나』 (마고북스, 2012)

카토신지/박규상, 『치매와 마주하기』 (시니어 커뮤니케이션, 2007)

크리스틴 브라이든/김동선, 『치매와 함께 떠나는 여행』 (도서출판인터, 2005)

키케로/오흥식, 『노년에 관하여』 (궁리출판, 2002)

폴 토우르니에 지음/한준석, 『노년의 의미』 (종로서적, 1980)

폴 호크/박경애·김희수, 『우울증스스로 극복하기』 (도서출판 사람과 사람, 2006)

헨리 마시/김미선, 『참 괜찮은 죽음』 (도서출판 길벗,2016)

치매노인 문제행동과 간호제공자의 대처행동 관계

임동영₁* 경복대학교 간호학과

강수진·정 용·진주희·윤수진* 나덕렬, 『알쯔하이머병 환자에서 Capgras 증후군 3예』 (대한치매학회지 : 제1권 제2호, 2002)

노인병원 간호사의 소진경험(A Phenomenological Study on the Burnout Experience for Nurses in Geriatric Hospital)

이점순, 학위논문(석사)-- 부산가톨릭대학교 생명과학대학원 : 간호학과 2010. 2

간호사의 요양병원 근무 경험, 김삼숙, 동아대학교, [2014] [국내박사]

요양병원 간호사의 역할갈등 경험(Experience of the Role Conflict of Nurses

in Long-term Care Hospitals)

저자명:박소은(Soeun Park), 염은이(Eun-Yi Yeom)

한국콘텐츠학회논문지(Vol.16 No.7 [2016])

발행처 한국콘텐츠학회(The Korea Contents Society)

135p. 보건복지부, 『국가자격시험대비 요양보호사 양성 표준교재』 (도서출판 사람과 경영, 2019)

오늘, 행복학교

초판 1쇄 인쇄 2020년 12월 10일
초판 1쇄 발행 2020년 12월 15일

지은이 남궁선
펴낸이 이희경
총괄 이종복
펴낸 곳 하양인
주소 (04165) 서울특별시 마포구 마포대로15(마포현대빌딩) 804호
전화 02-714-5383 **팩스** 02-718-5844
이메일 hayangin@naver.com
출판신고 2013년 4월 8일 (제300-2013-40호)
ISBN 979-11-87077-28-2 03800